KB053512

빌헬름 텔 인 마닐라

빌헬름 텔 인 마닐라

Wilhelm Tell in Manila

아네테 훅 지음 | 서요성 옮김

산지니

차례

일러두기
* 소설 속 각주는 모두 번역자 주이다.

1

그는 조그만 도시, 아니 바람도 멎은 과학의 고장을 기대했었다. 파리를 벗어나면 수술할 수 있는 기회는 줄어들지만, 생활은 보다 나아진다고들 했다. 리살*은 1886년에 하이델베르크로 오면서 평온한 일상을 꿈꿨다. 오전에 눈을 수술하고, 오후에 독일어를 배우며, 밤에 소설을 마무리할 거라고 말이다.

기차역에서부터 그는 대학생들이 어디에서 만나는지 물어보았다. 처음에는 그들에게 여기에서 안과학을 가장 잘 가르치는 사람이 누군지 물으려고 했다. 그런데 누군가 그에게 추천한 곳은 굴덴 맥주양조장이었다.

그 뒤 그는 곳곳에서 대학생들을 보았다. 그들은 크고 작은 무

---

* 이 소설의 주인공이자 역사적으로 실재한 인물로, 19세기 말 스페인으로부터 독립하려는 필리핀 민족운동의 거목이지만 위대한 시인이자 의사로도 평가받는다. 그는 필리핀 칼람바에서 부유한 지주인 아버지와 고등교육을 받은 어머니 사이에서 태어나 예술, 철학, 의학을 공부했다. 유럽에서 유학생활을 마친 뒤, 필리핀으로 돌아와 학교와 병원을 세우며 계몽사업을 주도하면서 소설 『나를 만지지 마라』 등을 펴냈고, 독립운동 지도자로 지목되어 처형당한다. 본명은 José Rizal(1891~1896).

리를 이루며 구시가를 몰려다녔고, 흡사 국영철도 역무원처럼 제복을 입고 있어서 군인처럼 보였다. 알록달록한 모자와 어깨띠는 반짝였을 뿐만 아니라 눈발 속에서 또렷이 빛났다. 대학생들은 리살과 길이 엇갈릴 때마다 그에게 인사했고, 리살이 그 맥주양조장을 찾아내자, 노란 모자를 쓰고 있던 한 무리가 그를 탁자로 안내했다. 그들은 리살이 어렵사리 뱉어낸 독일어를 알아듣지 못했기 때문에, 리살은 라틴어로 말했다. 학생들은 흡족해하면서, 대학병원의 안과병원장인 오토 베커* 교수를 추천했다. 그리고 나서 그들은 리살에게 어떻게 건배를 하고, 어떻게 맥주잔을 들어올리며, 어떻게 건강을 기원하고, 어떻게 마시는지를 보여주었다.

거나하게 취한 그들을 대처하는 일은 쉽지 않았다. 얼굴의 오른쪽과 왼쪽이 서로 일그러지는 것처럼 보였다. 한쪽 뺨은 부드럽고, 그 벨벳 같은 피부는 가벼운 홍조를 띠었다. 다른 반쪽은 거칠게 흉터가 져서, 마치 모형 전쟁터를 방불케 했다. 천진난만한 늙은 퇴역군인들도 리살에게는 독일 대학생들처럼 보였다. 하지만 그들은 양조장에서 해방을 만끽하며 웃어댔다. 네 번째 맥주잔이 돌고 나자 그들은 리살을 주에비아 대학생 동맹에 가입을 권유했다.

리살의 작업계획은 뒤죽박죽이 되었다. 왜냐하면 그는 양조장을 찾아다니며 자주 대학생들과 어울렸고, 그들과 함께 시내에서 벗어나 강 건너 음식점이 딸린 시골 여관으로 돌아다녔기 때문이다. 여관의 뒤채에선 창문을 열어두고 마당에 쌓인 퇴비더미와 분

---

* 독일의 안과의사이자 하이델베르크 대학 교수로, 본명은 Otto Becker(1828~1890)이다. 그의 제자 중의 한 사람이 리살이다.

뇨구덩이를 바라보며 펜싱을 했다. 리살은 베커 교수의 조교가 되었을 뿐만 아니라, 두피 일부를 꿰매면서 결투에 입회하는 의사 이미쉬*를 도와주었다. 리살은 이미 마드리드와 파리에서 써두었던 소설의 마무리 작업에도 시달렸다. 아직 그는 소설 작업이 만족스럽게 마무리되지 않았지만 애써 외면하고 있었다. 그때 필리핀에 있는 형 빠차노에게서 "네가 독일어를 배웠다면, 우리에게 쉴러의 작품을 번역해다오"라고 편지가 왔다. 리살의 입장에서 이 편지는 시기가 적절하지 않았다.

빠차노 덕분에 리살은 식민지에서 비밀리에 출국하여, 마닐라에서 싱가포르, 콜롬보, 아덴, 나폴리, 마르세유를 거쳐 바르셀로나로 건너갔다. 빠차노는 리살이 마드리드에서 공부할 때 학비를 댔고, 파리의 웨커 박사에게서 수습생 시절을 보내던 시절에도 비용을 보태면서, 재정적 어려움보다 정신의 열정을 따르라고 격려했었다. 하지만 얼마 전부터 빠차노는 동생 리살에게 더 아껴 쓰고 스스로 돈벌이를 해보길 권했다. 빠차노는 흉작과 가격 붕괴에 대해서 경고했다. 설탕이 제일 먼저 무슨 일을 초래할지 잘 예측할 수 없다고 했다.

『마리아 슈투아르트』**는 빠차노가 좋아하는 작품이었다. 리살은 그 작품을 번역하려고 했지만, 지나치게 많은 낱말들이 고딕

---

* 독일 하이델베르크의 유명한 결투장 입회 의사로, 본명은 Friedrich Immisch(1826~1892).
** 프리드리히 쉴러의 5막 비극으로 원제는 『Maria Stuart』(1800). 줄거리는 스코틀랜드의 메리 스튜어트 여왕이 영국의 여왕 엘리자베스 1세를 죽이려 했다는 모함을 받고 처형되기까지 마지막 3일을 묘사하고 있다.

체로, 필기체로 쓰여 있었다. 리살에게 쉴러보다 더 급한 일은 안과와 관련한 용어였다. 베커의 백내장과 녹내장 진단 지시문들이나 수정체 적출 지시문들은 정확히 이해되고 실행에 옮겨져야 했다. 그 일에 환자의 시력이 달려 있었다.

스물네 살의 리살은 이미 고향에서 유명한 사람이었다. 그는 검열당국이 자신의 우편물을 읽는다는 걸 고려해야 했다. 그래서 많은 중요 사안들이 발설되지 않은 채로 남았다. 하이델베르크 성안에서 그는 부모님께 보낼 편지를 예쁘게 꾸미기 위해 풍경 그림을 모았다. 이곳에선 여러 진기한 물건들을 볼 수 있었다. 이를테면 시인의 얼굴이 뚫려 있는 데스마스크가 있고, 거대한 포도주 통도 있으며, 무상함을 비유하는 한 편의 알레고리도 있었다. 가장 아름다운 어린 소녀라도 할멈으로 성장하고, 그러면 그녀는 파시그 출신의 시인 투아존이 묘사한 한 마녀를 생각나게 한다. 리살은 그 그림 앞에 서서 따갈로그어*로 쓴 '검붉은색의 귀들'에 대한 시구를 회상한다. 귀들은 쭈글쭈글했을 뿐만 아니라 마치 싸움닭이 머리를 꼿꼿이 세우고 투계장에 입장할 때의 닭 버슬과 흡사한 톱니 모양이다.

리살은 성 밖의 폐허를 이리저리 배회하면서, 풀이 뽑힌 채 더 이상 아무것도 보호하지 못하는 화려한 건물과 모퉁이 망루를 눈여겨 바라본다. 그러자 마치 예전에 마드리드의 한 친구가 낭송하면서 청중들을 쇠락한 도시 팔뮈라로 옮겨 놓고 모든 거대한 제국들

* 본래 마닐라 안팎에 살던 따갈로그족이 썼으며, 지금은 필리핀에서 제일 광범위하게 쓰는 언어로 발전했다. 원명은 tagalog.

은 언젠가 몰락할 것이라고 찬가조로 예찬했을 때처럼 감정이 고조된다. 그러면 다른 지역의 숲에서 신생 종족들이 나올 것이다.

옛날 팔츠 선제후국에서 남은 거라곤 벽, 그을음, 진기한 물건들뿐이지만, 만하임 방면으로 향한 평평한 땅에서 새로운 도시가 성장한다. 대학의 안과 병동은 최신 시설이고, 큰 가로수 길들이 시골로 이어지고, 시청은 개축되며, 공장들이 가동을 시작했다. 노동자들의 눈에서 금속파편을 제거하는 일이 리살의 임무다.

"『마리아 슈투아르트』라고요?"

양조장의 미나가 묻는다.

리살은 그녀에 대해서 경탄한 점을 부모에게 편지했다.

상상해 보시라는 겁니다. 일개 여종업원이 두 가지 말을 할 줄 알아요. 이를테면 독일어와 팔츠어를 말하죠. 독일문화를 두 가지 문자, 즉 고대 독일어와 라틴어로 쓰기도 해요.

그녀는 가르치는 데에 능숙하다. 리살의 요구사항들이 말로 이해되지 못하면, 그녀는 그 이방인에게 요구사항들을 문자로 고정해두라고 독려한다. 그녀가 리살에게 한 단어를 찬찬히 발음해주면, 나중에 리살은 그 단어를 기억해둘 필요가 없다. 왜냐하면 순간 그 단어는 그의 기억 속에 달라붙기 때문이다.

따갈로그어의 어떤 형용사는 미나가 말하는 방식을 아주 정확히 설명하고 있다. 리살이 미나에게 말루마나위*라고 써준다. 이

---

* 따갈로그어(malumanay)로, 뜻은 '부드러운'

말을 적확하게 번역한 독일어를 찾을 수 없다. '바이히'*는 충분하지 않은 표현이고, '징엔트'**는 지나친 듯싶고, '립'***이라고 말할 수도 있지만, 말루마나위는 음성의 울림으로만 겨냥된 단어다.

불과 몇 주가 지나지 않자 종이 쪽지들은 필요하지 않았고, 리살은 이 점이 조금 유감스러웠다. 하지만 그의 애석함은 미나가 친구들과 사투리로 말하면, 그 잡담을 표준 독일어로 번역하게 될 때까지만 이어진다. 때때로 미나는 몸을 숙여 그의 귀에 요약문을 속삭인다.

"이곳 대학생들은 『빌헬름 텔』****을 좋아하거든요."

그녀는 마치 쉴러에게 말을 걸듯이 얘기한다. 리살은 앉아 있는 것을 선호한다. 앉아있지 않으면 미나를 포함한 모든 사람들이 리살보다 적어도 머리 하나만큼이나 큰 점이 금세 눈에 띄기 때문이다. 또한 리살은 펜싱 경기장에서도 가장 바깥 자리에 앉는다. 왜냐하면 종종 그는 몸을 돌려 부상자에게 가야 하기 때문이다. 결투장 입회 의사 프리드리히 이미쉬는 거의 통용되지 않은 치료법으로 유명하다. 그는 부상자의 머리카락을 두피의 자상(刺

* 독일어(weich)의 뜻은 '부드러운'
** 독일어(singend)의 뜻은 '노래하는'
*** 독일어(lieb)의 뜻은 '사랑스러운'
**** 『빌헬름 텔 Wilhelm Tell』은 독일의 극작가 프리드리히 쉴러(Friedrich Schiller, 1759~1805)의 5막극으로 1804년에 초연되었다. 당시 텔에 대한 전설은 나폴레옹의 침략에 맞서고 있는 스위스와 독일 민중에게 인기 있는 소재였다. 알프스 산맥과 피어발트슈테테 호수를 배경으로 유명한 명사수 '텔의 사과일화'가 극의 정점이다. 한편에는 합스부르크 왕가에서 파견된 총독 게슬러의 압제와 폭정이, 그 반대편에는 스위스 건국 영웅인 빌헬름 텔과 민중의 저항이 충돌하는데, 궁극적으로 후자가 승리를 거두며 대단원의 막을 내린다.

(傷) 흉터를 꿰매는 실로 써먹는다. 하지만 대부분은 그냥 꿰매지 않으며, 이 점을 자랑스러워한다. 실을 쓰지 않으면, 상처 부위들은 더 잘 아물고 특히 더 고와진다. 여러 날 동안에 빳빳한 붕대를 감고 누워 있는 휴식이 훨씬 낫다고들 한다. 하지만 누워 있는 일은 대학생들에게 좋지 않다. 그들은 평온함을 좋아하지 않을 뿐만 아니라 기꺼이 덧난 흉터를 보여주고 싶어 하기 때문이다.

대학생들은 리살에게 가서 이미쉬와 겨루어보라고 제안한다. 만일 둘 사이에 다툼이 생기면 그들은 리살이 젊고 대학생인 이유로 그의 편을 들 것이다. 리살은 새로운 치료법이 필요하다는 것을 이해하고 있다. 그는 마취제인 코카인과 클로로포름을 알고 있으며 상처부위에 염증이 생기지 않도록 하기 위해서 공기에 수분을 주고 물을 정화하는 방법을 알고 있다.

"그래도 세균 감염의 위험이 있어요."

리살이 반론을 제기했지만 소용없는 일이었다. 그들은 이미쉬 영감탱이가 새로운 치료법의 사용을 거부할 거라고 말한다. 그는 부상자들이 의술을 믿고 다시 한번 결투로 보내지는 일에 분개할 거라고 했다.

실제로 대학생들이 자제력을 잃어갔고, 점점 흉측하게 변한 자상은 그들의 얼굴에 자국으로 남았다. 그렇게 젊은 남자들이 죽어가고 있는데도, 이미쉬 박사는 멘주르* 펜싱결투가 최종 금지되는

---

* 독일어 멘주르(Mensur)는 본래 라틴어 멘수라(mensura)에서 결투자들 사이의 거리를 의미하는 것으로, 19세기 독일에서 대학생 동맹에 가입한 두 남자 대학생 사이의 과격한 펜싱 시합을 말한다. 칼끝이 대단히 날카로워서, 치명상을 입고 죽는 경우도 허다했다고 한다. 그런데 얼굴에 입은 자상은 출세나 진정한 남편감의 상징으로 많은 대학생들의 선망이 되었다.

것을 두려워한다. 그는 기본적으로 마취를 거부한다. 마취는 강건함이 아니라 나약해지는 것에 이바지한다고 생각하기 때문이다.

리살은 의심스러운 경우에도 늘 새로운 치료법을 골랐지만, 프리드리히 이미쉬를 좋아한다. 어느 날 저녁, 이미쉬는 포도주 한 잔을 들이켜면서 자신이 살아온 동안 발견한 것들에 대해 말했다. 십 년이 넘도록 왜 대학생들의 결투 칼자국이 학기 말보다 학기 초에 훨씬 빨리 치료되는지에 대한 의문이 그를 몰아댔다. 수많은 가설을 세우고, 검토하고, 포기했다. 비로소 최근에야 결정적인 요약문이 떠올랐다. 학기가 길어지면 길어질수록, 대학생들의 만취도 더 오래 계속된다. 음주와 음주 사이에서 그들은 대부분 온전히 깨어나지 못한다. 그러니까 그들의 혈액에는 상처 치료를 방해하는 알코올이 있다. 그것을 고칠 방법은 발견하지 못했지만, 이미쉬는 자신의 수수께끼를 풀었다. 리살은 그를 축하했다. 이미쉬는 자신의 발견을 진지하게 받아들이지 않은 교수들에 대한 씁쓸함을 말했다. 리살도 그 마음을 충분히 공감했다.

리살은 마닐라에서 스페인 출신의 교수들로부터 받을 냉대에도 적응한다. 그는 언젠가 혼자서 아담한 병원을 개업하여 돈을 벌 수 있기 위해서라도 안과의사의 손놀림을 배운다.

길 가운데서 어느 목사가 리살에게 말을 붙인다. 빌헬름스펠트에 사는 목사 울머는 리살이 어디서 왔고, 무슨 일을 하는지 묻는다. 울머의 다정한 물음에 리살은 설명하기 시작한다. 그들은 함께 식당이 딸린 여관으로 가 쉴러에 대한 얘기도 나눈다. 조만간 리살이 빌헬름스펠트에서 휴가를 보내며 드디어 소설을 마무리할 시간을 찾는다. 그는 매일 고치고 바르게 쓴 뒤에 마지막 페이지에 도달한다. 이제 바람은 멎는다. 한순간에 모든 것은 발설된 것이고, 각각의 모든 낱말은 제자리에 존재한다.

조만간 책은 출간될 것이다. 아무도 모르게 책을 보내면, 기선으로 운반될 것이다. 그러면 태평양의 가장자리에 있는 교단의 우두머리들은 화형에 처해진다. 리살은 빌헬름스펠트의 그날 밤처럼 조용히 정다운 미소를 짓는다. 그는 무슨 일이 벌어지고 있는지를 서술했을 뿐이다. 마닐라의 오지에 있는 어떤 마을에 한 어여쁜 소녀의 목숨이 위태롭고, 한 고독한 철학자는 해설을 달며, 가난한 어머니는 고문당한다. 아들들은 절망하고, 유럽에서 돌아온 한 젊고 정직한 사내는 촌장과 사이비 목사의 갖가지 음모 속에서 죽음에 이른다. 소설의 제목은 '놀리 미 땅에레'*, 즉 '나를 만지지 마라'로 정해진다.

베커, 울머, 대학생들은 라이프치히를 추천한다. 그곳의 출판사들은 외국인도 고객으로 간주하고, 스페인의 검열기관으로부터 자유로우며, 또한 형편도 상당히 좋다.

1886년 8월, 하이델베르크를 떠나기 전, 리살은 집에서 편지 한 통을 받는다. 빠차노는 그에게 쉴러 번역에 대한 약속을 회상시킨다. 리살은 『빌헬름 텔』한 권을 구입한다.

---

* 1887년 베를린에서 스페인어로 출간된 호세 리살의 소설로, 원제는 Noli me tangere이다. 소설의 주인공은 스페인의 사제 다마조와 그의 정숙한 딸 마리아 클라라다. 오늘날 그 작품은 따갈로그어와 영어로 읽을 수 있으며, 2부인 『봉기』와 함께 필리핀의 고등학생 필독 도서로 추천되고 있다. 리살은 작품에서 스페인 식민지 시절에 가톨릭 신부와 지배 권력의 불의를 고발하면서, 필리핀의 국가영웅으로 떠오른다.

2

시험 삼아 몇 줄을 번역하자, 이미 리살이 빌헬름스펠트에서 보았던 산악지대가 알프스 산으로 성장한다. 활엽수에서 갑작스럽게 암석이 솟아오르고, 가파른 비탈에서 전나무와 소나무가 성장하며, 산 정상은 구름 속에서 없어진다. 마킬링 산이 호수 위로 솟아 있는 마닐라의 오지인 칼람바에서도 그렇다. 창공 안에서 사라진 듯 산꼭대기가 거의 보이지 않을 정도다.

책을 읽다 보면 양편의 풍경이 서로 뒤섞이면서, 모든 일이 한꺼번에 벌어진다. 두 가지 새로운 교역로가 개척된다.

이탈리아의 여러 도시에서 온 노새 행렬이 산의 오솔길을 타고 저 높이 얼음산맥으로 올라간다. 고트하르트 고갯길은 북쪽의 시장들로 가는 새로운 길을 열어준다. 오스트리아 왕은 그 일로 돈을 벌려고 하며, 그의 총독들은 우리, 슈뷔츠, 운터발덴의 계곡들이 그의 것이라고 주장한다.

필리핀 제도諸島의 짙고 무성한 수목과 김이 피어오르는 산 앞에 돌연 스페인의 범선들이 출몰하자, 중국의 정크선들이 마중

나온다. 그들은 마닐라에서 만났지만, 여기서 상품을 거래하거나 옮겨 싣는 일은 거의 없다. 스페인 사람들은 새로운 주인으로서 정주한다.

리살이 독일어 '숲'을 '구바트'*로, 독일어 '하늘'을 '랑이트'**로 번역하면, 마킬링 산은 암석으로 이루어진 산맥의 전초기지가 되고, 따갈로그의 알프스 산이 태평양의 가장자리에서 솟아오른다. 희곡『빌헬름 텔』은 하나뿐인 좁은 교역로에서 점화된다. 이 길은 바다에서 바다로 이어지며, 거대한 원시림을 관통하여 암석들로 오르다가, 잿빛의 돌이끼로 계속된다. 길가의 돌멩이들은 말의 발굽이 문질러서 반들반들해지고, 비가 몇 달 동안 억수로 쏟아진 덕분에 반짝인다. 가장 늦게까지 남은 진흙이 완전히 말라서 여름에 흩날린다. 그러면 계곡들은 엷은 갈색의 분진으로 가득 찬다.

비좁은 교역로와 해안이 만나는 곳에서 상품들이 배로 옮겨진다. 바다는 만▨이나 피오르드 해안처럼 산 안쪽에 누더기마냥 붙어서 계곡을 채운다. 높새바람이 멀리서 온 배들을 이편으로 몰아넣으면, 계절풍은 그들을 다시 내몬다. 거대한 정크선은 접안하고, 범선의 상품들은 산 뒤편에서 하역된다. 제일 값비싼 물품은 마리아 반신상과 나사렛 예수상이다. 그것들을 선적한 배가 먼 바다에서 화염에 휩싸일지라도 살아남는다. 불 속에서 검게 그을린 그 동상들은 홀로 계속해서 표류하는 것이다.

* 따갈로그어(gubat)로, 뜻은 '숲'
** 따갈로그어(langit)로, 뜻은 '하늘'

바다는 양편의 눈 덮인 산악에 붙들려 있지만, 어느 편이든 상관없이 항상 남녘의 바다다.

피오르드 해안 사이의 길은 험준하다. 노새들이 열을 지어 느릿느릿 산을 기어오르다가, 고갯길 정상 앞에서는 더 이상 땅 위에 있지 않고 허공을 걸어간다. 여기서 고갯길은 허공에 매달려 있다. 이곳을 관통하여 정크선들을 범선들과 연결시킨 교역로는 토박이 수공업자들의 예술품이 된다.

산맥은 만물이 서로 스며 흐르는 것을 막고, 바다를 나누어 하나의 섬처럼 솟아 있다. 산등성이는 눈이 미치는 멀리까지 뻗어 있으며 먼 거리에서 희미해지다가 푸르스름한 빛을 내며 녹는다. 마치 바다가 앞뒤뿐만 아니라 하늘이나 땅에 있는 것처럼. 바다가 일 년에 한 번은 하늘에서 내려와 토사 덩어리들, 빙하 조각들, 암석들을 계곡 밑으로 휩쓸어 내려가면, 나무와 오물이 마을들을 가득 채운다. 만물은 폭포가 얼어붙고 나서야 비로소 멈춰서고, 쌓인 눈을 머리에 이고 얼음이 안개 안에서 녹기만을 기다린다. 그러고 나서 눈사태는 증발하고 하늘은 순백이 된다. 풀은 땅에서 무성히 자라고, 약초 씨앗이 뿌려지며, 관목은 갑작스럽게 초록으로 바뀐다. 자연은 서둘러 바빠 가며, 벌써 여름은 다가오고, 노새 등에는 짐이 실린다.

만 안에서는 아무것도 얼지 않으며, 수면 아래로 해초들이 자라면서 더 큰 무리를 이루고, 한 줄기의 태양광선이 쓰러지는 곳에 알록달록하게 반짝이는 한 떼의 물고기들이 편을 나눈다.

3

라이프치히에서 리살은 2층의 작은 방에 산다. 그는 이곳에서 작은 방을 세준 여주인 말고는 아무도 모른다. 소설 원고, 수술도구를 담은 트렁크, 검 한 개, 검안경檢眼鏡은 장롱 안에 쌓여 있다. 책상 위에는 번역 초안이 놓여 있다.

그는 편히 자질 못한다. 어머니에 대한 꿈이 늘 그를 놀라게 하며 깨운다. 그녀는 아들을 바라보며 묻기만 하다가, 육신의 모습으로 그의 꿈속에 들어오는 것처럼 보인다.

리살은 실체를 파헤치지 못한 어떤 현상을 만난 것 같다고 하며 기분이 들떠서 어머니에게 편지를 쓴다. 아마도 아무도 모르는 전파가 자신의 뇌와 지구를 둥글게 돌아 어머니의 뇌와 연결시킨 것 같았다. 어머니가 자신이 깨어 있고 리살이 잠들어 있으면, 백주에 생긴 온갖 사념을 밤으로 발신한다는 것이다. 그러면 그녀는 묻고 경고하면서 그의 꿈에 다다른다고 생각했다. 그런 일이 생기면, 불안감은 커져 가고 심장박동은 빨라진다.

리살이 아침마다 부엌으로 내려가면, 여주인은 잘 잤냐며 인사

19

를 한다.

"감사합니다. 저는 어머니 꿈을 꾸었어요."

"아름답군요."

여주인은 대답한 후 아궁이 곁에 선다. 그녀는 날달걀을 깨서 넣기 위해 식초 약간을 작은 냄비에 두른다. 그러면 달걀 덩어리가 물 안에서 소리 내며 이리저리 움직이지만 온전한 모양으로 남는다. "아름답군요"라는 말은 별 뜻 없이 짧게 지껄인 것이기 때문에, 만일 그녀가 바로 요리를 시작하지 않고 말을 계속해서 이어갔더라면, 그녀의 목소리에 귀를 기울여야 했을 것이다. 그러면 그녀는 뒤로 돌아 그 젊은 남자에게 미소를 보냈을 것이다.

"아름답군요."

그녀는 아궁이를 향하여 말한다. 왜냐하면 달걀은 계속해서 주의를 요구하기 때문이다. 멍하니 요리하고 있다 보면, 달걀은 너덜너덜 풀린다.

"예."

리살은 중얼거린다. 여주인은 평안한 꿈을 꾸었을 거라고 줄기차게 믿는다.

리살은 부엌에 있는 그녀를 유심히 볼 때마다 강인한 인상을 받는다. 그녀는 자신의 집을 가볍게 건사하는 것 같다. 그는 여러 가지 생각을 하다가 하이델베르크에 있는 미나가 '쉬테미히'*라는 낱말을 어떻게 발음했는지를 듣는다. 이따금 그녀의 목소리는 리살에게 그녀가 실제로 한 번도 말하지 않은 말을 기억으로 불

* 독일어(stämmig)로, 뜻은 '억센'

20

러낸다. 그런 일은 흥미롭지만, 오래가지는 못한다. 벌써 그는 다시 홀로이 부엌 식탁이나 작은 방, 저녁에는 거실에 앉아 있다. 아무도 그의 사념을 다른 곳으로 돌리지 못한다.

어머니가 꿈에서 묻는 듯 바라보며 뭔가를 말하지만, 리살이 놀라 깨어나면 그녀의 말은 사라진다. 물론 리살은 어머니가 무슨 말을 했을지 감이 온다. 한 번은 어머니가 몇 가지 경고를 편지로 전하려고 했는데, 유감스럽게도 종이 위에는 아무도 읽을 수 없는 작고 서투른 글자만 새겨져 있었다. 그녀는 거의 시력을 잃은 채로 편지를 쓰면서 연필을 불안하게 움직였기 때문에, 한 젊은 여자에게 부탁해서 자신이 쓴 말의 의미를 물어보고 편지에 하나의 번역문을 추가해야 했다. "이것이 어쩌면 내가 보내는 마지막 편지일 게다"라고 읽을 수 있었다. "들어봐라, 내 아들아, 난 살아오면서 오로지 한 가지 바람을 품고 있구나. 네가 이탈해선 안 된다는 거야." 지식은 위험한 것이라는 그녀의 말을 리살이 믿어야 한다는 것이다. 어머니는 큰 오점을 기억시켰다. "마지막 남은 여생 동안 내 마음을 무겁게 만드는 일에 간섭하지 말아다오."

만일 어머니가 그의 소설을 알았더라면, 그녀의 심장은 멎었을 것이다.

그녀는 아들에게 편지를 더 자주 보내지 못한다고 썼다. 실제로 그녀는 4년 동안 거의 편지를 쓰지 못했다. 하지만 리살의 큰형과 누이들은 자식들이 태어나고 죽으면서 겪게되는 인생이라는 것이 얼마나 팍팍한지를 분명하게 보고하면서, 동생이 어머니의 가슴에 어려있는 것이 무엇인지를 정확히 알 거라고 덧붙인다.

그렇게 어머니는 밤이면 밤마다 꿈속에 나타나 경고하면서도,

아침마다 리살은 따뜻한 아침밥을 하고 싶어한다고 말한다. 마늘을 넣어 요리한 밥. 그리고 말린 생선, 혹은 육류를 먹고 싶을 것이라고 말한다. 하지만 이곳에는 그런 음식은 없고, 오로지 달걀만 있으며, 여주인은 반찬으로 감자를 식탁에 내놓는다. 가끔 감자는 차갑다. 리살은 독일인들이 아침, 점심, 저녁에 감자를 먹는 것은 끔찍한 일이며, 고향 음식이 매우 그립다고 편지를 쓴다. 어머니는 답장하지 않는다.

그는 라이프치히에서 아직 아무도 알지 못하기 때문에, 혼자 계획을 잡고 돌아다닌다. 그는 시가지 지도를 정사각형으로 분할해서 그곳에 명소가 있는지 없는지에 상관하지 않고 개개의 장소를 찾아 나선다. 그때마다 그는 파리에서 가져온, 몸에 꽉 끼도록 재단된 조끼, 가죽장화, 실린더 모자를 착용한다. 그는 번화가를 따라가다 방직공장의 뒤뜰에 이른다. 실린더 모자와 조끼를 착용한 덕분에 문이 열리고, 리살은 어느 교실에 앉아 아이들이 알파벳 철자를 어떻게 소리 내는지 경청하면서 자신도 모르는 사이에 입술을 함께 움직인다. 일요일마다 그는 미사에 출석해서 초에 불을 붙이고 기도하며, 미사가 끝난 뒤에도 계속해서 개신교 교회에 가고, 어느 토요일에는 유대인 예배당에서 자신을 소개하고 입회한다. 그는 식민지에서 건너온 물건을 파는 가게에서 몇 시간을 보내면서 예절을 연구하고, 갖가지 향신료를 유심히 바라보다가 정제된 설탕의 다양한 사용방법을 기록한다. 석판인쇄나 목판인쇄 관련 기관들과 특히 아동병원은 그의 관심 대상이다. 그는 어느 현대적인 펜싱동호회에 가입

비를 지불하고, 낯선 사람과 시합하기 위해 제복과 보호대를 착용한다. 그는 검을 갖고 결투했던 하이델베르크보다 이곳을 더 잘 안다. 펜싱 용어는 프랑스어다. '투쉬'*, '플레쉬'**, '앙가드'***는 의심의 여지 없는 프랑스어다. 주중에 그는 인쇄소들의 가격대와 조건 등을 목록으로 작성하고, 시장가판대를 통과해 어슬렁어슬렁 걷다가 늘 그렇듯이 시립도서관에 닿는다.

하이델베르크에 있을 때에 그는 페르디난트 블루멘트리트****에게 한 통의 편지를 썼다. 라이트메리츠에 거주하고 있는 그 교수는 마드리드와 파리에서 필리핀 전문가로 통한다. 리살은 그에게 언제라도 고국사람들에 대한 정보를 알려주겠노라고 제안하면서, 자신의 정보가 모든 스페인의 보고서보다 더 정확하고 진실에 가까울 것이라고 장담했다. 그 이후에 블루멘트리트는 그에게 진심에서 우러나오는 편지를 쓰면서 독일의 도서관에서 찾을 수 있는 몇 가지 저서를 추천한다. 빌헬름 폰 훔볼트와 슈카르트가 공동으로 펴낸 말레이스페인 언어에 관한 책, 테오도어 바이츠가 쓴 인류의 통일에 관한 책, 월리스가 쓴 오랑우탄과 극락조의 고향에 관한 책 등이 그것이다. 리살은 곧잘 열중했으며, 언젠가 헤르더의 전집을 구매할 것이다. 쉴러의 작품을 읽고 난 뒤에 칸트의 저술을 읽는다. 그는 전집을 잡기 시작하면, 제1권부터 시작한

* 프랑스어(touché)로, 뜻은 '공격 성공'
** 프랑스어(flèche)로, 뜻은 '검을 든 손을 쭉 뻗으며 상대방을 찌르는 공격기술'
*** 프랑스어(en garde)로, 뜻은 '준비'
**** 오스트리아의 인종학자이자 김나지움 교장이며 특히 필리핀 전문가로 알려져 있다. 생전에 필리핀의 국가 영웅인 호세 리살과 알고 지냈다. 본명은 Ferdinand Blumentritt(1853~1913).

다. 그를 정말로 열광시킨 것은 외젠 쉬와 알렉상드르 뒤마의 소설들이다. 시간을 건너뛰고, 장소를 바꾸며, 한 번 세상을 도는 데 열 페이지면 족하다. 각각의 조그만 상자는 이중 바닥으로 되어 있고, 각각의 복도에는 함정 뚜껑이 있다. 독자는 사기꾼을 냄새로써 알아채고, 어느 군졸에게 공주의 마음이 꽂혔는지를 예감한다. 걸핏하면 리살은 여전히 가스등으로 불을 밝히지 못하던 수많은 밤에 그리고 각각의 모든 사람이 긴 이름을 달고 다니던 여러 도시에 흠뻑 빠져든다. 그도 파리 시의 과잉문화에 감염되어서 자신의 이름을 즐긴다. 호세 뽀타시오 리살 메르까도 위 알론소 데베누 요셉 리살, 에크리방 데 마니예……*

그는 작은 방에서 손동작과 몸의 균형 잡기를 훈련하고, 엎드려뻗치기와 웅크린 자세에서 몸 펴기 도약을 한다. 그러면서 고국에 돌아가면 체조와 사육제, 트레이닝과 연극을 분리할 계획을 세운다. 그는 마을에 체조를, 형편이 보다 넉넉한 가족에겐 현대식 펜싱을 소개할 것이다. 여전히 사브르 검을 들고 다닐 수 있는 유일한 사람들은 연극배우들인데, 번쩍번쩍 빛나는 무대의상을 입고 번화가를 따라 터벅터벅 걸어가면서 그 검으로 한껏 폼을 낸다. 마치 사브르 검은 단지 피에스타 축제에만 무대에 오르는 몽상가들의 소품과 같이.
빠차노는 해마다 리살에게 어떤 작품이 공연되는지에 대해 편

---

* 호세 리살의 가명은 José Potasio Rizal Mercado y Alonso devenu Joseph Rizal, écrivain de Manille.

지를 쓴다. 지난 오월에 기독교를 믿는 처녀가 무어족 해적에 의해 납치되었었는데, 갑작스럽게 퍼붓는 장대비가 공연을 중단시켰다. 수많은 터키인들, 한 마리의 뻐꾸기, 군인으로 변장한 수도사들, 승복 차림을 한 군인들이 뒤섞여서 상대방을 잘못 알아볼 정도가 되었다. 비가 그치고 공연은 계속되었으며, 작품은 둘째 날 새벽 다섯 시에 끝나게 되었다. 연이어 시작된 성체 행렬도 비 때문에 중단되었다. 미사에는 탁월한 연주를 하는 한 음악동호회가 초대되었는데, 사람들은 세간의 연주회장에 앉아 있다고 상상할 수 있었다.

빠차노는 자신의 마을을 위한 새로운 연극을 희망한다. 특히 두 부인의 무대가 빠차노를 매료시켰다. 그들의 목소리를 듣기 위해 리허설에 갈 정도였다. 그들은 새로운 소재를 요구하는 뭔가를 무대에 올린다. 그래서 빠차노는 이 두 여인에게 한 작품을 선물하려 한다. 그들은 마리아 슈투아르트와 엘리자베스 여왕을 공연할 것이다.

빠차노는 스스로 『마리아 슈투아르트』를 따갈로그어로 번역하려 했다고 편지를 썼다. 그러나 그 일을 하기는 어려웠다고 전했다. 그는 스페인어 번역판을 앞에 놓고 적당한 낱말들을 찾았다는 것이다. 진척이 더뎠다고 한다. 마음속에선 작업하라고 외치지만, 책상에 앉기만 하면 그의 뇌는 마비된 것과 같았다. 몇 년 동안 머리에는 숫자와 가격과 무게와 핑곗거리와 부질없음이라는 말이 딸가닥거리면서 그를 지치게 만들었다. 그런데 동생이 허망한 생각과 모든 불만을 극복해보겠노라고 하면서 새로운 길을 찾아 유럽으로 갔다는 것이다. 그러자 빠차노는 동생에게 첫 번

25

째 폭동만에 붙잡혀서 망나니의 발 앞으로 끌려나온 불량배가 되지 말고 이성적인 길을 걸어가라고 환기시켰다.

"우리에게 쉴러의 작품을 번역해다오."

리살은 빠차노의 부탁을 받아들였다. 그는 『마리아 슈투아르트』를 훗날로 기약해놓고 『빌헬름 텔』에 나오는 등장인물을 낱말 하나씩 하나씩 번역하기 시작한다. 그는 '총독', '귀족', '막일꾼', '전답감시인'을 번역할 때 애를 먹는다.

총독이라는 말은 쉴러의 작품을 칼람바의 대규모 설탕 농장에 팽배한 패배의식과 분노로 바꾸어 놓는다면 쉽게 번역될 듯싶다. 그렇게만 되면 게슬러는 통치자, 아니 그가 특별소작료를 요구하면서도 한 장의 영수증도 발행하지 않는 인간 돈지갑일 수 있다. 촌장? 이 말은 생각할 수 없으며, 어떤 평범한 총독이라 할지라도 쉴러의 작품에선 아무것도 찾지 못한다. 빠차노가 바라고 있는 새로운 연극의 위대한 인물들은 아직 조상들이 고유한 따갈로그어로 된 칭호를 달고, 이방인들이 이 제도諸島를 점령하는 일이 결정되지 않던 시절을 회상시켜야 된다.

하지만 고어古語는 매우 멀리 떨어진 곳에 있어서, 리살은 가끔 어떤 울림만을 희미하게나마 회상하고 있을 뿐이다. 그러고 나면 그는 회상 속에 떠오르며 말하는 음성을 필요로 한다는 것이다. 그러나 사위가 적막해지면, 그는 고어를 다시 듣기 위해 깊이 침잠할 수 있어야만 한다. 리살은 독일어 자음에서 벗어나 따갈로그어 모음의 가볍고 정밀한 리듬으로 넘어가야만 한다. 그러면 그 말은 그의 것이 된다.

독일어를 따갈로그어로 옮긴 사전은 없고, 그의 작은 방이나

26

시립도서관에도 마찬가지다. 창가에 모국어로 적힌 『플로란테와 라우라』*가 있고, 그 책의 페이지 안에 리살이 스페인에서 스페인 어로 작성한 기사의 번역물이 꽂혀 있다. 기사는 발송되어 마닐 라에서 번역 출간되었다. 리살은 자신의 기사가 모국어로 공개되 었을 때, 대부분 알아보지 못할 정도였다. 사실 그는 이름만 알고 있는 역자 마르셀로 힐라리오 델 삘라르**를 믿지 못한다. 그의 따 갈로그어 번역본은 스페인어로 쓴 원본과 비교해보아도 훨씬 이 상하다. 그래서 그 기사에 대한 소문이 리살의 어머니 귀에 들어 갔을 때, 그녀는 매우 놀랐다. 그러니까, 리살은 완전히 일반적인 의미의 빠트리아***에 대한 사랑뿐만 아니라 열대지방의 이낭 바위 안****에 대한 사랑을 맹세했다는 것이다. 마치 필리핀 제도야말로 유일하게 사랑할 수 있는 둘도 없는 나라인 것처럼 말이다. 칼람 바에선 시건방진 대학생 리살이 스페인으로부터 독립을 요구했 으며, 그의 행위는 목숨을 위협할 수도 있다는 말이 퍼졌다. 부모 는 더 이상 그가 귀국해서는 안 된다고 말했다.

　그새 리살에게 낯설어진 그 기사는 총독에 어울리는 칭호를 신 지 못한다. 리살은 일 층으로 내려가 장화, 조끼, 실린더 모자를 착용한다. 어쩌면 산책이 고어를 찾는 데 도움이 될 수도 있다.

---

* 1838년 프란치스코 발락타스(Francisco Balagtas)가 따갈로그어로 쓴 서사시이며, 필리핀 문학의 백미로 손꼽힌다. 노래 형식으로 적었으며, 아돌포 백작이 권력을 찬탈하는 과정에 플로란테 공작과 라우라 공주의 사랑에 대해 이야기하고 있다.
** 마드리드에 거주하면서 유학생들을 모아 필리핀 독립운동 단체를 결성하다가 처형당했으며, 본명은 Marcelo Hilario del Pilar(1850~1896)
*** 따갈로그어(patria)로 뜻은 '아버지의 마을'
**** 따갈로그어(inang bayan)로 뜻은 '어머니의 마을'

밖에선 태양이 안개 사이로 내리쬐면서, 낮 동안에 안개를 걷어 낼 것이다. 아직 여름은 완전히 끝나지 않는다. 태양이 한 번이라도 비추면 안개는 따뜻해진다. 리살이 순환도로를 따라 놓여 있는 말마차철로에 도달하자, 여기서부터 도로는 강물처럼 넓어지고, 리살은 통행인을 방해하지 않고서 성큼성큼 걸을 수 있다. 안개는 빛으로 통과되어 매우 엷어졌고, 리살과 선로와 도로와 나무들 위에서 떨고 있다. 이 도로는 화단과 잔디로 치장되어 시내를 둘러싼다. 그가 멈추지 않고 걸어가면, 낱말 하나가 그에게 날아든다. 리살은 과일시장을 아무 생각 없이 돌아다니고, 햇사과들이 도착한다. 햇사과들은 상자 왼편과 오른편에 빨간색, 녹색, 노란색이나 얼룩이 진 채 탑처럼 높이 쌓인다. 리살은 사과를 보면 입이 오므라든다. 사과들이 익기에 적당한 더위가 부족할 만큼 독일의 여름은 과실의 신맛을 단맛으로 바꾸기에 너무 짧다. 온 대륙이 설탕을 달라고 아우성이지만, 기적은 일어나지 않는다.

고향에선 사과를 닮은 작은 과일에 어울리는 따갈로그어가 있었는데, 리살은 그 이름이 생각나지 않는다. 그것은 계피사과나무도, 잔톨나무도, 정향나무도 아니었고, 망고스틴이나 람부탄도 아니었다. 그것은 이웃 마을 비낭의 숙모 집에 있던 볼품없게 생긴 갈색의 과일이었다. 리살은 고향에서 한참 멀리 떨어진 비낭에서 초등학교를 다녔다. 그가 집에 돌아오면, 하녀는 곧바로 약간의 단것을 준비했다. 하녀는 이름이 잘 떠오르지 않는 그 과일을 갈랐다. 과육은 신선한 공기에 닿자마자 갈색이 되었고, 그 신 것이 꿀에서 요리된 것과 같은 단맛을 냈다. 리살이 사촌들과 장난치다가 2층에 올라오면, 리살의 손가락은 과일 때문에 아주 끈적

거렸다. 숙모는 2층 마루 위의 검은 목재 널빤지에 등을 대고 사지를 뻗은 채로 누워 있었다. 높은 미닫이 창문의 돌기 사이로 들어온 하얀 빛이 숙모의 치마와 그녀가 얼굴 위에 두 손으로 들고 있던 무거운 책 위로 떨어졌다. 가까이 다가가면, 그녀가 큰 소리로 읽던 낱말들을 이해할 수 있었다. 그는 압샬롬이 어떻게 자신의 머리카락으로 목을 맸는지 그리고 예수가 어떻게 물 위를 걸었는지 엿들었다. 이제 리살은 라이프치히의 과일시장에서 방향을 바꿔 시내를 감싸 안은 순환도로 위에서 숙모가 십자가 형벌 이야기에서 낭독했던 하겜*, 즉 황제 재판관을 상상한다. 왜냐하면 빌라도는 외지로부터 와서 선고를 내린 일개 관리였기 때문이었다. 리살은 게슬러가 로마제국의 총독에 부합할 수도 있겠다고 생각한다.

황제 재판관 게슬러는 수백 명의 용기병을 거느리고 해안가에 진지를 구축했으며, 새 군대들은 만으로 이어지는 하구를 감시한다. 여기선 세금을 내지 않으면 어떤 정크선도 정박하지 못한다. 토착민들은 강제 벌목으로 내몰리다가, 종대를 이루어 행군하여 고갯길을 넘어 산 뒤편의 여러 새 조선소에서 범선을 건조한다. 곧이어 이름도 알 수 없는 여러 왕국에서 보다 작은 선박들이 입항하면, 이 바다 위에선 연신 상거래가 이루어진다. 사람들은 재판관에게 문서를 보여주는데, 그는 글자를 읽을 수 없다.

리살도 파리에서야 비로소 고어를 배우기 시작했다. 그의 친구

---

* 따갈로그어(hucum)로, 뜻은 '재판관'

트리니다드 파르도 데 타베라*는 고어를 연구하면서 고상한 말과 글자가 인도에서 자바로, 더 나아가 동쪽으로 향했던 길을 설명했다. 따갈로그어가 음절문자로 쓰인 것은 첫 번째 스페인 사람들이 왔을 때라는 것을 리살은 바로 이해했다. 음절문자가 리살이 비냥의 초등학교를 다닐 때 있었다면, 회초리를 면했을 것이다. 비냥에서 스페인 사람들은 모국어를 스페인어 정서법 규정에 따라 배워야만 했다. 밝은 모음 뒤에 Qu가 나오고, 어두운 모음 뒤에는 C가 나온다. 하지만 따갈로그어에서 모음은 어둡지도, 밝지도 않았으며, 자음은 항상 똑같았다. 옛 음절문자에는 ᄌ라는 기호가 있다.

파르도 데 타베라는 인도의 말과 기호는 동쪽뿐만 아니라 서쪽으로도 퍼지다가 유럽으로 왔으며, 그리스어와 독일어에 ᄌ의 등가물 K가 있다고 설명했다.

리살은 블루멘트리트에게 보내는 편지에서 신新 정서법을 알려 준다. C와 Qu는 쉴러의 작품에서 사용되지 않는다. 그래서 전담 감시인은 더 이상 반타위 부퀴드**라고 불릴 수 없다. 그러면 전담을 뜻하는 부퀴드에서 라틴어 퀴드는 무슨 뜻일까? 옛 음절 ꦧꦏꦢ (부-키-드)***는 다시 뜻을 생각해야 한다. 정서법은 될 수 있는 한 언어의 가장 깊은 내면에 머무르고 있는 것을 정확히 재현해야만 한다는 것이다. 리살은 편지를 통해 정서법은 언어를

---

* 본명은 Trinidad Pardo de Tavera(1857~1925)이며, 필리핀 부모를 가진 물리학자이자 역사학자로, 특히 필리핀 문화의 다양한 측면을 소개한 저서로 알려져 있다.
** 따갈로그어(bantay buquid)로, 뜻은 '전담감시인'
*** bu-ki-d

합리적으로 만들 수 있다고 전한다.

리살은 작센 주의 교실을 방문하면서, 선생님이 지식을 단계별로 설명하는 데서 느낀 감동을 억눌러야만 했다. 선생님은 아이들의 눈높이에 맞추어 그들에게 한동안 곰곰이 생각할 수 있는 기회를 허락했으며, 조용한 사념들에서 찾아낼 수 있는 논리를 믿었다. 회초리는 학생들이 심술궂은 행위를 할 때에만 투입되었다.

비낭의 학교에서 논리라는 것은 낯선 규칙들에 의해 차단되었다. 매를 맞은 사람은 틀린 것을 썼기 때문이고, 매를 맞지 않은 사람은 운이 좋았기 때문이다. 매를 아끼면 자식을 망친다.* 게슬러의 직위를 말할 때 철자 C는 어울리지 않을 것이며, 그 재판관은 이제부터 '후쿰'**이라고 불린다.

⚜

지하. 1883년 8월에 자바와 수마트라 사이의 좁은 바다에서 크라카타우 화산이 폭발했다. 전신망을 통해 그 소식은 몇 시간 이내에 전 세계로 퍼졌다.

서서히 안개와 화산재로 이루어진 거대한 구름이 움직였다. 무역풍이 그 구름을 태평양 너머로 몰았고, 8월 30일에 그 구름은 브라질에 도달했다고 하며, 9월 초에 아프리카의 황금해안에서도 목격되었다. 곧바로 북독일의 도시들 상공에서 경탄할 만한 색채의

---

* 스페인어(La letra con sangre entra)로, 뜻은 '매를 아끼면 자식을 버린다.'
** 새로운 따갈로그어 정서법으로 쓴 hukum.

향연을 관찰할 수 있었다. 헤르만 헬름홀츠 교수는 베를린에서
그 색채의 향연을 기록했고, 영국과 스코틀랜드의 연구자들에게
편지를 썼다. 〈베를린 타게블라트 지〉는 12월 13일에 발표했다.
이례적인 일몰들, 폭설들, 엄청난 폭우들은 동인도의 화산폭발에서
기인한다는 것이다.

리살이 3년 동안 독일에서 체류했을 때, 투린에서 땅이 흔들리자
교회 종이 스스로 울리기 시작했다는 신문기사를 읽을 수 있었다.
유럽 전역에 있는 지진계는 그 진동을 예고하지 못했다. 니스에서
한 번의 충격으로 모든 시계는 멈추었고, 바다는 잔잔하며, 하늘은
맑았다고 한다.

파리 사람들은 오베르뉴의 화산들이 다시 폭발할지 궁금해했다.
과학은 즉시 많은 답변을 내놓았다. 지중해의 물이 심층에서
뜨거운 바위들과 충돌한다는 것이다. 압력이 엄청나고 돌이 녹고
있는 땅덩어리 아래로 물이 흐르고 기체가 되다가 광물들을
받아들이면서 가스 폭발은 피할 수 없는데, 사보이의 알프스 산맥
아래에서도 그런 현상이 벌어진다는 것이다. 이것을 땅덩어리의
이동이라고 말할 수 있으며, 라이프치히 대학의 팔프 교수는 불에
녹은 지하물질의 주기적 움직임에 대해서 연설했다. 마닐라의
오지에 있는 마을 칼람바에서 땅은 한 번도 진동하지 않았다.

4

리살은 라이프치히에서 세계를 일주 중이던 여행가 한스 마이어를 만난다. 그들은 그리마이셴 가의 정교한 무늬가 새겨진 불투명한 유리잔 뒤에 앉아있다. 반들반들한 책상판이나 커피잔에서도 곡선모양의 장식들이 보인다. 압축된 극세 크리스탈 모양을 한 각설탕들이 설탕통에 쌓여 있다. 각설탕들은 조명이 좋지 않은 공간에서 희미하게 빛나고 있다. 햇빛은 연구자의 얼굴 양쪽을 다 밝힐 만큼 충분하지 않다. 단지 창문 쪽으로 억세게 보이는 광대뼈와 밝은 머리카락 밑의 눈썹을 비추고 있었다. 마이어는 루손 섬의 북쪽에 있는 산악지대를 여행했다. 그곳에서 주민들은 숲 속에 숨어 살 필요가 없었고 그럼에도 세금을 내지 않았다. 즉 그들은 강제노역을 하지 않았고, 스페인 군졸들은 삼백 년이 지나도록 그들을 정복하지 못했다.

"우리는 그들을 연구할 겁니다"

리살은 말한다. 이어 그 독일인은 동거, 무덤동굴, 사람사냥에 대해서 설명한다. 리살은 그가 칸트가 말한 여러 가정의 정당성을 알고 있는지 묻고 싶었다. 왜냐하면 리살은 쉴러가 작품에서 어느 슈뷔츠 주 사람에게 "우리가 경작하고 있는 땅이 흔들리고 있어."라고 말하게 했다면, 그 말이 순수한 비유로 이해될 수 있는지 아직 알지 못했기 때문이다.

아니면 이 대목에서 자연이 주민과 연대하여 총독에게 반항할 것이라는 예감이 든다는 뜻인지 아니면 알프스 산맥이 언젠가 폭발한다는 뜻인지 모르겠다.

하지만 리살은 그런 의문들을 가슴에 담아두고 주의 깊게 듣고 있다. 마이어는 북쪽의 산악에 대해서 보고한다. 고원에 난 길은 한 촌락에서 다른 촌락으로 그를 이끌고, 아래편 계곡에는 늪이 있다. 그는 그쪽으로 가지 않으며, 출발 당일 아침에 깃털 그대로 불에 던져진 닭을 먹는다. 깃털은 불타 없어졌고 그 닭은 탄 오줌 맛을 낸다. 마이어는 닭을 먹어치워야만 한다고 말하면서, 날것인 채로 손으로 맛있게 먹던 물소의 위 내용물 얘기를 한다. 실제로 썩은 고기에 덤벼들기도 했다는 것이다.

그 연구자는 돌, 동물, 식물학에 대해서도 정통한 것처럼 보인다. 그는 무엇이 자라고 심어졌는지를 적어놓았고, 필리핀 지표면을 조사했으며, 오늘날 사람들이 유럽의 원초적 모습에 대해서 알고 있는 것과 같은 그런 지식을 갖고 있음에 틀림없다. 그렇다면 칸트가 적은 것처럼, 리스본에서 발생한 지진은 스위스의 티치노 주에서도 그 영향이 감지되고, 지하의 불꽃들은 그 탈출구를 찾고 있으며, 대기의 구멍들은 산맥에 걸쳐 있는 붉은 안개에 출구를 주면서 보라색 비를 내리게 할 뿐만 아니라 알프스 산맥의 남쪽 비탈에 쌓인 눈을 빨갛게 색칠하고 끈끈한 침전물로 덮는다는 것인가? 알프스 산맥은 화산이란 말인가? 칸트는 리스본의 지진에 이어 해일이 따라오고, 이어서 포르투갈을 파괴하는 힘이 있을 것이라고 쓴다. 물이 지하의 넓은 틈새를 통해 계속해 철썩철썩 밀려오면서, 밀물은 몇 시간 뒤에 독일 남서쪽 노이엔부르크나 북동쪽의 국경지방인 템플린 근처, 혹은 노르웨이와 스웨덴에서도 볼 수 있으며, 대기는 대단히 고요할지라도 수많은 호수가 비등한다. 지하에선 하나인 지중해 연안의 모든 하천과 바다도 그런가? 모든 지표면이 흔들리는가?

리살은 독일인 누구에게도 쉴러에 대해 말하려고 하지 않는다. 그의 시도는 불손한 것처럼 보일 것임에 틀림없다는 것이다. 차라리 다음과 같은 의문이 낫다. 이를테면 '자연이 화나면, 슈뷔츠 주의 지표면이 흔들리는가?' 혹은 '피어발트슈테터 호수*에 불어닥친 폭풍우가 대륙의 비등으로 연결되는가?'

마이어는 다른 세상의 끝을 설명하면서 고무된 채로 스페인 사람들을 헐뜯는다. 그는 관료들과 수도사들을 믿을 수도 이해할 수도 없다고, 가장 순수한 야만족들은 뒤뜰에 살면서 걱정도 없고 캐묻지도 않으며, 그저 욕만 하다가 땅에서 나오는 이익을 회수하면서 한 치도 이동하지 않는다고 말한다. 리살은 그를 일개 유랑인으로 생각하면서 고개를 끄덕인다. 틀림없이 이 남자는 알프스 산맥을 넘었으며, 암벽을 등반하는 방법을 알 것이다. 그의 손은 책상을 가볍게 두드리며 모든 동사에 하나하나 밑줄을 친

---

* 스위스 중심의 알프스 산맥에 둘러싸여 있는 호수를 일컬으며 '바다'처럼 넓다.
그 주변으로 스위스에서 제일 오래된 주, 즉 우리, 슈뷔츠, 운터발텐, 루체른이 있으며,
지금은 루체른 호수라고 한다.

다. 도자기가 흔들린다. 리살은 필리핀 루손 섬의 토착민들이 태양을 직선의 광선 모습으로 모방하지 않는다는 점을 배운다. 그렇다고 태양은 독일 작센 왕국의 문장紋章과 유사하지도 않다. 악수를 하다 보면 나선형 모양으로 문신된 태양이 있음을 알게 된다.

"리와나."*

리살은 말한다. 마이어는 언어를 연구할 시간이 없다.

"언어들이 턱없이 많더군요."

그는 미안해하면서 리살에게 피르호가 쓴 부록이 첨가된 자신의 논문을 선물한다.

"피르호를 당신은 꼭 만나야 해요."

그 점을 페르디난트 블루멘트리트도 이미 쓴 바 있다.

"화산 활동이라고요? 난 그 점에 관해서 잘 몰라요."

리살은 작은 방으로 돌아와 독일어 '호수'에 부합하는 일상적인 따갈로그어가 장황하기 때문에 바꾸기로 결심한다. 아무래도 다가트-다가탄**은 노래로 부르기에 턱없이 길다. 쉴러의 작품은 노래로 시작하는데, 운율이 맞아야 한다. 리살은 낱말을 줄여서 다가탄***이라고 썼다가, 곧 다가트****로 고쳐 쓴다. 그러면 바다는, 아니 피어발트슈테터 바다는 산 안쪽에 누더기처럼 붙는다.

* 따갈로그어(liwanag)로, 뜻은 '빛'
** 따갈로그어(dagat-dagatan)로, 뜻은 '바다연못'
*** 따갈로그어(dagatan)로, 뜻은 '댐'
**** 따갈로그어(dagat)로, 뜻은 '바다'

피어발트슈테터 바다는 소년 어부를 위험에 빠뜨린다. 왜냐하면 여기에서 잠든 사람은 협곡 저 아래로 가라앉기 때문이다. 그러면 그 협곡에서 땅이 불타오르고 가스가 요동친다. 그러면 그가 어느 물에서 다시 떠오르고, 어느 분화구에서 떠오를지 누가 알겠는가.

교역로에 가을이 찾아온다. 한 농부가 거친 산비탈에 작별을 전한다. 농부 너머의 높은 곳에서 한 사냥꾼이 이 바위에서 저 바위로 껑충껑충 뛰어간다. 그는 계곡들 높이 피어오르는 짙고 하얀 안개 위에서 노래하고, 태양은 얼음에 반사된다. 그는 조각구름들 사이를 지나 숲과 바다에 아주 가끔 시선을 던진다.

바닷가 아래편에서 동물들, 남자들, 개 한 마리, 아이 한 명이 무서워한다. 그들은 물고기들이 어떻게 물결 위로 뛰어오르는지 본다. 양들은 풀을 땅 끝까지 먹어치우며, 개는 배설물 속에 파묻히고 싶어 한다. 어부가 배를 호숫가에 묶으면 배는 물결에 맞추어 오르락내리락하지만, 가늘고 긴 노가 배를 조용하게 잡아두고, 돛대는 수심 측정기 안에 머문다. 이제 고난의 시절이 그들에게 들이닥치면, 모든 사람들은 개처럼 새 은신처를 찾는다.

리살은 별안간 무대 위에서 누군가가 사납게 날뛰면서 소리친다면 칼람바 관객의 마음에 들 것이라고 생각한다.

"신의 이름으로, 뱃사공이여, 돛을 펴주오!"

벌써 기마병들이 무대 뒤에서 쿵쿵 발을 구른다. 그동안, 도망자는 피투성이가 된 채 그 호색한에 대해서 말한다. 극장에서 낯선 사내들이 여자에게 추파를 던지는 일은 마킬링 산기슭에도 알

37

려져 있기 때문에, 바움가르텐*이 자신이 명예를 지켰노라고 어부에게 보고한다 하더라도, 관객은 고향같이 편안하게 느낄 것이다. 아직 배 안에 있는 도망자를 바다 너머로 실어 날라다 줄 주인공이 등장하지 않았다.

방가**라는 낱말은 너무 단순해서 리살은 마그파파라우***라고 쓴다. 나를 이 산악지대에 의해 생긴 큰 바다의 구석에 정박 중인 그 날렵한 돛단배 위에 앉혀주오. 이 배는 오직 이곳에서만 볼 수 있다. 그 배는 정크선이나 범선보다 더 낡고, 더 날렵하며, 더 재빠르다. 그 배는 노 받침대가 있고 폭이 좁은 일종의 카누로서, 만 위로 항해하던가 만에서 나와서 섬과 섬을 오간다.

바움가르텐은 연신 도움을 요청하지만, 어부는 다가오고 있는 풍랑에 기겁한다. 어부는 저 멀리로 떠내려갔다가 방향을 잃을 수도 있다.

바닷가에 있는 남정네들은 굼뜨게 움직이며, 서로 책임을 넘기려고 한다. 그들의 목소리는 뒤엉키고 고성으로 쏟아져 나온다. 그 남정네들은 서로의 말을 가로막으면서 당황한채 자신의 발을 밟고 비틀거리며, 관객은 그들을 바라보며 조용히 마음껏 웃는다. 관객은 무슨 일이 벌어질지 예감한다. 그때 고운 마음씨를 가진 한 사람이 등장한다. 숲이 그를 토해낸 것이다. 그는 바로 어

* 쉴러의 『빌헬름 텔』에 등장하는 운터발덴 주 출신의 삼림꾼이다. 희곡 『빌헬름 텔』은 볼펜시센의 총독이 바움가르텐의 부인을 능욕하려 하자, 바움가르텐이 그를 도끼로 죽여서 쫓기는 신세가 되고, 텔이 바움가르텐을 배를 이용해 호수 저편으로 데려다 주면서 본격적으로 시작된다.
** 따갈로그어(bangka)로, 뜻은 '보트'
*** 따갈로그어(magpaparaw)로, 뜻은 '양 날개가 달린 큰 돛단배'

떤 행동을 할지 알며, 다른 사람들의 힘을 인정한다.

"이 상황에서 내게 다른 길은 없어."

텔*은 말한다. 그는 바움가르텐과 함께 배 위로 기어올라가서 돛을 편다. 파도가 한 번이라도 부서지면, 풍랑은 파라우**를 호숫가에서 저편으로 몰아댄다. 바닷가에서 바라보면, 그 돛단배는 물결 너머로 날아간다고 생각할 수 있다.

태양이 떠나버린 저녁마다 차가운 공기가 창문 틈새를 통해서 작은 방의 책상 위로 스며든다. 리살은 창문 앞에 담요를 걸어둔다. 그는 녹초가 될 때까지 일한다.

그런 뒤에 침대에 누우면 그는 조카들에 대한 가지가지 상념을 금지해야 한다. 그는 가족으로부터 편지를 거의 받지 않기 때문에 어느 아이가 살아 있고 어느 아이가 죽었는지 알지 못한다. 망자를 생각한다는 것은 마치 그가 아직 살아 있는 것처럼 여겨지기 때문에, 리살에겐 허용될 수 없는 일이다. 세상이란 누군가 낯선 타지에서 눈을 감으면 떠오르는 생각 뒤에서 사라질 수도 있는 것이다. 리살은 계피사과나무, 잔톨나무, 구아펜나무들로 덮인 고향의 정원을, 굵은 가지들 저 먼 하늘에 걸린 타마린드 콩들을 떠올리려 한다. 정원 돌담 밖의 큰 도로는 열기 속에 죽은 듯이 놓여 있고, 아무도 웅장한 교회에서 나오지 않으며, 교회의 석조 측량은 눈에 띄지 않게 평야에 잠긴다. 호숫가에 정박한 어선

---

* 쉴러의 『빌헬름 텔』 주인공으로, 우리 주 출신의 사냥꾼이자 명사수이다. 본명은 빌헬름 텔(Wilhelm Tell)

** 따갈로그어(paraw)로, 뜻은 '양 날개가 달린 돛단배'

은 호수 밑에서 흔들리며, 부드러운 물결만이 북쪽 호숫가로부터 칼람바와 산을 향하여 가까이 다가간다. 마킬링 산은 권좌에 앉아 있으며, 정상은 구름에 싸여 있다. 그곳 숲속의 사람들은 숨은 채로 살아간다. 오로지 보이는 사람은 형이다. 그가 모기에게 시달리면서도 마을로부터 한참 떨어져서 어떻게 수풀과 갈대숲을 벌초하는지가 보인다.

어머니가 꿈에 등장하기라도 하면 리살은 한밤중이라도 놀라서 벌떡 일어나는데, 어머니의 모습은 언제나 염려로 가득했던 칼람바의 그 여인보다 젊다. 그녀의 시력은 녹내장으로 흐릿했지만, 그녀는 투명하고 예리하게 바라볼 뿐만 아니라 여느 때처럼 똑바로 서 있다. 그녀의 머리카락은 검고 반듯하게 빗어 내리다가 목덜미에서 오차 없이 묶여 있다. 그렇게 그녀는 고향 집의 1층에 마련된 가게에 서서 소작인에게 빌어먹는 일꾼과 농장 일꾼들의 부채를 기록했다. 장벽이 무너져 내린 곳에 그녀는 소금이나 돈, 소시지, 완두콩, 심지어 작황이 안 좋은 시절에는 큰 길거리에서 쌀을 건네기도 했다.

저녁 무렵에 과일정원에서 딸의 목소리가 그녀에게 들리면, 테오도라 알론소는 정다운 미소를 짓는다. 그녀가 못 이기듯 몸을 돌려 집 뒤편의 정원으로 가면, 넓고 거무스름한 계단에 우두커니 앉아 있던 리살은 어머니의 미소를 본다. 누이들은 석양빛을 받으며 주위를 어슬렁거렸지만, 태양이 갑작스럽게 사라지기 전까지 많은 시간이 있지는 않았다. 헤어질 시간이 다가오면 다가올수록 누이들의 외침은 더 커지고 더 앙칼졌다. 누군가 가게 앞에 나타나면, 도나 테오도라는 진지하게 바라보았다. 그 사내아이는 저기 밖에 서서 거의 알아들을 수 없는 말을 중얼대던 사내들의 머리카락만을 보았다. 그들은 마치 기도하듯이 나지막이 단조롭게 말하면서 여주인의 얼굴을 바라보지 않았다. 여름이 끝나갈 즈음에 사내들은 지폐를 내려놓았다. 비가 오면 그들은 거의 더 이상 입술을 움직이지 않았고, 임금을 다 써버리면 어머니는 큰 책에 금액을 적었다.

태양이 지고 나면 리살은 달이 어떻게 새로운 그림자를 드리우는지를 보기 위해 곧잘 2층 베란다에 홀로 앉아 있었다. 그러면 정원의 새들이 소리를 지르고, 누이들은 이미 집에 있었다. 보모가 리살에게 귀신 이야기로 어둠을 망쳐놓을 때에야 비로소 그는 잠자리에 들려고 하였다. 당시 귀신들이 살며시 리살의 꿈에 다가온 것처럼, 이제 어머니가 그의 꿈에 나온다.

그가 밤마다 침대에 앉아 있으면, 바람이 다가오고 있는 것을 느낀다. 그의 셔츠를 적신 땀은 완전히 식고, 곧 그의 몸은 한기로 떨린다.

이제 오후 네 시만 되어도 긴 그림자를 볼 수 있으며, 세상은 벌써 비스듬한 상태에 빠진다. 그는 자신의 검은 실린더 모자가 쉼멜 연못의 물 위에 흔들리고 있는 것을 본다. 오리 한 쌍이 햇빛 안에서 사라진다. 어느 연주회장이 여기 들판에 서 있고, 그곳에서 오른편으로 베토벤 가가 목초지 저편으로 나 있다. 리살은 곧잘 베토벤 가를 따라가곤 하는데, 미래형 도로를 건너가기 위해서였다. 그는 이미 신흥 주택단지들이 들어서 있는 플라그비츠로 향하는 마차철로에 다다른다. 태양이 온 사물을 번쩍번쩍 비출지라도, 멀리서 보이는 그 건물들은 흐릿하게만 보일 뿐이다. 짙은 보라색의 평지는 엷은 색의 배경과 대비된다. 눈부신 빛이 안개가 대기에 걸쳐 있음을 뚜렷하게 만들면서, 안개는 온 색깔을 부드럽게 하고 거리감을 약하게 한다. 리살은 성큼성큼 걸어가면서 저기 밖의 인쇄소 가격이 더 싸기를 바란다. 그는 달리다가 발을 다쳐 이곳에서 알아둔 맥주집으로 돌아온다. 여종업원 이름은 엘케이며, 지독한 작센 주의 억양으로 말한다.

술을 마시고 나면, 그의 입은 침대에서 말라 버린다. 그는 땀이 난 몸을 가까스로 일으켜 물이 있는 서랍장으로 갈 때까지 추위를 탄다. 한 번은 목이 말라 침대에 누운 채로 있으면서 머리를 움직이지 않기도 한다.

어느 날 어머니가 쇠사슬을 한 채 가게에서 나와 시골길 아래로 끌려갔다. 이번에 농장 일꾼들은 눈을 내리깔지 않았다. 그들은 어떻게 테오도라 알론소가 쇠사슬을 하고 먼지투성이의 거리에서 끌려가면서, 그의 팔이 경찰보조원의 손에 꽉 움켜쥐어졌는지를 하나도 빠짐없이 지켜보았다. 자식들은 많은 구경꾼들로 넘쳐난 집 앞에 서서 어머니의 뒷모습을 따라갔다. 어머니는 더 이상 뒤를 돌아보지 않았다고 한다. 걸어서 산타 크루즈까지는 50킬로미터였고, 그녀는 감옥에서 이 년 반을 보냈다. 음식은 형편없었고, 벽의 습기가 양쪽 폐 안에 달라붙어서 속쓰림이 점점 심해져도, 기침을 통해 내뱉을 수 없었다. 벽이 테오도라 알론소가 숨 쉴 공기를 빼앗는 것처럼 보였다. 관절은 진통제도 없는 고통 속에서 굳어졌다.

누이들은 마치 의무라도 되는 양 계속해서 정원에서 놀았다. 2

층에서 나오는 길은 없다. 이미 과일나무들 사이에서 공기는 막혀 있었다. 숲의 정령들과 길 잃은 영혼들이 보이지 않는 세상에 살았다. 리살은 절대로 어떤 사람을 가리키지 않았고, 새들과 누이들도, 구름과 과일도 가리키지 않았다. 그는 아무 생각 없이 귀신을 화나게 하려 했던 것은 아니다. 그 소년은 2층 베란다에 앉아 천천히 생선을 먹었다. 그는 조만간 어떻게 집과 정원을 떠날지 자주 상상해보았다. 숙모 집과 학교에 가기 위해 비낭으로 가는 것도 아니고, 마닐라의 대학입학 준비학교에 입학하려는 것도 아니다. 그렇다고 그가 세상을 향해 길을 떠나 프랑스인들이나 마드리드인들에게 가려는 것도 아니고, 또 정령들이 항상 기다리는 곳에서 리살이 유명하지도 않았다. 그러나 어머니가 체포된 뒤에 온 세상은 모두 차단된 것처럼 보였다. 리살은 마닐라행 선박에 어떻게 도달해야 할지 상상할 수 없었다. 그들은 리살을 대학입학 준비학교에 보내려고 했다. 그럴 때마다 그는 오로지 이 베란다 위에서 과일나무들을 바라보며 스스로를 다잡을 수 있었다. 용을 사냥하는 일도, 탐험여행도 없을 것이다. 칼람바는 부패와 불만으로 둘러싸였다. 집 밖으로 나온 사람은 칼람바 안에서 타락하고 있었다.

아버지는 자신이 관리하던 들판과 도시에서 사라졌다. 그는 이 년 반 동안 변호사들에게 돈을 가져다주고, 정보를 넘겨주며, 마을의 비리를 공유하고, 관청을 방문했다. 그는 집에 힘내라는 편지들을 보냈다. 빠차노는 대학을 졸업하고 집에 와서 아버지의 사업을 넘겨받았다. 그는 늪지대를 메마르게 했다. 모기들이 그가 열병을 얻을 때까지 찔러댔지만, 그것은 그에겐 아무

일도 아니었다. 그는 낮부터 밤까지 땀을 흘렸다. 갓 조성된 경작지에선 사탕수수가 자랐고, 아버지는 빠차노가 제안한 모든 일에 찬성했다. 스코틀랜드산 기계 한 대가 증기선을 타고 도착했다. 풍차가 장착된 것이었다. 빠차노는 말 위에 앉아 세월을 보내며 마을을 지휘했다. 사탕수수 밭이 불타면 뱀들이 살그머니 도망쳤다. 꽤 많은 쥐들이 죽었고, 수확을 앞둔 갈대는 검게 드러났다. 소작인들이 모든 평야의 귀퉁이와 제일 뒤에 있는 늪지대에서 자신들의 짐을 가져왔다. 스코틀랜드산 기계는 지칠 줄 모르고 돌아갔다.

빠차노는 여러 해에 걸친 노동을 마친 뒤에 피에스타 축제 예행 연습으로 녹초가 된 채 앉아 동생에게 편지를 쓴다. 유독 여자들이 노래를 부르기만 하면, 그의 몸에서 열기가 빠져나간다는 것이다. 여자들의 목소리는 그 마을을 다른 시절로 옮겨 놓았다.

빠차노는 혼자서 음악에 귀 기울이는 일을 사랑하지만, 많은 관객 앞에서 하는 공연에는 질겁했다. 여가수들의 흥분은 좋은 영향을 미치지 않는다는 것이다. 그가 슈투아르트 역할을 하며 바라본 마리아는 관객 앞에서 억지로 고음을 내면서 한 번은 귀청을 찢을 듯 잘 넘어갔지만, 높은 울림에서는 관객을 고통스럽게 하는 울부짖음으로 떨어진다. 강생降生하는 예수는 장차 엘리자베스 여왕역을 맡으면서 비브라토를 진동시킨다. 그래서 빠차노는 예행 연습을 하러 간다. 여기서 그 둘은 단순하고 자유롭게 노래한다.

대양은 불쌍하게 보이기도 한다. 파라우의 돛은 아직도 계속 보이다가, 멀리서 보면 파도 사이에서 올라갔다가 사라지며, 텔

44

과 바움가르텐은 돛을 만의 다른 물가로 데려갈 수도 있었다. 그러나 텔과 바움가르텐을 바라보며 염려한 사람들은 곧 기마병들에 의해 포위된다. 그 집단 전체는 살인자가 달아나도록 도와주었다는 의심을 받는다.

"너희는 대가를 지불할 거야."

병사들이 위협한다. 두목 황소인 리젤은 도축당하고, 모든 양과 개들도 살육된다.

"망할 놈들."

어부 루오디*가 자신의 불타는 집 앞에서 울부짖는다.

"오 정의로운 하늘이여."

베르니**는 팔을 비틀며 운다.

야외 무대를 마을과 구분시킨 것은 울타리뿐이다. 텔이 바움가르텐을 구했을 때, 뇌우가 치는 바람에 관객은 흩어져 처마 밑에서 비가 그치기를 기다린다. 단 음식들이 가옥들 앞에서 제공되고, 연극의 중단은 방문을 위해 이용된다. 텔은 위기를 모면했고, 이 사실은 분명했으며, 연극은 비로소 시작됐다.

리살은 시간이 많지 않다고 형에게 편지한다.

"형이 번역문을 꼼꼼히 살펴보고 수정해야만 할 거야."

그는 형에게 K를 맡긴다고 했다. 신新정서법이 아이들을 변화시킬 것이다. 리살은 신정서법이 도입되면, 매를 가하지 않더라

* 쉴러의 『빌헬름 텔』에 등장하는 우리 주의 어부
** 쉴러의 『빌헬름 텔』에 등장하는 우리 주의 사냥꾼

도, 아이들이 일주일이면 읽고 쓰기를 배울 것이라고 계산해 보았다.

"내게 복잡한 동사들을 맡겨줘."

그는 형에게 요청하면서, 그 동사들은 신중하게 고른 것이라고 했다.

여주인은 벌써 잠이 들었고, 리살은 양모 옷으로 칭칭 두르고 이따금씩 책상에서 일어나, 오한에서 벗어나기 위해 몸을 움직인다. 그는 자신의 작은 방에서 동사들을 자라게 한다. 동사들의 처음과 중간에 새 음절이 덧붙여지면, 음절의 핵심에서 동사가 무성히 자라서 청자의 시선을 이끈다. 텔을 지켜보라, 그는 손에 임무를 쥐고 있다. 수다한 말만으로 안개가 걷히지 않는다. 텔은 호수와 폭풍우를 아주 잘 알고 있기 때문에, 그의 말은 무게가 있다. 리살은 그가 사실을 말한다고 생각하면, **토토오***라고 쓴다.

따갈로그어를 뒤늦게 배운 수도사는 제일 단순한 형태의 동사만을 사용한다. 그리고 외국인은 수동태와 능동태, 단 두 종류에 만족한다. 텔이 칼람바의 무대에 등장하면, 일렬에 앉아 있는 스페인 사람들은 **토토오**라는 말로 무슨 일이 벌어질지, 진실은 어디에서 오는지, 진실은 어떻게 퍼지고 시끄러워지는지를 알지 못한다. 따갈로그어의 낱말은 무성하게 자라기 때문에, 루오디는 마**카파그파파토토오****라고 말할 것이다. 텔은 다른 사람들이 진실을 깨닫도록 신경 쓸 수 있다. 그러면 그들 스스로는 여전히 바다를

---

* 따갈로그어(totoo)로, 뜻은 '사실인'
** 따갈로그어(makapagpapatotoo)로, 뜻은 '사실을 증언할 수 있다'

항해할 수 있을지를 알게 될 것이다.

"이 동사들이 우리 재산인 거야."

리살은 형에게 편지를 쓴다. 수도사들은 이 재산을 도둑질할 수 없다. 왜냐하면 동사들이 문제가 되는 곳에서 그들은 오로지 공허한 음절 소리만을 듣기 때문이다.

"번역문을 검토할 경우엔 주의해줘. 그렇다고 모든 말을 다르게 쓰지 말아 줘."

텔 앞에 붙일 적당한 이름이 필요하다. 루오디와 베르니 말고 이름은 빌헬름일 수 있다. 하이델베르크 대학생들은 '빌리'라고 말한다. 그러나 칼람바의 관객은 빌헬름이라는 이름을 들으면 휘날리는 콧수염의 남자와 제복을 생각하지, 동향인을 기대하지 않는다. 반면 누구나 기예르모는 말할 수 있다. 테오도라 알론소 앞에 서서 중얼거리며 자신의 부탁을 기도처럼 표현하는 모두 일꾼들도 기예르모는 말할 수 있다. 그러면 계단 위에 있는 어린 리살은 아무 말도 이해하지 못하지만, 그 사내들이 저 밖의 들판에서 뭔가를 외치거나 도둑이 되어 숲속에서 뭔가를 부를 때면 어떻게 소리 내는지를 상상할 수 있다.

기예르모는 밀짚모자를 벗고 머리 주위에 수건을 둘러 목에서 매듭을 짓는다. 알록달록한 수건 색깔은 거의 알아볼 수 없을 정도였고, 무늬도 바랬다. 그의 바지는 갈색에다 헐렁했으며, 어깨와 팔꿈치는 드러났다. 리살은 항상 그에 대해서 들었을 뿐이다. 왜냐하면 기예르모라는 작자는 과일정원, 항구, 리살 가족이 즐겨 찾는 그늘진 해수욕장 너머에서 활동하기 때문이다. 테오도라 알론소의 장부에 적힌 숫자들은 기예르모가 갚기에 턱없이 비쌌기 때문에, 기예르모는 부인과 아이를 데리고 산속에서 사라졌다. 아니면 그는 몸값을 내고 풀려나 자신의 늪에서 자신의 쌀을 경작한다. 또한 기예르모는 악어 한 마리도 없는 것처럼 어디든지 물속으로 뛰어드는 소년이기도 하다. 아마도 그는 먹힐 것이며, 아마도 그는 다시 떠오를 것이다. 리살은 밤에 베란다에 앉아 있을 때, 기예르모의 외침을 들었다. 태양이 사탕수수 밭 위에서 이글거리고 대기는 더 이상 거의 숨 쉴 수 없게 되면, 기예르모라는 사람이 그곳 정상을 휘감고 있는 구름에 다다르기 위해 마킬링 산비탈 위로 뛰어간다. 그 대신 리살은 라틴어 단어를 배웠다.

리살의 어머니가 감옥에 있을 때 그들은 리살을 대학입시 준비학교에 보냈다. 마차가 그를 집에서 호숫가로 데려다주었다. 뜨거운 날씨에 리살은 호숫가에서 억센 팔을 가진 세 사내에게 맡겨져야 했다. 그들은 리살을 높이 쳐들었는데, 그중 한 명이 그의 엉덩이를 떠받치고, 다른 한 사람이 어깨를, 세 번째 사람이 반들반들한 신발을 신은 그의 발을 물 위로 들어올렸다. 리살 나이 또래의 몇몇 소년들이 그의 짐을 배로 날랐다. 리살은 손 위에서 빳빳이 자세를 잡고 태양을 바라보면서, 밑에 있는 사내들의 숨소리를 들었다. 물은 잔잔했다. 리살은 누군가 걸려 넘어졌을 때 깜짝 놀랐다. 그러나 여섯 개의 손이 리살을 새로이 받치는 동안에, 그는 공중에 있으면서 숨을 죽였다. 그 뒤 그는 엉덩이까지 물에 잠긴 사내들의 냄새를 맡았다. 덕분에 그들은 태양에 노출된 리살처럼 붉게 그을리진 않았다. 그는 하나도 젖지 않은 채로 배에 닿았고, 호수 저편의 증기선으로 노를 저

어 갔다. 거기서 그는 사다리를 기어 올라가 외륜선 바퀴 위의
흔들리는 갑판 위에 섰다.

✤

새로운 비약. 1818년 1월, 아달베르트 폰 샤미소는 세계를
일주하는 도중에 마닐라에서 장기간 중간 기착을 했다. 그는
타알 화산으로 유랑했고, 도시에서 책들을 수집했다. 그는 어느
수도원에서 『따갈로그어 사전』을 구입했다.
1822년 7월, 이 아담한 도서관은 베를린 인근 노이쉔베르크에
있던 샤미소의 집이 전소되면서 함께 불타버렸다. 샤미소는 그의
후기 여행보고서에서 마닐라로부터 가져온 책들이 그에겐 가족
다음으로 가장 중요한 것이며, 불꽃이 일기 전에 그 책들을 구해내
베를린 왕립 도서관에 넘겨주었다고 썼다. 어느 말레이어 연구자는
그의 수집품에서 다른 도서관이 거의 소유하지 못한 몇 권의 책을
발견했다고 한다.
빌헬름 폰 훔볼트는 곧 자신의 수집품에 몰두했다. 그는 『자바
섬의 고대 문어^{文語} 연구』에서 따갈로그어 중 말레이어 동사가
형태적으로 가장 풍요로운 변화를 통해서 번성하였다고 쓰고 있다.
훔볼트는 따갈로그 종족이 하나의 행위에 대해서 동사 변화의
선택을 통해 보다 정확하게 규정할 수 있도록 하는 열일곱까지의
다양한 동사 형태를 소유했노라고 설명하였다. 그런 동사 변화는
어떤 행위가 의도적인지 아닌지의 차이를 만들었다. 혹은 어떤
사람이 직접 뭔가를 했는지 안 했는지, 또 그가 아무 생각 없이

했는지 아니면 일부러 했는지를 구분했다. 어떤 집단행동이
있었다면 특별한 동사 변화가 사용되었고, 누군가가 과도한,
아니 거의 미친 것같이 행동할 경우에는 또 다른 형태의 동사가
사용되었다. 또한 유동적인 문장의 구성요소들이 학자들에게
익숙하지 않은 터라 그들의 관심을 끌었다.

리살이 1886년 10월 말 라이프치히에서 베를린으로 와 도서관에서
『자바 섬의 고대 문어文語 연구』를 빌렸을 때, 그는 따갈로그어
문장들이 훔볼트가 번역하는 과정에서 뒤죽박죽되었다는 것을
알아차렸다. 예를 들면 그는 "너에 의해 물의 내가 주어진다",
"은총이 영혼을 아름답게 되어진다."라고 읽었다. 리살은 이런
주어와 목적어의 혼란에서 어떻게 빠져나올 수 있을지 스스로도
확신하지 못했지만, 자신의 이해력에 따라 스페인어 교과서들에
기대지 않고서 따갈로그어 문법으로 완전히 새롭게 시작해야
한다는 통고를 받은 것처럼 느꼈다.

훔볼트의 책을 읽으면서 리살은 라이프치히에서 빠차노에게
편지했을 때 떠올랐던 어떤 상념을 다시 발견했다. 따갈로그어의
동사는 예술작품이라는 것이다. 하필 그 옛날 자바 섬으로 가는
교역항로가 장식물처럼 붙어 있는 곳, 오로지 나무 오두막들만
서 있던 곳, 칠천 개의 섬들 위에 사원이라곤 한 채도 없는 곳에서
말레이어 동사가 그렇게 버젓이 번성했다는 것이다.

리살은 그 책을 바로 구입하고 싶었노라고 페르디난트
블루멘트리트에게 편지했다. 훔볼트는 리살에게 많은 지식을
약속했다. 이를테면 내적인 숙련을 통해서 한 가지 재능, 즉
정신적인 합법성과 어디에서나 욕구를 넘어서는 풍요로움이

그의 종족 본성이 되었다는 것이다. 그러면서 '새로운 비약',
즉 '마찰음의 재유행'도 제외될 수 없다는 것이다. 한 인종이
나태함이나 연약함에 푹 빠지더라도, 그런 상태에서 빠져나올 수
있는 힘은 항상 언어 자체에서 나온다는 것이다.

5

→

산 밑에서 용암이 부글부글 끓었을지도 모른다. 불에 녹아버린 물질이 암석의 균열 안으로 높이 치솟다가 썰물처럼 빠져나갔다. 막 거품이 일었던 것은 가스 형태가 되어 폭발했지만, 저 하늘 밑에서는 아무것도 보이지 않았다. 산 정상은 고요했고, 모든 산 위에 쌓인 눈이 꽤 높아서 여러 채의 가옥 중에 단지 지붕만이 보일 뿐이었다. 청명한 하늘에 달이 비추는 밤이면, 마을에 쌓인 눈은 파랗게 보였다. 위베르크 산 근처에서 검은 파도를 막고 있는 것처럼 보이는 균형 잡힌 삼각주 아래편에 게르트루드* 부인이 세상을 등지고 몸을 숨긴 채 앉아 있었다. 거의 스무 명이나 되는 사내들, 여인들, 아이들이 눈 아래에 있는 방에 떼 지어 모여 있었다. 책상 위에는 황제가 증명한 자유민 신분증명서들이 놓여 있었고, 사내들은 술을 마시면서 한 아이가 아주 크게 떠들면 두들겨 패고, 글을 낭독하다가 딴짓을 하고, 더 술을 들이켜고 더 고

---

*쉴러의 『빌헬름 텔』에서 석공 베르너 슈타우파허의 부인으로, 본명은 Gertrud.

래고래 말하다가, 가끔 웃고, 그러다가 머릿속에 담긴 저속한 말을 내던졌다. 아무도 황제가 어디에 있는지 몰랐다. 황제는 여행을 많이 한다고 알려졌지만, 눈이 쌓인 곳에 오지는 않았다.

"제국은 광대하고 황제는 멀리 있어."

사내들은 만족해하며 말했다.

리살은 제국을 바로 염두에 두고 시작해야 되는지 판단하지 못한다. 그는 직역을 필요로 하지 않지만, 행간 사이로 고상한 이념을 반짝반짝 빛나게 해야만 했다. 밖에 세차게 비가 내리면, 그는 외투를 걸치고 모자를 쓰고 부엌을 살금살금 지나 집 밖으로 나와 흠뻑 젖곤 했다. 실린더 모자는 머리에 꼭 쥐고 있지 않으면 바람에 날아간다. 돈이 있으면 새 우산을 살 수 있었을 텐데. 그러면 그는 여주인을 보다 다정다감한 모습으로 만나고, 집세가 밀렸더라도 창피해할 필요는 없었을 텐데. 그가 나무를 사다 주고, 여주인이 큰 화로를 가동시켜서 작은 방을 따뜻하게 했을 텐데. 작은 방에 또 다른 손님들도 앉아 있고, 리살 또한 안온한 온도 속에서 글을 쓸 수 있을 것이다. 여주인은 저녁이 되어도 추워하지 않는다. 또 리살이 햇빛을 직접 쐬지 못하면, 매일 닭살이 돋고 다리도 차가워진다는 것을 믿으려 하지 않았다. 또 리살의 심한 재채기는 겨울이 다가오고 있음을 예고하는 것이라고도 믿지 않는다. 그녀는 10월이 돼서야 비로소 난방을 할 것이라고 말했다. 리살이 나무 구입에 추가 비용을 댔다면 여주인의 기분을 바꾸었을 것이고, 그러면 그는 밤 늦게까지 화롯가에 앉아 꾸벅꾸벅 졸다가 가끔 적당한 말이 떠오르기도 했을 것이다.

이제 서늘한 바람은 리살의 얼굴로 빗물을 날려 보내고, 마차철로가 어딘가에서 요란하게 울렸다. 이런 날씨에 행인들은 종종 어디로 가야 할지 몰랐다.

기독교의 최고 수장은 황제이며, 그것은 스페인어로 '엠뻬라도르'*다. 선량한 황제는 죽었다. 그의 말씀은 눈 밑에 묻혀 있지만, 노인들은 그것을 외우며, 게르트루트 슈타우파허도 남편에게 황제의 말씀을 낭독할 수 있다. 황제가 인정한 자유민 신분증명서는 총독보다 더 유효하다. 황제의 말 한마디가 어떤 제후에게 내려지고, 계속해서 이 제후가 그의 말을 발트슈타트의 평범한 재판관에게 말하면, 그 말은 권위를 잃는다. 그 재판관이 어느 집 앞에 서서 이곳은 더 이상 누구도 마음대로 해서는 안 된다고 말하면, 이미 황제의 말은 공염불이 된 것이다.

그에 반해 자유민 신분증명서는 영원한 가치가 있다. 리살이 생각건대, 이 대목에서 **칼리그타산****이 자유라는 말에 부합할 수 있을지는 중요하지 않다. 게슬러***의 눈에 슈타우파허**** 가문은 해방

*emperador
** 따갈로그어(kaligtasan)로, 뜻은 '안전'
*** 쉴러의 『빌헬름 텔』에서 합스부르크 황제가 슈뷔츠 주와 우리 주에 파견한 총독으로, 본명은 헤르만 게슬러(Hermann Gessler)다. 그는 광장의 장대에 모자를 걸어 두고 그곳을 지나는 자유민들에게 인사를 강요하다가, 작품 후반에 텔의 화살을 맞고 최후를 맞는다.
**** 쉴러의 『빌헬름 텔』에서 슈뷔츠 주의 석공으로 텔의 친구이며, 본명은 베르너 슈타우파허(Werner Stauffacher)다. 그는 부유한 자유민으로 자신의 재산과 권리를 빼앗으려는 게슬러의 협박에 괴로워하지만, 부인 게르트루트(Gertrud)의 조언을 듣고 자유의 투사로 나선다. 또한 스위스의 첫 번째 역사가 아에기디우스 추디(Aegidius

된 사람들과 같으며, 이슬람 제국 군주로부터 도망쳐서 바닷물로 정결해진 민족이다. 황제는 그들이 풀려났을 때보다 더 많은 것을 약속했다. 이 지역에서 어느 총독도 더 권력을 남용해서는 안 된다. 리살이 생각할 때, 리버타드*라는 번역어는 아주 단순할 수 있다. 왜냐하면 따갈로그어는 과일나무나 들판이나 아이들의 노랫말이나 수난곡들에서 쓰이는 경우를 제외하고 스페인어처럼 너무 쉽게 의미에 도달하기 때문이다. 사탕수수를 재배하는 농부들에게 제후는 무엇이고, 황제의 왕관 주위에 있는 둥근 대열은 무엇이란 말인가. 슈뷔츠 주의 슈타이넨에서 땅이 흔들리면, 모든 오두막은 무너지며, 이 점을 농부는 알고 있다. 그런데 오직 저택 한 채만은 그대로 서 있다. 그 집은 돌로 되어 있고, 소유주는 자의식이 있으며, 그의 소들은 셀 수 없을 정도이다. 그의 살찐 말들은 햇빛을 받으면서 빛나고, 헛간은 겨울에도 넘친다. 이것이 풍요라고 소유주의 안주인인 게르트루드가 말한다. 만일 이 자유민 신분증명서가 없었더라면, 게슬러는 너무도 당당하게 이 집으로 들어가 슈타우파허 가족을 해안가로 던져버리고 그들의 자식들은 귀족들의 가축을 돌봐야만 했을 것이다.

자유에 대한 번역어로 적당한 낱말은 리살이 스페인에서 스페인어로 작성한 논문의 번역문에서 찾을 수 있었다. 그 낱말은 칼람바에 있는 어머니가 리살에 관한 소식을 들었을 때 그녀를 걱

Tschudi, 1505~1572)의 저서 『스위스 연대기』에 따르면, 스위스 건국의 초석이 된 1307년 슈뷔츠 주(대표: 베르너 슈타우파허), 우리 주(대표: 발터 퓌어스트), 운터발덴 주(대표: 아르놀트 폼 멜히탈)의 뤼틀리 맹약식을 주도했던 역사적 인물이다.
* 따갈로그어(libertad)로, 뜻은 '자유'

정하게 했던 새로운 개념이다.

"우리에게 걱정만 안겨줄 일에 끼어들지 마."

그녀는 편지했다.

"네가 마드리드에서 위대한 연설을 할 거라 들었어. 무슨 생각이니."

형도 주의를 당부했다. 도미니크 수도사들은 서슴없이 다른 가족을 고를 수도 있다는 거였다.

"우리 가족이 그들의 땅을 관리할 수 있도록 선택되었지. 헌데 우리가 그 땅을 잃기를 원하는 거니?"

당시 리살은 낱말을 고르면서 조금 더 신중했어야 했음을 생각하고 신문에 기고문 쓰기를 멈추었다. 그는 더 이상 연설을 하지 않았고 오로지 소설 작업에만 매달렸다. 그 소설은 거대한 개념을 담지 않고, 오직 이야기만을 담고자 했다. 인생을 아주 직접적으로 모사했기에 어느 누구도 왈가왈부할 수 없다. 라이프치히에 있는 리살의 작은 방 안에는 그의 오래된 논문에 대한 마르셀로 힐라리오 델 삘라르의 번역문이 들어 있는 편지가 비를 피한 채 놓여 있었다. 리살은 델 삘라르가 자유에 적합한 번역어로 찾아낸 새롭고 더 위대한 개념을 처음으로 읽었을 때의 그 낱말보다 그 감동을 회상한다. 리살은 작은 방 안에서 그 낱말을 찾아낼 것이다. 이미 그는 집 앞에 서 있고, 그때 문이 스르르 열리더니 리살 앞에 자신보다 머리 하나 만큼 더 큰 여주인이 서 있다. 그녀는 의미심장하게 눈을 크게 뜬 채 봉투 하나를 들고 윙크한다.

"이것이 당신이 기다리던 어음인가요?"

리살은 비로 흠뻑 젖은 외투를 복도에 벗어 놓고, 실린더 모자를 모자 선반 위에 놓는다. 바지에서 아직도 물이 똑똑 떨어지지만, 그는 부엌에 들어선다. 여주인은 편지를 든 리살보다 앞서갔다. 그는 종이를 잡기 전에 손을 말린다. 부엌용 칼로 그는 봉투를 개봉한다. 그 안에는 아름다운 활모양체로 적혀 있었다.

'인도, 호주, 중국 차타드 은행'

"이제 당신은 더 이상 참으실 필요가 없어요."

리살이 여주인에게 말하자, 그녀는 당혹스럽게 고개를 끄덕인다.

"네가 무조건 출판하고 싶다면, 그렇게 해라."

형은 편지한다.

"내가 절약해놓은 돈을 보내마. 네가 예상한 비용이 맞다면, 내가 보낸 돈은 인쇄 제작비로 충분할 거라고 하더라. 하지만 너무 많은 것을 약속하지 말아다오. 네가 너의 책에서 거짓을 말한다면 성공할 거고, 그렇지 않다면 그들이 너에게 욕을 해댈 거야. 일이라는 것이 다분히 그렇거든."

리살은 새로 구입한 검은 우산을 쓰고 비를 뚫고 간다. 뒤편에서 돌풍이 그에게 불어닥치면, 우산은 그를 위로 당긴다. 그는 스스로를 꼭 붙들고 있어야만 한다. 바람이 수평으로 거리에 불면, 큰 남자보다 작은 남자가 날아가는 모습에 더 가깝다. 돈은 리살이 입은 상의의 가슴 주머니에 고이 모셔져 있다. 외투는 펄럭이고, 리살은 갑작스럽게 껄껄 웃는다. 그는 바람을 향해 맨얼굴을 돌리고 단번에 인도로부터 거리로 나오면서 발끝으로 걷는 것을 멈춘다. 형은 그에게 악의가 없다.

페르디난트 블루멘트리트로부터 한 통의 편지가 도착했지만, 여전히 사진은 들어 있지 않았다. 그 교수는 베일에 싸인 훌륭한 인물이자 뵈멘 주의 왕립황제 김나지움의 교장으로 남아 있다.

"우리는 두 귀가 멀고 눈이 먼 신사들처럼 이야기를 나누네요, 친애하는 블루멘트리트 선생님."

마드리드에 있을 때 그들은 블루멘트리트가 아직 늙지 않았지만 병을 앓고 있다고 말했었다. 그에게 편지를 쓴 사람들은 모두 답장을 받았다. 그는 집에서 필리핀 음식을 요리했다고 알려져 있으며, 수집가로서 그가 받은 파인애플 섬유로 만든 셔츠, 낫, 칼, 낚싯바늘, 목수건, 모든 종류의 보고서 등 모든 것에 감사했다고 한다. 또한 건조된 나비와 박제된 새들을 수령하면, 희망 서적과 필사된 논문을 보내서 감사의 뜻을 전했다. 하지만 그의 진짜 관심은 아열대성 자연에 있지 않고, 주민들이나 혹은 가톨릭교도에게 있었다. 따갈로그어 정서법에 K를 도입해야 한다는 착상에 블루멘트리트는 열광적으로 반응했다. 그는 전폭적인 지지를 약속하고, 파르도 데 타베라에게 결국 독일어가 된 외국어들을 알려주었다. 오렌지, 인도, 철도, 전신 장비 등 낱말에는 신조어도 있고 낡은 것도 있다. 그렇다면 증기선은 따갈로그어로 어떻게 말할 수 있을까?

리살은 독일어에서 관찰되는 몇 가지 새로운 변화에 의구심이 든다. 모든 사람들이 라틴어로 문화(cultus)를 연상시키는 이런저런 글에 독일어로 문화(Kultur)가 적혀 있더라도, 그런 예는 리살에게 변화라고 할 수 없다. 예전에 마치 로마인들과 교회가 존재하지 않았던 것처럼, 라틴어 연주회장(Concerthaus)도 독일어 연주회장(Koncerthaus)이 되어야 하나? 그러나 실제로 리살은 기독교를 카크리스티아노한*이라고 쓴다. 왜냐하면 아이들이 한 낱말을 듣고 그들이 전적으로 본래 기독교인이었다는 것을 알 수만 있다면, C를 K로 바꾸는 일은 손해를 끼치는 일이 아니기 때문이다.

아이들은 보모의 가르침을 통해 범선 한 척이 화염에 휩싸였을지라도 성모마리아 반신상을 앞세운 기독교인들이 자신들의 능력으로 새로운 해안가에 당도하는 길을 찾아냈다는 것을 배웠다. 하나님이 성모마리아 반신상을 앞세운 기독교인들을 필리핀 사람들에게 데려갔다고 한다. 리살은 이런 식의 기적에 기반한 신앙을 거부하지만, 필리핀 민족은 그 전설에서 유추해낸 결말을 공유한다. 기독교 자체를 그것을 전파하는 데 어울리지 않는 도구들의 문제로 축소해서는 안 된다는 것.

심지어 어머니는 필리핀식 기독교가 불경하지 않다고 확신했음에 틀림없었다. 그런 내용을 쓴 사람은 아직 타락하지 않은 것이다. 그 점을 어머니가 소장하고 있는 책에서도 읽을 수 있었다. 왜냐하면 테오도라 알론소에게 금지된 양서가 있다는 것을 알던 시절이 있었기 때문이다.

아버지 돈 프란시스코가 이 층의 대연회장에서 손님들을 맞고 있으면, 어머니는 조용하게 식탁에 앉아 예의 바른 미소를 지으면서 시녀들에게 신선한 공기를 만들기 위해 큰 부채를 살랑살랑 흔들게 했다. 시찰 중인 지사가 손님으로 있거나 경찰서장, 연구자 혹은 성직자가 방문 중에 있으면, 여주인은 어떤 소리나 시선

---

* 따갈로그어(kakristianohan)로, 뜻은 '기독교'

으로도 이 안락한 공기의 공간이 아이들 방이나 책장으로 둘러싸여 있다는 사실을 누설하지 않았다. 테오도라 알론소는 수천 권의 책들을 들여오게 했는데, 그것들이 검열도장을 받았는지 그렇지 않았는지에 대해선 신경을 쓰지 않았다. 그 장서들은 높은 계층의 손님들이 오지 못하는 곳에 안전하게 보관되었다.

그녀의 자식들은 숲의 정령과 길을 잃은 영혼에 대한 이야기를 들었을 뿐만 아니라 곧이어 어머니도 읽었던 내용을 말해주었다. 세상은 칼람바, 비낭, 호수, 마킬링 산, 연쇄적으로 불을 뿜는 화산 너머로 자랐다. 저 밖의 바다 위에 탈출을 준비 중인 죄인들을 수감한 감옥섬이 일어섰고, 한니발 장군은 코끼리를 타고 설산을 가로질렀으며, 사막 어디에서도 아늑한 정원들이 발견될 수 있었다. 소년이 넷, 혹은 다섯, 혹은 일곱 명의 누이들과 함께 침대에 앉아서 어머니의 이야기에 귀 기울일 때면, 먼 곳의 궁전과 황무지들은 그의 마음을 설레게 했다. 어머니는 성자들의 전설을 낭송해주다가 따갈로그어로 된 속담을 맛깔스럽게 섞어가면서, 태평양의 외곽에서 그녀 자신의 기독교를 창조했다. 대도시가 없는 곳, 환락가도 개신교도들도 없고, 유대인들도 호화로움도 없는 곳, 속세의 대학들도 허용되지 않았고 허용되지 않을 곳에서 말이다. 스페인에서 교단수도회가 몰수된다고 하더라도, 그 교단은 필리핀에서 마지막 보루를 완공한다. 테오도라 알론소는 이에 동의한다. 유럽은 죄악에 빠진 듯하고, 세상의 다른 끝에서 고색 창연한 빛이 아직 비추고 있다. 무신론자인 리살은 눈먼 어머니의 서투른 글씨로 쓴 편지에서 그녀가 겸손과 복종을 요구하고 있음을 읽어낸다.

만약 형이 보내준 돈이 출판하기에 충분하지 않거나 혹은 리살이 자신의 소설 때문에 비웃음을 받거나 가난해지면, 또 그가 의사로서도 실패하고 고향의 모든 것이 없어진다면, 그는 파리로 되돌아가서 새롭게 출발했을 것이다. 그러면 프랑스어로 소설을 쓰고 출판사를 알아보다가 독자를 찾아낼 것이다. 이런 상황을 가정해서 그는 라이프치히에서 프랑스어 수업을 계속할 것이다. 그리고 그는 산책 중에 세르비에 여학교를 발견한다.

그 학교에서는 몬타본 씨가 낮에 수업을 했는데, 리살은 우연히 그와 프랑스어 수업을 하게 된다. 잠깐의 의견을 교환한 뒤, 한 주에 끝내야 할 단원에 대해 합의가 이루어진다.

몬타본은 여학생들이 집에 가고 난 후에 리살을 맞이한다. 제1과를 수업하는데 리살은 좀처럼 흥분을 느끼지 못한다. 며칠 전부터 그는 완전히 개인적인 일과 관련하여 혼잣말을 할 때도 항상 프랑스어로 말하곤 한다. 마치 이 언어만이 친구인 것처럼 말이다.

몬타본 선생은 리살을 자신의 연구실로 안내한다. 창문이 나 있지 않은 그 방은 사면의 벽에 책장으로 덮였고, 가운데에 작은 탁자가 있으며, 천장에 둥근 전등이 대롱대롱 매달려 있다. 몬타본은 리살에게 앉으라고 권하며, 자신도 건너편 의자에 털썩 앉는다. 그는 지치고 탈진한 모습으로 앉았다가, 바로 다시 몸을 곧추세우고 미소를 짓는다. 그의 짙은 회색 양복 조끼는 어깨에 비해 지나치게 크다. 앉아 있는 동안에도 몸에 비해 양복이 커진 것을 명백히 볼 수 있다. 특히 그는 미소 지을 때마다 느슨하게 조립된 사람처럼 보였고, 그러다가 몸을 조금 흔들었다.

"동사의 과거형이라고요?"

그는 믿지 못하겠다는 듯이 아니 거의 슬픈 표정을 지은채 묻는다.

리살은 그에게 프랑스어로 설명한다. 시간과 관련한 동사의 형태규정에 대해 소설을 읽을 때에는 짐작하지만, 그래도 그 스스로 그런 소리를 언제 내도 되며, 혹시 언제 내야만 하는지를 알고 싶다는 것이다.

몬타본은 골똘히 생각하다가, 문학 속으로 서서히 퇴각한 형태가 문제라고 내뱉는다. 그는 아직 제대로 발음하지도 못하는 스페인어를 끌어들이면서 조금의 생기를 띤다. 그의 말을 대충 이해한다면 이렇다. 무엇이 스페인 사람에게 프랑스어를 배우도록 하며, 그럼으로써 그 스페인 사람은 무엇을 얻을 수 있는가.

스페인 소설가 클라린의 『재판관 부인』은 프랑스 소설 『보바리 부인』보다 훨씬 재밌고 이 점에 그들의 의견은 일치한다.

몬타본 씨는 마닐라와 열대지역에 관해서 더 경험하고 싶어한다. 그는 칼람바, 피에스타 축제, 사탕수수, 확대된 친척 관계에 대한 설명을 듣는다. 리살의 긴 성姓은 몬타본이 추가 질문을 하게끔 유혹한다. 말레이시아 사람들에게도 스페인 이름이 있다는 사실은 그를 놀라게 하지 않는다. 몬타본은 어느 날 마을을 조사하러 나갔다가 모든 원주민을 '고메즈', '로페즈', '아곤시요'라고 등록한 공무원들을 상상할 수 있다. 그러나 리살이 새로운 선생님에게 왜 자신의 아버지와 형은 메르까도이고, 자신은 리살인지를 이해시키는 데에는 여러 차례의 추가 설명이 필요했다.

결국 리살은 언제 어디서 중국인이 람코라는 이름을 들고 왔는지는 자신으로서도 완전히 명백한 것은 아니라고 말한다. 중국인을 호이안에서 마닐라로, 마닐라에서 오지로 이끈 것은 분명히 교역이었을 것이며, 그러다 어느 틈에 스페인식 이름인 '메르까도'가 받아들여졌을 것이다.

"확실하지 않아요."

리살은 말한다. 최고 가문 출신인 인디언과 백인의 혼혈인과 결혼한 사람은 더 이상 잡상인이나 장사꾼으로 불리고 싶지 않았다는 것이며, 특히 그런 이름 안에는 중국적인 것이 너무 많이 들어 있다는 것이다. 그래서 아버지 돈 프란시스코는 뭔가 정말 새로운 것을 생각해냈다. 지금껏 들어보지 못한 낱말로, '논에 심은 새로운 어린 싹'을 뜻한다. 돈 프란시스코는 첨가하는 이름이었지만, 스스로를 '리살'이라 불렀고, 그 이름을 등록하기도 했다.

그렇다고 그것이 왜 두 형제가 다른 이름으로 불렸는지를 분명하게 하지는 않는다. 리살은 침묵하면서 미소를 짓는다. 몬타본은 살짝 뒤로 물러나더니 이맛살을 찌푸린다. 아직 만족스럽지 않은 것 같다.

그는 신뢰할 만한 인상을 준다. 뭔가 밝으면서도, 대단한 부드러움이 두 눈에 있다.

"선생님은 파리에서 오셨나요?"

"시골 출신입니다."

몬타본은 연신 의문스럽게 바라본다. 리살은 파리 근처에 체류할 때 마음에 쏙 들었던 몇몇 명소들을 거명한다. 파리 식물원, 의학사 박물관, 여름 곡마단에 있는 말의 번호, 루브르 박물관, 샹

피니 근처에서 벌어졌던 살육전의 광경들.

이제 몬타본은 오만상을 찌푸린다.

"끔찍한 전쟁이었죠."

리살은 조심스럽게 말한다.

"바보 같은 일이었어요!"

몬타본은 대꾸했고, 그의 목소리가 점점 높아지다가 기운 빠진 음성으로 바뀐다. 몬타본을 곡마단 이야기로 괴롭혀서는 안 되며, 그도 교단 수도회와 장교들을 더 이상 진지하게 받아들일 수 없는 것 같다. 프로이센 역사든 프랑스 역사든, 그는 전혀 상관하지 않는다.

리살은 몬타본의 말이 무엇을 의미하는지 간단하지 않다고 생각하지만, 그래도 그런 언급은 납득하기 어려워서 몇 마디 덧붙인다.

"나는 텅 빈 살육의 평야를 회상해요. 광활한 하늘, 죽은 말들······."

몬타본은 그를 묵묵히 바라볼 뿐이다. 뚜렷한 입장 표명이 없었기에 리살은 몬타본을 어떤 사람이라고 분류할 수 없다. 그러나 몬타본은 신중함을 상실했으며, 확실히 그의 맑은 눈과 고통스러워하는 듯한 웃음을 보면 그는 망상 속에 살고 있었다. 몬타본은 두려움마저도 마비시키면서 세상 전부와 관련하며 역사로 확대되어, 모든 것을 태풍처럼 끌어당기던 그 시절을 떠올리려고 한다. 모든 것은 1870년, 1871년, 1872년*에 사라졌다 나타난다는

---

* 프로이센(구 독일)과 프랑스의 보불전쟁(1870~1871)을 의미한다.

것이다. 그의 수다는 그치지 않는다. 파리 곳곳에서 그는 패배에 대한 회상물을 보았다. 누군가 몬타본에게 알려주는 대신에 낮은 목소리로 가옥의 벽에 난 총알 구멍들을 해명했고, 파리 코뮌의 몰락은 스페인 공화국의 종말과 연동되었으며, 한 무리의 대학생들이 모든 시가전을 통해 행진한다. 말레이인들, 인디언과 백인의 혼혈아들, 스페인 사람들이 전부 함께 식민지의 개혁을 요구한다. 그들은 자유분방하다. 총독의 궁전은 더 이상 먼 곳에 있지 않으며, 새 시대는 시작되었고, 그들은 세상의 중심에서 별난 생각을 하게 된다. 마닐라가 마드리드이자 파리라고.

리살은 마닐라의 산토 토마스 대학교 대학생들 사이에서 있었던 봉기에 대해서 설명한다. 그의 형 빠차노 메르까도 위 리살은 당시에 이미 평소에는 간단히 빠차노 메르까도라고 불렸는데, 그 봉기에 대해서 열광했다는 것이다.

"당시 많은 사람들이 교수형에 처해졌어요."

리살은 말한다.

"그래서 형은 더 공부할 수 없었고, 도시에서 사라져야 했지요. 우리는 그가 시골에서 안전하기를 바랐어요."

그가 십 년이 지나고 난 뒤 제 발로 대학에 왔을 때, 아버지가 신변의 안전을 위해 이름을 '리살'만 사용하라고 충고했다는 것이다.

"그러면 그렇지."

몬타본은 마치 세상이 돌아가는 이치에 대해 자신이 세운 심오한 가정이 증명된 것처럼 말한다.

그는 이번에는 과거형 동사를 사용하면서 그 학생에게 더 많은 이야기를 해달라고 요청한다. 리살은 우선 과거형 동사표와 규칙들을 보고 싶어 한다. 몬타본은 그가 원한 것을 내놓는다. 리살은 읽다가 다음의 대목이 시작되기 전에 신경질적으로 헛기침을 한다.

"1870년 11월의 어느 평일에 돼지들이 길거리의 진창에 처박혀 있을 때, 돈 프란시스코는 집 앞에 서서 시민 경호대의 소위에게 인사했다. 소위는 저녁식사와 말에게 줄 사료로 그득한 구유를 청했다."

"맞아."

몬타본 씨는 말한다.

스페인 사람이 올 때마다 늘 돈 프란시스코는 집과 마구간을 열어두었다. 그는 그 소위와 매우 친했다. 소위는 도둑을 데려온 것은 아니지만, 매주 집에 들러서 전 군대가 먹고도 남을 사료를 먹어치웠다.

"시절이 태평했다면, 제가 소위님을 기꺼이 대접해 드릴 텐데요."

돈 프란시스코는 말했다.

"하지만 시절은 수상하군요. 저는 소위님께 다른 곳에서 사료를 구입하시라고 요청드려야만 합니다."

소위의 말이 격분했다. 말은 뒷다리로 서서 난폭하게 걷어찼다. 말은 주인의 저주보다 더 크게 울었다. 그 스페인 사람이 깊은 진창만을 밟으며 천천히 물러났을 때, 돈 프란시스코는 웃었다.

일 년 뒤에 나의 삼촌 돈 호세 안토니오가 유럽에서 홍콩을 거처 귀국했다. 우리는 해안에서 그를 환영했다. 그는 해안가에서 아내를 찾아보았지만 발견하지 못했다. 그의 집은 버려져 있었다. 자식들은 머슴들이 남겨 놓은 것을 먹고 있었다. 돈 안토니오는 시민 경호대 소위의 품 안에서 자신의 부인을 발견했다.

"그의 누이인 고상한 테오도라 알론소는 무슨 일을 했나?"

그녀는 자비를 구했다.

"그녀를 데려와."

그녀는 남동생에게 간청했다.

"가문의 이름을 생각해봐라."

돈 안토니오는 동의했다. 하지만 그는 자신의 가문을 치욕으로 추락시키기보다 차라리 간통한 아내를 둔 조용한 서방이고 싶었다. 그 죄지은 여인은 삼촌이 생각을 말하자 놀란 눈으로 쳐다보았다. 그녀는 삼촌 옆에서 어색하게 함께 걷다가, 집에 들어서서 자식들의 머리카락을 마구 쓰다듬었다.

소위는 가만히 있지 않았다. 곧 그는 돈 안토니오가 살인을 계획하고 있다고 대장을 설득했다.

"그가 너를 죽이려 한다고?"

대장이 물었다.

"감히 혼자서 그런 짓을 하지는 못할 겁니다. 하지만 콧대 높은 테오도라 알론소가 그를 도울 거예요. 그는 이미 독약을 섞고 있어요."

그러던 어느 아침 경찰들이 우리 집을 급습해서 어머니에게 쇠고랑을 채우는 일이 벌어졌다. 그들은 어머니를 걸어서 오십 킬로미터 떨어진 산타 크루즈까지 끌고 갔다.

몬타본은 책상을 쳐다본다. 리살은 이 이야기를 아주 객관적으로 설명하려 했으며 이미 다양한 표현법으로 적어두기도 했다. 심지어 유례가 없는 짧은 표현법도 있었다. 그 이야기는 이미 거의 더 이상 진실이라고 할 수 없다. 그리고 몬타본은 마치 기습받은 사람처럼 탁자를 쳐다본다.

"제가 과거형으로 옳게 말했나요?"

몬타본 씨는 머리를 흔든다. 그는 리살에게 과거동사로 제대로 말하지 못한 대목을 알려주고, 리살은 그의 가르침에 따라 올바른 형태로 말한다.

칼람바의 무대 위에는 베르너 슈타우파허가 부인 게르트루드 옆에 앉는다. 그들은 천천히 그리고 조금은 뻣뻣하게 움직이며, 극은 그들의 얼굴 위에서 전개된다. 명료한 표정에서. 관객도 빠져들기 시작한다.

베르너 슈타우파허의 가장 깊은 내면에는 위험한 상념들이 움직인다. 그는 서서히 머리를 돌려서 손을 떨다가, 처음에는 손가락만, 그러다가 팔목까지 흔든다. 관객은 잠자코 있는 그 남자를 끈기 있게 관찰한다.

게르트루드는 말한다.

"그들이 우리를 몰살시킬 때까지 기다려서는 안 돼요."

슈타우파허는 고통으로 인해 눈살을 찌푸린다.

"여보, 현명한 사람은 사전에 대비하는 거예요."

"사나운 병력을 행사하는 그들 무리들은……."

베르너는 대꾸하면서 펄쩍 일어선다.

"끔찍이도 격분하는 공포로 다가올 것이오."

가축이 도살되고 마구간이 맹렬히 울부짖으며 화염에 휩싸일지라도 농부들에겐 도끼 말고는 아무것도 없다. 어떤 갓난아이도 빠져나오지 못한다. 슈타우파허는 길거리에 널린 벌거벗은 시체들에 대한 생각을 떨쳐내지 못한다. 썩어가는 시체들. 그렇게 된다면 투쟁의 가치가 없다는 것이다. 다른 사람들은 오두막을 3일 안에 다시 지을 것이다. 가난한 농부들은 그런 일에 익숙해 있다. 그들은 거센 폭풍우와 지진이 지나가고 난 뒤에 처음부터 시작한다. 하지만 슈타우파허는 미래를 바라보며 돌로 짓는다!

게르트루드는 대담했고 남편에게 용기를 불어넣어 준다. 그녀는 중요한 것이 집은 아니라고 말한다. 남편이 고집을 꺾고 무대 위에서 안아줄 때까지 아내는 그에게 조상들과 자유민 신분증명서에 관해서 말한다.

칼람바의 확 트인 하늘 아래에 몇몇 바보들은 이 장면을 보고 낄낄대고 웃는다. 하지만 베르너 슈타우파허는 더 이상 현혹될 수 없다. 그는 반란을 모의하기 위해 우리와 운터발덴으로 갈 것이다.

⚜

검안경檢眼鏡. 1886년 8월에 하이델베르크 대학은 개교 500주년을 축하했다. 시민들도 함께 환호했다. 그들은 전통 복장을 입고 축제 대오를 이루면서 도시를 관통했고, 그러면서 안과의사 오토 베커의 집을 지나가기도 했다. 초대한 사람과 더불어 그곳 발코니 위에 서 있었던 사람이 헤르만 헬름홀츠다. 그의 모습은 누구라도 볼 수 있었고, 그 축제에 빠질 수 없었던 호세 리살에게도 마찬가지다. 헬름홀츠는 축제 행렬 차량에 타고 있는 그레테 베커를 연호했다. 그녀는 우중충한 벨벳 의상을 걸치고 긴 옷자락에는 사자 문양이 그려져 있었다.

3일 뒤에 헬름홀츠는 안과학회 총회에서 검안경을 발명한 공로로 표창을 받았다. 그때 리살은 축제 대오 속에 있었다. 그는 밝게 빛나는 눈을 들여다볼 수 있고 시신경의 입구인 망막의 섬세한 혈관을 조용히 관찰하기 위해 파리에서 검안경을 구입했다. 렌즈를 통해 본 안저眼底는 확대되었다. 교재에도 나와 있는 이 조그마한 호두 크기의 기관이 어떻게 적도, 경도, 위도, 그리고 지하에서 울긋불긋 물결치는 뒤틀림을 담은 지구가 됐는지 이해할 수 있었다.

6

→

노새 행렬들이 항구를 떠나, 느릿느릿 계곡을 따라 높이 기어오른다. 김을 내뿜는 숲과 갈대 덤불숲 사이를 지나 비좁은 계곡이 만든 평지에 도달하면, 나란히 서 있는 마을들이 보인다. 한 아담한 구릉에 있는 마을이 알트도르프*인데, 여기에 탑이 한 채 지어진다고 한다. 낯선 곳에서 파견되어 주인 행세를 하려는 총독이 마치 장난감 집을 조립하려는 어린아이처럼 놀고 있다. 그는 바보처럼 발을 세차게 디디며 계곡을 걷다가, 여기에는 성곽을 놓고 저기에는 울타리를 친다. 알트도르프의 주민들은 그렇게 그가 사

---

* 쉴러의 『빌헬름 텔』에 나오는 스위스 우리 주의 한 마을(Altdorf)로, 희곡의 주요 배경이다. 알트도르프는 신성로마제국의 일부로서, 황제 알브레히트 1세의 통치 아래에 있는 제국 직할령이다. 그래서 파견된 총독이 황제의 권한을 대행하게 된다. 그중 한 명이 게슬러다. 그는 장대에 걸린 총독의 모자에 인사를 드려야 한다고 알트도르프 주민에게 강요하며, 이 계율을 무시하는 사람의 목숨과 재산은 온전하지 않다는 자신만의 계율을 선포한다. 이 일을 위배한 사람이 바로 빌헬름 텔이다. 그 죄로 텔은 게슬러 총독이 보는 앞에서 화살로 아들의 머리 위에 있는 사과를 명중시켜야 했다.

람들을 깜짝 놀라게 하려 한다고 말하면서 큰소리로 웃는다.

　이곳에 짓게 될 감옥에는 스페인식 명칭이 붙지 않을 것이라고 하며, 리살도 스페인식의 '요새'라는 말이 어울리지 않는다고 생각한다. '은신처'는 자바어에서 기원한다. 은신처는 첫 범선이 수평선에 출몰했을 때 이미 보였다. 은신처에는 대포 주조법을 알고 있는 야만인들이 살았다. 고운 금가루로 치장한 그들이 이방인들에게 인사했다. 은신처는 만곡 위의 알트도르프에 우뚝 솟아 있다.* 저 아래 바다에 이제 정크선이 정박해 있고, 노새에 비단이 실리며, 질그릇은 젊은이들의 머리에 실려 고갯길 너머로 운반된다. 이방인 재판관은 대담하게도 도로세를 징수할 뿐만 아니라 마을에서 세금과 강제노역을 선포한다. 원주민들은 그런 명령에 응하지 않는다.

　물론 원주민들은 멀리 떨어져 있는 황제에게 충성을 맹세했고, 마자파히트 왕국 고관의 비위를 맞추었다. 그들은 중국의 황제에게 아름다운 천, 도자기, 금 세공품을 보냈다. 그들은 거대한 제국에도, 또 가톨릭 제국에도 속하고 싶었다. 그리고 답례품도 기대했다. 하지만 조세나 강제노역에 대해선 일언반구도 없었다.

　주민들은 성곽을 향해 기어오르고 있는 병사들을 보며 놀려댄다. 병사들은 막 질주하다가 물을 뿌릴 것 같은 분장을 한 것 같다. 그러면 계집애들은 골목으로 도망치다가 범인이 잡히면 새된 소리를 낸다. 세례 요한의 탄생을 기리는 익살극은 쉴러가 사육

* 이 소설 대목부터 필리핀 지명과 스위스 지명이 섞여 나오면서 필리핀의 식민지 역사와 스위스의 건국 역사가 얽히기 시작한다.

제라고 이름 붙인 카니발의 일부다. 그때 그 이방인이 게슬러의 모자*를 장대에 걸고 깡패들을 앞세워 행진하듯이 병사들과 함께 이곳으로 오면, 원주민들은 "불링 불링"**이라는 경멸적인 낱말을 선택한다.

그렇게 조롱하는 사내들도 여주인 앞에 서기만 하면 마치 기도할 때처럼 중얼거리며 부탁하고 시종일관 소곤소곤 말한다. 게다가 그들은 큰 금액이 장부에 적히면, 비굴하게 보일 정도로 고개를 끄덕인다. 거리에서 신부나 석공을 우연히 마주치면, 쓰러진 채로 그의 손을 붙잡아 자신의 이마로 가져간다. 낯선 사람들과 부자에 대해 존경의 마음을 보여주는 데 어떤 거리낌도 없다. 하지만 이제 한 재판관이 한 개의 모자 앞에서 무릎을 꿇으라고 그들에게 요구한다. 재판관은 지나치게 그 일을 강요한다. 가치를 중시하는 사람이라면 그런 말도 되지 않는 일에 동참하지 않을 거라고 주민들은 말한다.

이곳에선 모든 사람들이 소리를 낮추어 말하는 '사악함'은 뱀으로 등장한다. 리살은 사악함이라는 낱말을 파리에서 새롭게 터득했다. 파르도 데 타베라는 자바인들이 동쪽으로 배를 타고 와서 인도의 언어를 섬 전역에 퍼트리던 당시에 뱀은 자바인들에게 성스러운 동물이었다고 설명했다. 서쪽에서 온 상인들과 뿔뿔이 흩어진 북쪽 제국 출신의 해적들이 전달한 모든 것을 받아들인 낱말 수집가, 청취자, 가수들이 루손 섬에 있었다. 그들은 곧 코끼리

* 쉴러의 『빌헬름 텔』에서 스토리의 주요 동기였던 알트도르프 마을의 장대에 걸린 모자를 가리키며, 총독 게슬러의 위압과 폭정을 상징한다.
**따갈로그어(buling-buling)로, 뜻은 '말도 안 됨'

73

와 호랑이에 어울리는 모국어를 갖게 되었고, 그들이 여태 한 번도 보지 못한 거대한 동물들에 대해 설명했다. 나중에 그들은 뱀을 아하스*라고 불렀다. 우리 주에선 뱀은 산악지대를 감싸는 나쁜 생명력을 뜻한다. 뱀은 만, 즉 육지 안으로 들어와 알트도르프에서 잘 보이는 바다 안에서 서식한다.

"보라고."

기예르모는 석공 슈타우파허에게 말한다.

"바람은 산악지대를 지나면서 뒤에 흔적을 남기지 않아. 우리가 저 아래에 있는 뱀을 꾀어내지 않으면 뱀은 날뛰지 않을 거고, 그럼 물은 일지 않고, 뱀은 대가리를 산 정상 사이로 똑바로 세워서 침을 뱉지 않을 거야. 우리가 아주 편안히 일할 수 있다면, 그곳이 우리에겐 안전한 곳인 거야."

기예르모는 말한다.

"자네는 자네가 한 말을 스스로도 믿지 않잖아."

베르너 슈타우파허가 대꾸한다.

복잡한 동사 중에서 리살은 집합 형태 동사를 자주 쓴다. 스페인 사람은 집합 형태 동사를 유럽의 복수 동사와 혼동할 수 있다. 그러나 동사 변화가 기계적으로 이루어지면, 어떤 행위가 혼자가 아닌 여럿에 의해 이루어질 경우가 생기고 그러면 무엇이 변하고 있는지를 올바로 표현하지 못한다. 어근 아탁**이 자라서 나그시

* 따갈로어(ahas)로, 뜻은 '뱀'
** 따갈로그어(atag)로, 뜻은 '공동 작업'

시파가타그*가 된다. 이곳에서 나그시시파가타그는 요새를 건축하기 위한 돌을 쓸 만하게 내리치는 일을 하는 사람인데, 개별 강제노역자를 말하지 않으며, 그렇다고 복수의 노동자로 배가되지도 않는다. 알트도르프에선 강제노역 노동자들이 큰 무리를 이루는데, 그들의 직업군은 매우 다양하다. 가구공, 목수, 잡역부, 미장이뿐만 아니라 원칙적으로 모든 농부, 젊은이들과 노인들, 거의 탈진한 할아버지도 포함된다. 병사들이 장대에 모자를 걸고 행군하면 노동자들은 모두 건설 현장에 선 채로 있다. 많은 기둥과 목책이 묶여 하나의 완성품인 건축용 비계飛階로 서 있는 것처럼, 노동이라는 것이 개별적으로 이루어질지라도 마지막에는 더 이상 그 노동이 아니다. 몇 달 전부터 리살은 고향 사람을 더 이상 만나지 못했고, 막시모 바이올라는 온다고 했지만 그게 언제인지 모른다. 마드리드와 바르셀로나에 있는 망명객들이 리살에게 편지를 쓴다. 그러면 그는 멀리 있더라도 그들의 음모를 추적하면서 점점 실망감이 커진다. 그가 독백하면서 그 망명객들을 생각하면, 가끔 말문이 막힌다.

밤마다 작은 방에 있을 때면 웃음이 그치질 않는다. 예전에 목수 한 명이 추락해서 죽게 되었다. 그러자 한 노동자가 슬퍼서 우는데, 그가 연달아 꽥꽥 내는 괴성은 대기 속에서 하할락학**으로 울린다. 그런데 이 괴성 없이는 슬픔을 생각할 수 없다. 여주인은 잠이 들고, 리살은 난방비를 지불했기 때문에 이제 작은 방의 따

* 따갈로그어(nagsisipagatag)로, 뜻은 '주다'
** 따갈로그어(hahalakhak)로, 뜻은 '기쁘게 웃는다'

뜻한 화롯가에 앉아도 된다. 그럼에도 추위가 느껴지기 시작하면, 장작을 더 올려놓는다.

그 괴성은 인간의 소리가 아니며, 새들은 새된 소리로 울면서 쪼그리고 앉아 있다. 뱀 한 마리가 바다로부터 일어서 요새 위에서 활모양을 만든다.

"보라고."

슈타우파허는 말한다.

"우리는 그들과 싸워서 이겨야 한다고!"

기예르모는 모든 승리를 원하지만, 말하는 것에 그치거나 연대하거나 오래 심사숙고하는 일에 반대하며, 석공들끼리 스스로 논의해야 한다고 했다.

"할 일이 있으면, 나를 불러줘"

그는 말하고 사라진다. 뒤에는 노동자들이 건축현장에 남는다. 마지막으로 리살은 쉴러의 작품을 조금 개선하려고 한다. 이를테면 한 병사가 노동자들을 어리석고 게으르다고 한 대목이 있다.

"그들은 저질 민중이야!"

그는 외친다. 리살은 이런 욕설을 보다 정확하게 이해하려고 한다. 왜냐하면 '저질'이라는 말은 리살에겐 '게으르다' 그리고 '쓸모없다'의 뜻으로 다가올 수 있지만, 또한 완전히 다른 뜻을 포함하고 있기 때문이다. 리살의 머리엔 두 배로 커진 아름다운 어근이 떠오른다. 그 어근을 그냥 놔두면, 사위사위*는 '역사'나 '의미'

* 따갈로그어(saysay)로, 뜻은 '말하다'

76

로 변할 수 있다. 그러면 그 병사는 바양 왈랑 사위사위*라고 욕한 꼴이 된다. 병사는 양치기들이 안개 너머로 올라가게 내버려두고 싶지 않다. 그들은 욕을 듣기 위해서 병사 앞에 묶인 채 있어야 한다.

"역사가 없는 민중이여! 너희들은 아무것도 아니야!"

그러고 나서 베르타 폰 브루넥**이라는 이름의 귀족 가문 처녀가 등장한다. 그녀는 게슬러의 모자를 앞세운 대오 틈에서 말을 타고 오다가 목수가 넘어져 죽은 것을 보면서 깜짝 놀란다. 그녀는 재빨리 그 무리를 향해 돈을 던진다. 그러자 미장이의 참을성은 폭발하고 만다.

"네놈들이 금을 가지고 피해를 배상하려고 생각했다면, 꺼져라! 우리는 네놈들이 오기 전에 명랑한 사람들이었거늘. 네놈들과 함께 절망도 찾아왔구나."

역병. 1886년에서 1887년에 이르는 겨울, 프로이센 정부는 해외로 떠나려는 사람들에게 남아메리카로 항해하지 말라고 충고했다. 브라질과 칠레에서 콜레라가 맹위를 떨쳤다. 몇몇 도시에선 주민의

---

* 따갈로그어(bayan walang saysay)로, 뜻은 '마을은 쓸모가 없다'
** 쉴러의 『빌헬름 텔』에서 토지재산을 지키는 데 관심이 많은 귀족으로, 본명은 Bertha von Bruneck이다. 1막 3장에선 석공들이 일하다가 발생한 사고에 대해 금으로 보상하면서 석공들의 자존심을 건드린다. 그런데 3막 2장에선 자기를 사모하는 귀족 루덴츠에게 조국 스위스를 배반했다고 비난하면서, 그의 구애를 받아들이지 않고 대신 오스트리아 황제에 반대하도록 독촉한다.

삼분의 일이 병으로 죽었다. 중국에서도 병원균에 대한 보고가
있었다.

칼람바에선 빈번히 마을에서 사라지던 개들이 중국인, 자살자,
프리메이슨 단원, 또한 전염병이 유행하던 시절에 콜레라로 죽은
사람들이 매장된 장소를 찾아냈다. 무덤들이 쉽게 부서질 수
있도록 덮여 있어서, 개들은 배가 고프면, 팔이나 다리 한쪽을
끄집어냈다. 빠차노 메르까도 위 리살에겐 다른 근심거리가
있었다. 그는 책상에 앉아, 손깍지를 껴서 머리 위에 두고,
팔꿈치를 책상판에 괴고 있었다. 메뚜기 떼의 습격이 끝날
때까지 그렇게 움직이지 않고 있었다. 메뚜기 떼가 리살의
들판을 먹어치워서 텅 비게 했는데, 그것이 가장 골치 아픈 일이
아니었다. 왜냐하면 언젠가 메뚜기 떼를 박멸할 약품이 있을
것이기 때문이다. 메뚜기 떼가 날갯짓하며 마을을 휩쓸어갔던
힘은 화학약품으로 그칠 것이다. 오히려 가장 아름다운 긴
평상복에 몸을 감싼 가톨릭 신부를 참을 수 없었다. 그는 땀으로
번지르르해진 둥그런 민머리에다가 성당에서 마리아를 든 채
절망한 사람들의 행렬을 이끌었다. 몇 시간 동안 그들은 노래하며,
올라갔다 내려갔다를 반복했고 그 지친 음성이 집을 에워쌌다.
마을 앞에서 신부가 동정녀 상을 하늘의 검은 벽을 향하여
내뻗자, 그들은 무릎을 꿇는다. 긴급한 상황에서도 그는 라틴어로
중얼거린다.

7

발터 퓌어스트[*]가 자택 입구에서 누군가의 문 두드리는 소리를 듣는다. 그는 아직 감히 문을 열려고 하지 않는다. 문에 걸린 팽이, 으리으리한 낫, 삽 뒤에서 여러 그림자들이 움직이고, 초들이 깜빡인다. 벽에는 초들이 비춘 지팡이가 만든 하나의 직물이 서서히 춤추면서 비로소 뭔가가 시작된다. 상자들은 집 안 내부에 움직이는 검은 실루엣을 던진다. 검은 실루엣 안에 무엇이 숨어 있는지 누가 알겠는가. 사악한 생각들이 집 구석구석에서 튀어나오는데, 이미 발터 퓌어스트는 옷 단추를 끄른 자식들이나 사지가 절단된 부인의 모습을 보고 절규하며 사람들을 죽이고 있다.

"멈춰라!"

그는 입구에서 홀로 말한다. 그는 의심이 많은 남자이며, 쥐 죽은 듯이 서 있다. 구석에 앉아 움직이던 한 심부름꾼은 집주인이

---

[*] 쉴러의 『빌헬름 텔』에서 우리 주의 알트도르프의 석공이자 빌헬름 텔의 장인이며, 본명은 Walther Fürst이다. 그는 란덴베르크 총독이 지배하던 운터발덴 주로부터 도주한 멜히탈을 보호한다.

"멈춰라!" 하고 외치자 그림자 안에서 없어진다.

　누군가 문을 두드려도, 발터 퓌어스트는 문가로 가지 않는다. 그의 내면에는 여러 상념들이 숨어 있다. 사람들 각각은 다르기에, 뭉치면 위험해진다. 평상시에 발터 퓌어스트는 혼자일 경우라도 말하는 것을 좋아하지 않는다. 한 손님이, 그것도 수염이 거의 없는 거친 사내가 뒷방에 숨어 있는데도 그는 말하지 않는다. 다혈질의 남자가 문가에 몸을 바싹 기대고 서서 집주인의 신상에 무슨 일이 일어났는지 귀를 기울인다. 혹시 누가 두드리는가. 어떤 병사가 그 도망자를 체포하려는 것은 아닌가. 발터 퓌어스트라는 사람은 주인도 알아보지 못하고 분노도 조절 못하는 이 어린애 같은 사람과 더불어 무슨 일을 해야 하는가 고민한다. 그 철부지 같은 젊은이는 발터 퓌어스트의 말을 제대로 듣지도 않으며, 황제 재판관의 병사들을 단지 노예나 시종이라 욕하면서 그들 중 한 명과 싸우다가 손가락을 부러뜨렸다. 그는 예전부터 버르장머리 없는 놈으로 알려진 자였고, 그 죄로 쟁기를 끌던 자신의 암소를 내주어야 했다. 발터 퓌어스트도 병사들에게 화가 나더라도, 질서가 필요하고, 법을 따라야 한다는 점을 그에게 주지시킬 수 없었다. 이제 청년 멜히탈*이 그림자와 문 뒤에 숨어 있고, 누군가 문을 두드리면 그는 집에서 가장 큰 위험물이 될 것이다.

* 쉴러의 『빌헬름 텔』에서 운터발덴 주의 젊은이로, 본명은 Arnold vom Melchtal이다. 그는 자신의 황소를 뺏으려던 총독의 하인을 구타하고 도주하지만, 그 죄과로 그의 아버지 눈은 찔러 꺼내진다.

낱말의 음절들이 무성해지면서, 황제의 재판관과 아들, 암소들, 쟁기들, 권리와 자유의 의미도 바뀐다. 음절들은 서로 충돌하고 행위하면서 견뎌 나간다. 하지만 계속해서 왜곡되다가 다시 제자리로 돌아오며, 그 음절들이 단단히 고정되지 않으면 단어는 흔들리고 어떤 문장도 견고해지지 않는다. "왜냐하면 폭군들은 악수를 청하기 때문이다"라고 퓌어스트 씨는 말했다. "그들은 우리에게 우리가 해야 할 일을 가르친다"라고 쉴러는 쓴다. 하지만 이 문장은 언어의 가장 독특한 형태가 아니다. 여기서 능동은 무엇이고 수동은 무엇인가? 세 번째 혹은 네 번째 형태로 "폭군들이 우리를 가르친다."도 있다. 악한 이에게 문장의 영예로운 자리를 내주는 것은 전적으로 잘못됐다. 문장의 요소들은 한 번 더 변화하면서 서로서로를 돌아야 한다. 우리가 가르침을 받는다는 것은 우리 스스로 하는 것이다. 어떤 폭군도 우리를 가르치려 들지 않는다. 폭군은 무심결에 지식을 포기하며 우리가 지금 아직도 집의 입구에 서 있었다는 것을 예감하지 못한다. 우리 두 명은 비록 겁은 먹었지만, 이미 동맹이라는 말을 발설했고, 동맹을 바로 실행에 옮길 수 있다. 이 점이 다른 무엇보다도 중요하며, 그렇게 우리는 스스로를 주체로 정치시킨다.

멜히탈에게 모든 방은 일종의 감옥이다. 발터 퓌어스트는 그가 침착하고 인내심을 갖도록 하기 위해서 그를 뒷방으로 내쫓았다. 퓌어스트는 그 청년의 분노가 어떻게 폭발하는지를 쳐다볼 수 없다. 청년은 그의 가장 깊은 내면에 어떤 재갈도 물릴 수 없었던 것이다. 그렇게 해서 그는 자신의 아버지를 불행으로 내몰았다.

"꾹 참아라."

노인들이 그에게 항상 경고했었다.

"우리도 생각해라, 네가 사랑하는 사람들을 말이다. 우리가 모든 것을 잃어버리길 원하는 거니?"

아버지가 더 이상 안전하지 않을 거란 예감은 사악한 상념을 품게 한 그림자에 불과하다. 운터발덴 주의 평화를 사랑한 그 노인에게 이미 불상사가 있었다. 아마도 저 밖, 한 사내가 문을 두들기는데, 지붕의 참새는 그가 누구인지 아는 듯 지저귄다. 발터 퓌어스트는 문을 연다.

"사랑하는 빠차노, 다음에 나오는 동사의 형태를 어떻게 불러야 할까요? 무의식? 아니면 우연 형태이자 사고 형태?"

가슴은 사납게 날뛴다. 왜냐하면 불현듯 한 남자가 거기에 서 있었기 때문이다. 심장 박동은 기쁨으로 빨라진다. 베르너 슈타우파허가 왔기 때문이다. 그도 동맹을 원한다.

이제 그들 둘은 자택 입구에 서 있고, 멜히탈은 눈에 띄지 않게 문에 몸을 밀착시켜서 엿듣는다. 슈타우파허는 말한다. 그에겐 바움가르텐에 대해서 보고할 거리가 있다. 기예르모가 바움가르텐을 만 너머로 데려다주었고, 이제 바움가르텐은 게르트루드 슈타우파허의 아름다운 집에 숨어 지냈다. 거기에서 바움가르텐은 설명했다. 운터발덴 주에 평화를 사랑하는 한 남자가 살았다. 그곳 사람들은 누구라도 그를 알고 있었다. 왜냐하면 그는 말할 거리가 있었기 때문이다. 그런데 그의 아들이 한 병사의 손가락을 부러뜨렸다. 발터 퓌어스트는 불안해진다.

"멜히탈."

"아들은 도망 중이오."

발터 퓌어스트는 그의 아버지에 대해서 묻는다. 그 청년은 영원히 멀리 떨어져 있다. 기껏해야 문에 불과한데, 문이 그가 일어서기도 전에 그가 알아야 할 것을 아직까지도 숨기고 있는 목소리와 그를 떼어놓고 있다. 절대로 더 이상 그는 문 뒤에 비밀스럽게 웅크리고 앉아서 손톱으로 나무를 파내지 않을 것이다. 멜히탈이 그 병사에게 암소들뿐만 아니라 그의 머리, 손, 육신 모두를 맡겼더라면, 그들은 멜히탈을 자물쇠로 채운 방에 가두었을지도 모른다. 그래도 그는 뒷방으로 쫓겨나서 오직 귀를 기울이는 것 말고는 아무것도 없는 이곳이 퓌어스트 삼촌 집보다 더 나쁘지는 않았을 것이다. 아마도 리살은 멜히탈의 손동작들이 문에서 이미 들릴 수 있다고 생각한다. 누군가 저기 밖에 앉아 있으면, 그는 편안히 머무를 수 없다.

발터 퓌어스트가 모든 것을 알고 싶어 하자 슈타우파허는 망설인다. 처음에 병사들은 단지 아버지를 체포했을 뿐이다. 아버지는 아들을 넘겨야 했지만 그렇게 하지 않았다. 그때 형리를 불렀다. 병사들은 그 노인을 바닥에 패대기 치고 난 다음에, 끝이 뾰족한 창으로 그의 눈알을 찔러서 꺼냈다.

지금이라도 젊은 멜히탈은 방 안으로 뛰어들어 갔어야 했다.

"당신이 눈알이라고 말한 거요?"

"이 애송이가 누구요?"

83

슈타우파허는 비나타*라고 말할 수도 있겠다. 그 낱말은 미혼 남을 뜻하는데, 여기선 한 다른 남자가 등장한다. 곧바로 그는 소리치고 울면서 대장부처럼 모든 일을 견뎌나가겠다고 경고한다. 그러고 나서 그는 노래한다. 리살은 독일어로 된 무운시無韻詩를 따갈로그어의 운율로 번역하기 시작한다. 멜히탈이 슬퍼하는 소리를 제대로 낸다면, 그 울림은 옛 서사시나 발락타스**의 시구를 상기시켜야 한다. 두 번씩 여섯 음절에다가 조용한 운율이 느껴져야 한다. 각각의 행은 한 번 더 작게 나뉘고, 그때 숨 고르는 순간들은 배가 된다. 멜히탈은 여전히 적당한 말을 고르려 애쓰는데, '애송이'는 마치 발락타스의 서사시『플로란테』에 적혀 있는 것처럼 '새로운 인간'이 된다는 것이다. 고서들이 새롭게 출간되어야 할 시점이다. 책 제목이 노인들을 놀라게 하려면, 책 제목은 '바공-타오'***라고 해야 한다. 멜히탈은 모든 예의를 갖춰서 노인들에게 연설하더라도, 노인들은 뒤로 물러나며 의구심을 드러낸다. 하지만 멜히탈은 그들을 계속 놀라게 하고, 언젠가는 더 이상 딴 생각을 할 수 없다.

"꾹 참아라."

노인들이 먼저 말하자, 멜히탈이 노래하기 시작한다.

눈빛은 하늘의 축복이요, 한 그루의 나무일지라도 늘 태

---

* 따갈로그어(binata)로, 뜻은 '총각'
** 따갈로그어를 쓰는 최고의 시인이자 작가(1788~1862)로 평가되며, 본명은 Francisco Balagtas.
*** 따갈로그어(bagong-tao)로, 뜻은 '새로운 사람'

84

양을 향해 자라면서, 빛을 받아 충만하게 소생하고, 이처
럼 나무는 빛을 구할진대, 아버지만은 어스름에 갇혀 빛
을 보지 못하니,
절대로 더 이상 아버지는 선명한 붉은 빛을 보지 못할 것
이라, 그가 죽음보다 더 나쁜 어둠에 있다면,
난 내 눈을 뜯어내서라도 그의 어두컴컴한 집에 놓고
행운의 바다에서 빛을 건질 수만 있다면, 아버지에게 빛을
되돌려 주겠네.

이제 각각의 운율은 멜히탈을 떠난다. 그러고 나서 그는 계획에
대해서 군더더기 없이 말한다. 무기고를 습격해서 고통을 피에 익
사시킬 거다.

리살은 따뜻하게 데워진 방에서 나와 자신의 방으로 올라가 재
빨리 옷을 벗고 침대 안으로 기어들어 간다. 여주인은 그의 이불
밑에 뜨거운 버찌씨 자루를 넣어두었다. 그렇게 리살은 자신을
포근히 감싸 안는 동굴 속에 몸을 누인다. 그는 겨울에도 견딜 수
있을 거라 생각하면서 조용히 잠이 든다. 그는 한 번도 일어나지
않고 오랫동안 잔다.
아침에 그는 침대에서 강렬하게 비추는 태양을 내다본다. 그가
그런 아침을 놓치는 일은 아직 없었다. 침대는 안온하며, 그가 조
금 더 누워 있다고 해서 반대할 수 있는 사람도 여기에 없다.
그가 이미 나이 든 남자였다면, 팔걸이의자에 앉아 하루 종일
고향의 숲, 아니 잎들이 한 장씩 나타날 때까지 기다릴 수 있었

을 텐데. 그러면 그는 나무 사이에서 스스로를 잃어버리고 나무가 어디서 자라고, 다음의 나무는 어디에서 시작하고, 줄기는 무엇이고 뿌리는 무엇인지를 더 이상 모를 텐데. 나무들과 꽃들은 아치형의 무성히 만개한 꽃들이 덤불 너머로 펼쳐진 곳에서 구별될 수 없다. 그러면 기근들은 덤불을 둘러싸고, 구불구불한 나무통들은 땅에서 사라질 것이다. 리살은 불현듯 공기펌프와 화학변환기로 이루어진 한 거대한 기계 안에 있다고 생각한다. 그러면 출구 찾기는 어려울 수 있다.

그들이 리살의 고향 방문을 허락한다면, 그는 드디어 마킬링 산을 등반할 것이다. 숙모도 아버지도 리살이 그렇게 하는 것을 막지 않는다. 그는 그들의 뱀 이야기 그리고 도둑 이야기를 더 이상 믿지 않는다. 리살은 마킬링 산을 오를 생각에 좋은 신발과 독일산 배낭을 가져갈 것이다.

그는 아침 식사 전에 운동을 한다. 침대와 문 사이에 웅크린 자세에서 펄쩍 뛸 수 있는 공간은 충분하다. 그리고 뒷걸음도 친다. 허벅다리의 근육들이 심하게 긴장되면, 그는 이완된 채 왔다 갔다 한다. 지쳤다는 느낌이 들면, 더 많이 운동하고, 더 기민하게 움직이고 싶은 충동이 커진다. 그는 펜싱 보폭을 하고 앞으로 뒤로 움직이면서, 마치 검을 찬 것처럼 팔을 든다. 그는 자신의 앞에서 상대방들을 보는데, 이들은 종종 패배한다. 하지만 그의 작은 방은 경기를 하기에 좁다. 그는 팔에 몸을 기대고 몸을 뻗다가, 팔굽혀펴기를 하면서 크게 숨 쉰다. 그는 운동에 몰두하기 직전에 젖 먹던 힘을 모아서 천천히 물구나무서기를 한다. 그러다가 천천히 홀쩍 뛰면서 발로 선다. 그의 가슴이 심하게 오르락내리락하면, 작은 방뿐만 아니라 도시 전체와 주변 지역이 그의 것이 된다. 그는 작센 주를 빠르게 달려서 횡단할 수도 있고, 장거리 경주를 통해 베를린에 닿을 수도 있다. 그는 갑작스럽게 찾아온 작은 배고픔을 즐긴다. 그러면 그는 완전히 옷을 벗는다.

서랍장에서 그는 헝겊을 꺼내 차가운 물에 담근다. 그는 땀을 닦아내고 말끔한 상태로 옷을 입는다. 썩은 냄새 일부만이 뒤에 남는다. 썩은 냄새는 헝겊에 달라붙은 거였고 빨래를 할 때마다 새롭게 피부 위로 번진다. 목욕탕을 찾을 시간일 수 있다. 목욕탕 입장료를 낼 돈은 있다. 그러나 리살은 오늘은 아니라고 생각한다. 그는 멜히탈이 다시 한번 노래하는 대목까지 번역한다. 이번에 그는 낱말들을 보다 자유롭게 고르며 더 이상 울지 않는다. 아버지는 산이 뒤에 던진 낱말들을 들을 것이며, 누군가 아버지에게 기쁜 날에 대해 보고할 것이다. 낮이 어스름한 저녁에 승리를 경험하면, 낮의 태양이 떠오른다.

발터 퓌어스트는 우선 멜히탈을 말린다. 그가 황제 재판관의 무기와 요새에 대적하여 무슨 일을 달성할 수 있을까? 그 젊은이는 슈렉호른산*의 얼음 궁전과 융프라우산**에 대해서 떠든다. 그는 아무도 따르지 않을지라도 그 최고봉들에 돌진할 기세다.

리살은 융프라우가 가톨릭에서 이해될 수도 있지만, 스페인 차용어의 관점에선 처녀를 암시할 수 있다고 자문한다. 달라가***도

* 알프스 산맥의 고봉(Schreckhorn, 4078m)으로서, 뜻은 '공포의 뿔'
** 알프스 산맥의 세 번째 고봉(Jungfrau, 4158m)으로서, 뜻은 '성모 마리아'
*** 따갈로그어(dalaga)로, 뜻은 '사춘기를 지났지만 아직 결혼하지 않은 소녀'

소녀를 말하지만, 그보다 더 고귀한 울림이 있다. 산은 권좌이고, 산 정상은 구름에 둘러싸여 있다는 것은 상식이다. 한 태곳적 여신이 흰색에 숨어서, 아니 마리아 마킬링 이름으로 위장하고 있다. 그 여신은 더 이상 늙지 않으며, 산비탈의 숲에서 길을 잃은 새로운 남자들에겐 늘 아름다움으로 남는다. 그 여신은 사랑에 빠지고, 그러다가 아름다운 사람들을 유혹하면서 그들에게 구름 뒤에 거처를 장만해준다. 이 사랑을 만난 사람은 행복하다.

약혼한 한 남자가 있다고 치자. 결혼식은 임박했는데, 병사들이 와서 그를 강제노역으로 소집했다. 그는 군대에 들어가 무어인들과 전투해야 한다. 전투를 위해 도로와 선박, 먹을 것과 옷이 필요하다. 하지만 그는 멀리 떨어진 섬에서 고열이나 화재로 죽고 싶지 않아, 산비탈을 올라 도망치다가 길을 잃었다. 한참을 헤매다 울긋불긋하게 빛나는 산정에서 마리아를 만난다. 그녀는 그에게 산정에서 같이 살고, 자기와 같이 잠자리에 들며, 영원히 맛난 음식을 먹고 마시자고 초대했다. 그렇다면 마을에 남아 있는 약혼녀는 어떻게 됐을까?

멜히탈은 하늘로 가는 입구에서 목동들을 찾으려고 한다. 그는 그들을 안다고 믿는다. 그가 낯선 사람들이 무엇을 준비하는지를 그들에게 보고한다면, 그들은 바로 알아차리고 싸울 것이다. 반면 계곡의 노인들에겐 자신들의 돌집이 자유보다 중요하다. 슈타우파허는 주저하기 시작한다.

"우리 기다립시다, 최후까지라도……."

어른들이 장고를 거듭한다면, 가장 젊은 청년은 거의 참을 수 없는 지경에 이른다. 그는 어른들이 다루었던 낡은 무기들에 대해서 말한다. 모두가 자신의 도끼를 든다면, 그것은 하나의 병력이다. 그들은 한평생 화살과 활을 연습했다. 이방인들이 그들에게 칼이나 석궁 사용을 금지한 이래로, 그들은 몰래 작고 날씬한 막대기로 연습하면서, 그것을 단도보다 더 강인한, 치명적인 무기로서 투입한다. 쟁기를 끄는 황소가 매우 흥분하면 자신의 뿔을 무기로 바꾼다는 것을 누구든지 알고 있다.

칼람바의 물소, 즉 순한 **칼라바우***가 쟁기를 끌더라도, 칼라바우는 극도로 시달릴 경우에만 공격하기 때문에, 리살은 스페인식 외래어를 선택한다. 그는 싸우는 황소를 **토로****라고 부른다.

알프스의 영양들은 방어할 준비를 갖추고 있으며, 사냥꾼에 너무 근접하지 않을 만큼만 약아빠졌다. 영양은 거친 힘으로 추격자를 저 밑으로 몰아붙이지 않는다. 그는 추격자로부터 벗어나 능숙하게 뛰어다니면서 추격자를 더 이상 안전하지 못한 곳으로 유혹한다. 영양은 사냥꾼을 건드리지 않지만 사냥꾼이 자신의 근거지를 잃어버리고 넘어지게 하는 이유가 된다. 추격자들은 많아지고, 그럼에도 사슴은 몸을 돌려서 머리를 내리고 적에게 뿔을 들이댄다.

야생 동물들과 함께 젊은 멜히탈은 목표지점에 가지 못한다. 그는 노인들을 공경하고, 그들의 결의를 칭찬하며 스스로 짧게라도 침묵을 지키다가, 조상들이 그를 위해 모아둔 유산을 찬양해야 한다. 조상들은 온갖 역경을 거의 돌파한 것이다.

---

* 따갈로그어(kalabaw)로, 뜻은 '검은 뿔소'
** 따갈로그어(toro)로, 뜻은 '황소'

"하지만 우리는 먼저 진정으로 고귀한 분들께 물어보아야 합니다."

발터 퓌어스트는 말한다.

"친애하는 아팅하우젠* 어른을 빼놓고 우리끼리 행동해선 안 돼요."

멜히탈은 꾹 참고 있다가 조용히 말한다.

"나는 우리가 벌써 우리 스스로를 보호할 줄 알아야 한다고 생각합니다."

"오로지 황제만이 모든 것 위에 계신다면……."

발터 퓌어스트는 말한다.

"그리고 그가 우리 최고의 황제 재판관이라면……."

하지만 황제가 재판관은 아니다. 그들 스스로 하나님과 함께 도와야 한다. 또한 그러고 나서 그들은 어디에서 만날지 계획한다. 그들이 어떻게 안전하게 말을 전달할지, 그들이 세 주 각각에서 하나의 심장, 하나의 영혼을 지닌 열 명의 남정네들을 데려올지 의견을 나눈다.

---

* 쉴러의 『빌헬름 텔』에서 우리 주의 남작으로, 본명은 Werner von Attinghausen이다. 그는 작품에서 주민들과 함께하면서 스위스 건국의 정신적 지도자로 추앙받는다.

8

사람들이 외투와 상의로 몸을 감싼 채, 보슬비를 맞으며 넓은 광장의 목욕탕에서 긴 열을 이루며 기다리고 서 있다. 리살만 우산을 들고 있다. 덩치가 으리으리한 한 남자가 어두운 잿빛 얼굴을 하고 리살 너머 저편을 무심히 바라본다. 어머니들의 치마 사이로 자식들이 얼굴들을 파묻고 사라졌다가 다시 주변을 살핀다. 이 외투와 상의, 셔츠와 모직바지로부터 무엇이 나타날지 상상할 수 없다. 이곳은 일종의 세탁소다. 신발을 벗고 맨발로 미끈미끈한 바닥을 어설픈 발놀림으로 걸어 나가면서, 도난당하지 않으려면 외투와 우산을 팔 아래에 끼라고 한다. 그 뒤 사람들은 어느 문을 지나 아주 작은 방의 따뜻한 물이 담긴 욕조에 누워 있게 되지만 결코 조용하지는 않다. 첨벙첨벙 물 튀기는 소리, 아이들의 환호성 소리, 또한 목욕하러 들어온 손님들의 나지막한 신음소리도 들린다. 가벼운 칸막이 벽을 사이에 두고 이웃한 욕조에 몸을 담그고 있는 손님들은 창백하고 털이 나 있으며, 살갗이 벗겨지고 부분적으로 빨갛게 작열하며, 질병으로 인해 울

91

굿불긋하게 얼룩지고, 가끔은 시체처럼 핏기 없을 정도로 지쳐 보이는 몸통을 물속에 담근다. 리살은 물 안에 있는 동안에도 외투, 모자, 그 밖의 옷가지들을 시야에 붙들어둔다. 문에 붙은 옷 걸이는 모든 것을 걸어두기에 정말 너무 작아서, 매번 옷가지들이 리살의 몸에서 나오지 않은 비누투성이의 물기로 흥건한 바닥 위에 떨어지곤 한다. 리살 앞쪽으로 욕조와 벽 사이에서 물을 닦고 물기를 없애고 있는 사람들이 많이 있었다. 그러면 이제부터 이 목욕탕의 오물로 가득한 물줄기들이 돌바닥 위에서 섞이다가, 문 아래에서 풀려서 거기로부터 수로로 흘러간다.

아직 외투는 걸려 있었고, 리살은 한동안 완전히 몸을 물속에 담그다가, 눈을 감고 욕조 안으로 잠수한다. 몸의 때는 이미 벗겨졌다. 피부는 부드러워지고, 손가락 끝의 안쪽이 둥글게 보일 때에야 비로소 목욕탕 직원이 문을 두드린다. 이제 발끝부터 귀까지 모든 것이 고르게 따뜻하다. 온기는 포장되어야 한다. 맨발이지만, 이미 바지, 셔츠, 조끼, 외투를 두르고, 머리에 모자를 걸쳤다. 리살은 목욕실에서 나와 입구로 돌아가서야 비로소 발의 물기를 말리고, 한기를 느끼기 전에 장화에 발을 쑤셔 넣는다.

리살은 외투에다가 외투를 한 번 더 휘감고 골목길을 따라가다가 이중 다리에 도달한다. 대기를 가득 채운 보슬비는 차가운 안개가 되고, 그는 우산을 산책용 지팡이로 사용한다. 우산을 펴는 일은 소용없는 짓이다. 외투도 필요 없으며, 거리 밑에는 두 줄기 강물이 하나가 되어 쏴쏴 소리를 내지 않고 흘러간다. 가게 간판들은 안개 속에서 빛나고 있고, 진열품들은 모두 치웠으며, 리살은 홀로 이름도 없는 어느 거리에 있다. 그는 순환도로 안에 있다고 잘못 생각하면서 여전히 외투 안에 욕조 온기가 갇혀 있는지를 의심한다. 그러나 모자는 뒤통수의 축축한 머리카락을 자유롭게 내버려두면서, 머리카락은 다시 차가워진다. 리살은 계속 걸어갔는데 시내에 가까워졌는지 교외에 가까워졌는지 확실하지 않다. 곧 그는 어느 강에 당도하지만, 그곳이 엘스터 강인지 플라이세 지류인지 알지 못한 채 돌아선다. 그는 방향을 바꿔서 달리기 시작한다. 우회로는 빨리 가게 하는 것이다. 리살은 말의 콧구멍에서 나오는 증기를 보려 한다. 도시철도가 맹인에게 자신의 정체를 알리는 방법은 말발굽 소리 덕분이다. 그는 제대로 추위를 느끼기 전에, 음료 판매소 안으로 들어간다. 모든 것은 다시 처음부터 시작한다. 낯선 자가 기다란 탁자에 우두커니 앉아 있다. 주위의 눈초리가 쏠리며, 그는 고개를 이리저리 끄덕인다. 하녀가 그를 보고 웃는다. 오늘은 그녀가 그의 태도를 이해했으며, 모든 일은 처음에 미나가 그에게 인사했던 하이델베르크보다 훨씬 빨리 진행된다. 이곳에서 리살은 작센 주의 억양에 적응할 시간을 가질 필요는 없다. 그는 쪽지나 라틴어 없이도 주문할 수 있다. 그럼에도 음료 판매소는 그를 제대로 환영하려고 들지 않는다. 미나의 목소리가 없고, 젊은이들의 왁자지껄한 소리에서도 느껴졌던 일정한 음역대도 빠져 있다. 마치 차가운 안개가 집안 내부로 이어져 온 것처럼 보인다. 이런 위도에 사는 사람 이외에 이곳에서 살라고 예정된 사람은 없다. 리살은 이곳에 곰과 물고기만이 살아야 된다고 생각한다. 이런 지역에 사는 것은 강요다. 그때 하녀가 그에게 맥주 한 잔을 가져온다. 맥주는 차가웠지만 몸에 온기를 준다.

집으로 가던 중에 한 사내가 안개 속에서 나와 그에게 말을 건다. 그는 뭔가를 팔려고 했던 것 같은데, 리살이 알아듣지 못한 말을 사용한다. 리살은 그의 말을 제대로 듣지 못했고, 발음은 익숙한 것이 아니었다. 리살은 되물었지만 상대방은 이미 고개를 흔들고 있다. 리살이 그에게 다시 질문을 해달라는 시도는 소용없는 일이었다. 그 행인은 바보를 우연히 만난 것처럼 당황스러워하며 미소만 지을 뿐이다. 그는 황급히 멀어지고, 리살은 말없이 안개 속에 서 있다. 그 사내는 리살의 말 모두를 빼앗아갔다. 한 방에 모든 말이 잊혀진다.

이제 리살은 서둘러 집으로, 『빌헬름 텔』에게로 간다. 그가 집에 도착해서야 잊었던 낱말들이 다시 떠오른다. 그는 우럼 위에 솟은 얼음 산맥을 잘 안다. 그가 쉴러의 작품을 즐길 수 있던 것은 여러 상념 때문이다. 상념들이 그새 어휘를 생각나게 해준다.

계곡의 저택에는 그 알프스 산맥의 남작이 짐승가죽으로 몸을 감싼 채 서서, 영양뿔로 만든 지팡이 손잡이를 쥐고 있다. 그의 뒤편에 붙은 문장紋章에선 태양, 즉 리와나*, 황소 한 마리, 맹금류 한 마리가 보인다. 연륜 깊은 아팅하우젠의 얼굴에는 주름이 깊이 패어 있으며, 희미한 등불만이 빛과 그림자를 던진다. 남작은 똑바로 자세를 취하고 있시만 떠는 몸을 지팡이에 의지하고 있으며, 그의 시종들이 경계를 하면서 큰 낫과 써레를 똑바로 들고 있다. 그들은 이제 노인들 앞으로 걸어온 한 풋내기를 빤히 바라본

* 따갈로그어(liwanag)로, 뜻은 '빛'

94

다. 섬세하게 짠 그의 상의는 노인의 짐승가죽과 주름과 농부용
바지와는 구별된다. 아팅하우젠 노인은 굽이 높은 잔을 차례로
돌리면서 지난날에 대해서 말한다. 시종들은 마시고 있고, 남작은
저 너머 자신이 예전에 그 권리를 돌보고 신하들을 지휘했던 들
판에 축복을 내린다. 이제 그에겐 이른 아침마다 그들과 잔을 돌
리던 낡은 관습만이 남아 있을 뿐이다. 곧 그는 오로지 하나의 그
림자, 아니 아무도 더 이상 그 앞에 서 있지 않은 흐린 거울 속의
상(像)이 될 것이다.

"얼마 안 있으면 나는 단지 이름으로 남을 것이오."

그는 말하면서 조카인 루덴츠*가 어떻게 그 굽이 높은 잔을 거
부하는지 주시한다.

"내 동물들을 돌보러 가라."

그는 시종들에게 말하는데, 리살은 독일식 '우리'의 부정확성을
아쉬워한다.

"아이들이 가면?"

남작은 말한다.

"그리고 하루 일과가 끝나면, 우리는 땅을 가꾸는 일에 대해서
이야기를 나눌 거야."

리살은 그 남작이 모두를 포함하여 말하는지 아닌지를 결정해
야 한다. 친애하는 아팅하우젠 씨가 우리 시종들과 남작들이 함

---

* 쉴러의 『빌헬름 텔』에서 아팅하우젠 남작의 조카로 나오며, 본명은 Ulrich von
Rudenz이다. 그는 작품에서 처음에 오스트리아 황제와 총독 게슬러 편을 들다가,
한편으로 구애를 거부하는 베르타 폰 브루넥의 설득으로, 다른 한편으로 게슬러의
만행에 분개하면서, 주민들의 독립 운동을 거들게 된다.

께 사업에 관해 말한다면, 타요*라고 번역할 것인가? 아니면 아팅하우젠 씨는 배제하는 대명사, 다시 말하면 우리 둘을 말하지 너희 다른 사람들은 아니라는 카미**를 썼는가? 혹은 아팅하우젠은 '우리'라고 말하면서도 전적으로 조카를 배제하는가? 결국 아팅하우젠은 조카를 욕하며, 조카가 입은 도회지 풍의 예복을 비난하고, 배신을 가정하고 있다.

'나는 평생 한 가지 소원을 아직도 공공연하게 갖고 있는데, 네가 그것을 짓밟을 것 같구나. 우리가 개들 앞으로 가거나, 개들이 우리를 저 밖 마을 앞에서 매장하고 우리 스스로 개간했던 땅을 자신들의 땅이라 불러도, 너는 아무렇지도 않은 거야. 네 영혼을 팔아버려라. 아니야, 이 말은 진심이 아니다.'

"너의 가문에 머물러다오, 우엘리***!"

아팅하우젠이 외친다.

"알트도르프로 가지 말거라. 우리 둘, 우엘리, 너와 나, 우리는 이 지역의 왕인 거야."

그러나 루덴츠는 좋게 생각하지 않는다. 백부나 농부들과 더불어 깊이 생각하는 일은 마음에 들지 않는다. 아팅하우젠이 말한 모두를 포괄하는 '우리'는 루덴츠에겐 일종의 공포다. 계곡에서 사람은 그저 썩을 수 있다. 백부는 세상이 넓다는 사실을 보지 않는다. 그는 정크선과 범선이 오는 도시들이 얼마나 아름다운지 모른다. 요동치는 시대가 시작되었다. 관습에서 벗어나 힘 있는

* 따갈로그어(tayo)로, 뜻은 '포함하는 우리'
** 따갈로그어(kami)로, 뜻은 '배제하는 우리'
*** 스위스 이름 울리히(Ulrich)의 애칭(Ueli)으로, 루덴츠의 애칭.

민족에 붙은 사람이 명성과 영예를 얻을 수 있다. 루덴츠는 더 이상 짐승가죽을 입고 싶지 않다. 백부가 '우리'라고 말하면서 단지 스스로와 농부들을 생각했다면, 그 노인은 어떻게 시대에 뒤떨어졌는지를 천민들과 상의해야 한다.

"이성적으로 처신하세요, 백부. 저들은 여러분 모두를 몰살시킬 겁니다."

리살은 아직 자신의 소설을 인쇄할 출판사를 찾지 못했다. 빠차노가 송금한 돈만으로 충분하지 않다. 요즈음 출간 비용은 너무 비싸다. 리살은 어떻게든 돈을 벌거나 다른 세계로 여행해야 할 것이다. 몬타본이 베를린을 추천한다.

"매우 친애하는 블루멘트리트 교수님, 당신은 저에게 여러 대학과 교수님들에 대해 얘기하시면서 저의 동경심을 일깨우셨습니다. 저는 빈으로 가서 총서 한 질을 구입하고자 합니다. 페르디난트 야고어* 교수님의 여행기를 읽고 있어요. 하지만 제가 아무런 관련도 없고 말할 것도 없는 모든 방문에 대해선 주저하고 있습니다."

야고어의 견문록을 한 번 더 읽는 것이 더 간단하다. 그는 마닐라에서 북쪽 파시그 시로 향하면서 증기선을 탔다고 한다. 리살이 고향에 갈 때면 타던 배다. 강가에서 야고어의 눈에 띈 것은 농촌총각들이었다. 리살은 그들이 즐거워하며 소리 지르는 것을 들

---

* 19세기 후반 베를린 박물관의 지원으로 아시아(주로 필리핀, 인도, 동아시아, 남태평양)를 여행하고 체류하면서 견문록을 썼으며, 본명은 Ferdinand Jagor(1816~1900).

고 있다. 그들은 물소 위에, 아니 동물들의 넓은 등 위에 맨발을 한 채 똑바로 서 있다. 그 젊은이들은 어린 나뭇가지로 만든 회초리로 물소들을 물 안으로 몬다. 물소와 젊은이들도 더럽고, 태양은 작열하지만, 물은 서늘하고 엄청난 짐승 떼가 물결을 가르면서 물을 뿌린다. 그래도 여전히 젊은이들은 똑바로 자세를 잡고 물세례를 받다가 물소가 잠수하면 아주 가볍게 무릎을 꿇는다. 그 뒤 그들이 떨어진다 하더라도 그들은 웃으면서 잿빛의 그 길 동무들에 매달린다.

리살도 직접 거기서 그들을 관찰하며 환호하는 젊은이들의 입장이 되어보기도 하고, 매일 서늘한 물을 끼얹어서 열기를 쫓아낸다. 아버지가 그의 귀국을 금지하지 않는다면, 목욕할 때마다 축제가 벌어질 것이다. 그러나 리살은 당시 마닐라에서 자유주의자들을 위해 건배한 형처럼 구출되지 않았다. 형은 1872년에 밤새도록 토론하면서 스페인이 공화국이 될 것이라는 사실을 기쁨으로 감지했었다.

더 이상 여러 개혁들에 대한 연설이 있어선 안 된다. 이렇게 칼람바의 아버지가 총독을 통해 빠차노에게 전달하게 한다. 돈 프란시스코는 당시 어머니가 그랬듯이 자신의 아들을 옥중에서 면회하고 싶지 않았다. 신부님들이 이제 이런저런 사람들의 참회를 서부해서, 그들을 저 밖의 중국인들 곁에 매장할 수 있게 했기 때문에, 아버지의 걱정은 불쾌함이 된다. 빠차노는 동생에게 조심하라고, 연설을 해도 위장하면서 하라고 충고한다.

리살은 형의 충고를 따르면서, 자신이 번역하고 있는 각각의 장면들과 더불어 이 작품은 아버지의 마음에 들지 않을 것이라고 느낀다. 아마도 번역된 작품은 빠차노도 깜짝 놀라게 할 것이다.

"이 작업이 저에겐 얼마나 어려운 것인지를 당신은 쉽게·상상할 수 있을 겁니다."

리살은 블루멘트리트에게 편지를 쓴다.

"저는 일개 상투어일지라도 오래 궁리하고 관찰해야 합니다. 여전히 저는 독일어의 난해한 시간 관련 낱말의 비밀을 이해하지 못하겠어요. 이를테면 매우 자주 등장하는 페어-, 에어-, 안-, 베-* 등이 붙은 동사들은 저에겐 대단히 기묘하게 보입니다."

모든 대목은 젊은이, 특히 루덴츠가 낡은 마법에서 벗어나기 시작하거나 완전히 벗어나면서부터 달라진다. '유혹하다'는 '속이다'와 '끌고 가다'와 거의 유사하다. 따갈로그어가 문법적인 성^性**을 알지 못한다는 점도 항상 루덴츠와 관련한다. 아팅하우젠은 루덴츠를 아이라고 부르지, 아들이나 조카라고 부르지 않으며, 쉴러가 조상들에 대해서 말한 구절에서도 루덴츠의 부모를 칭찬한다. 백부의 집에 있는 그 낯선 애송이는 어떤 다른 부류의 사람, 한 남자 혹은 한 소녀, 아니 굽이 높은 잔이 돌려질 때마다 여자나 남자의 형상을 한 농경민족을 빤히 바라보며 구석에 있는 늙수그레한 여인이다. 루덴츠가 비웃음을 받은 것은 놀랄 일이 아니다. 왜냐하면 그들은 한 번도 황제 재판관의 궁정에 있던 시골 귀족 루덴츠를 욕하지 않았기 때문이다. 그는 여하튼 농부 같고,

* 독일어 동사 앞에 붙어서 다양한 의미의 변화를 주는 비분리전철(ver-, er-, be-)과 분리전철(an-)을 말한다.
** 독일어 명사의 특징 중의 하나는 세 가지의 성, 즉 남성, 여성, 중성이 있다는 점이다.

세련됨이나 체격도 갖추지 않은 한 촌부에 불과했다. 루덴츠에 반대해서 리살은 '조국'이라고 쓴다. '조국'이라는 낱말은 말 그대로 넘겨받은 것이라야 한다. 스페인의 친구들이 '조국'이라는 말로 새로운 유행의 토대를 만들기 전에, 그리고 마르셀로 힐라리오 델 삘라르가 마닐라에서 자기 멋대로 '조국'이라는 말로 번역하면서 '조국'의 대변자가 되기 전에 말이다. 반면 마드리드나 바르셀로나에 있는 사람들은 세상의 다른 끝에 있는 제도^{諸島}에 대해서 말할 경우에, 어머니의 마을이라고 부른다. 또한 리살이 아망 바얀*이라고 적었음에도, 델 삘라르는 '조국'이라고 옮겼다. 어머니는 항상 아직도 스페인이며, 어머니는 불쌍히 여기면서 이성이 되고, 공화국은 영원히 끝장난 것은 아니다.

아팅하우젠은 아망 바얀이라고 말한다. 조국은 산맥처럼 단단히 서 있지만 패배하고 고통스러워한다. 반면 루덴츠는 춤추고 어리석을 정도로 만족해하며, 이방인 재판관의 시선을 재빨리 붙잡을 수 있기를 끝도 없이 소망한다. 그러나 루덴츠도 이 산맥에 속한다. 그는 이곳에서 태어났을 뿐만 아니라 이 토양에서 식물처럼 성장했다. 백부는 우리가 발아한 이 땅, 띠누부앙 루파**라고 우엘리에게 경고한다.

"알트도르프로 가지 말거라!"

한 영혼을 팔아버리는 일은 어렵지 않다. 영혼 거래는 늘 있어 왔던 것이고 저절로 진행되기 때문이다. 루덴츠가 조그마한 원인

---

* 따갈로그어(amang bayan)로, 뜻은 '아버지의 마을'
** 따갈로그어(tinubuang lupa)로, 뜻은 '고향을 잊다'

이라도 제공하면서 그의 영혼을 혼란과 파렴치한 거래에 놔두기만 하면 충분하다. 아팅하우젠 노인은 그것만으로도 배반이라고 하기에 부족하지 않다고 말한다. 그는 그 아이가 마지막에 한 고백을 오래전에 예감했다. 루덴츠는 궁정의 소녀로서 그를 꼬드긴 베르타를 사랑한다. 달라가라고 불린 산과 같은 그녀는 기사소녀다. 리살은 파리에 사는 그의 친구 파르도 데 타베라의 추측을 믿을 수 없다. 달라가라는 낱말에 동정녀 대신에 고대 인도어로 '아들'의 의미가 숨어 있다는 것이다. 이나*가 바다를 건너오면서 성을 혼동했다는 것이다. 그래서 인도에선 어머니가 여전히 '가장'이었다고 한다. 리살은 되도록이면 아망 바얀이라고 쓴다.

루덴츠는 정체성을 잃어버리고 알트도르프를 향해 비틀비틀 걸어간다. 그 알프스 산맥의 남작은 두 발에 스스로를 지탱하기 어려울 정도인데, 그가 입고 있는 짐승가죽은 그를 거의 묻어버린다. 그는 두 팔로 지팡이를 움켜잡고, 마지막으로 조카를 불러본다. 조만간 아팅하우젠의 소유라곤 집의 골격을 만든 돌, 낡은 문장, 녹슨 검, 투구 정도가 될 것이다. 이제 그는 몇 마리의 암소와 목동에 대한 지배권을 주장한다. 그는 알프스 영양들이 자유롭게 뛰어 노는 모습을 상상하면서 루덴츠가 그에게 생생하게 묘사한 상황을 생각해본다. 자유로운 것이라곤 바다에서 돌출한 암석뿐이고, 항구는 이미 낯선 사람들의 것이다. 물은 계곡 안으로 흘러들어와 정크선을 밀어 올리는데, 전 세계에서 온 금, 포목, 양념들이 이곳에서 하역된다. 노새와 짐꾼들이 그 물건들을 짊어지고 영

* 따갈로그어(ina)로 뜻은 '어머니'

원한 얼음을 통과해서 산악지대를 넘어간다. 이곳 세상은 남작과 총독이 관리하는 발트슈테테*를 필요로 하지 않고, 오로지 항구와 길만을 필요로 한다. 루덴츠는 말했다. 항구처럼 좁은 산길도 벌써 황제 것이며, 이곳의 황제 재판관도 세금을 징수하기 위해 있다고. 황제에겐 돈이 없는데, 그는 돈이 뭔가를 가져오면 누구든 배반한다고.

"옛 언약을 잊어라."

바위가 끄떡없고 산사태가 없으면, 이 바다에서 다른 바다로 가는 길이, 이 항구에서 다른 항구로 가는 길이 자유로우면, 노새들은 좁은 길을 따라 오른다. 아팅하우젠 노인에겐 목동들을 외부의 기습으로부터 막아내고, 세금을 걷는 일 이외에 다른 것은 남지 않는다.

"우리의 가난으로 저들이 땅을 사들이고, 우리의 피로 저들이 전쟁비용을 지불합니다……. 그러나 시장과 재판소가 생기고, 번화가가 들어서는 거죠."

루덴츠가 말하자 아팅하우젠은 자신이 올 겨울에 눈 밑으로 완전히 사라졌다가 강 아래의 동굴로 가라앉을 것이라고 예감한다. 그는 땅 밑의 바람 안으로 들어가, 불에 타기 쉬운 안개가 십자모양으로 산악지대를 뒤흔들 때까지 불꽃을, 땅과 눈밭 밑에서 부는 폭풍우를 기다릴 것이다. 저들이 우리의 양과 소를 세기 위해서, 우리의 알프스 산맥을 측량하기 위해서 와야 한다면, 저들

* 스위스 건국의 모체가 된 세 주. 즉 우리, 슈뷔츠, 운터발덴 주를 한꺼번에 일컫는 말(Waldstätte)이며, 쉴러『빌헬름 텔』의 배경이기도 하다. 훗날 루체른 주가 포함된다.

은 모든 사슴과 모든 토끼가 자기들 것이요 이방인이 아닌 그 누구도 타지의 신분증명서를 근거로 사냥해선 안 된다고 주장한다. 저들이 모든 다리에 차단기를 설치해서 모든 통행을 통제한다면, 저들은 땅의 내부로 돌진하지 못한다. 저들은 지하 바다가 흔들리는 데 대처하지 못한다. 산 속에서 흘러내린 하늘 높이의 물이 계곡에 범람하면, 저들은 모든 목동과 토끼처럼 몰락할 것이다.
"죽을 시간이 다가온 거야."
아팅하우젠 남작이 말한다.

✣

병리학자. 베를린에 큰 재앙이 퍼졌다. 1881년 이래로 홍수가 나거나 세찬 비가 올 때마다 분뇨가 시내를 빠져나가지 못했던 것이다. 하지만 공공 하수구나 저장 웅덩이, 정화조들이 넘쳐나도록 설치되었기 때문에, 그 끔찍했던 시절은 지나갔다. 특히 동물사체나 돌아다니는 쥐들을 통해 정화조들과 연결되어버린 수원지의 오염을 방지하는 약품까지 발견되면서 그 일이 가능했다. 베를린은 도시 재정의 삼분의 일을 하수도 공사에 지출했다. 그런데 그 하수도들은 더러운 물과 찌꺼기들을 시골의 경작지로 배출했다. 도시의 가옥에는 수세식 화장실이 설치되었다. 이런 개선의 추동력 중의 하나는 루돌프 피르호*에게서 나왔다. 그는 1859년 이래로 시의원총회의 위원이었고, 처음부터 배수구

* 19세기 독일의 병리학자이자 인종비교학자로서, 본명은 Rudolf Virchow.

문제에 관여하였으며, 민주주의를 신봉했고 병리해부학 교수였다.
그의 예언은 증명되었다. 하수구 설치 덕분에 콜레라나 이질,
장티푸스나 말라리아로 죽는 사람은 점점 줄어들었다.
라이프치히에서 리살은 피르호가 『루손 섬 원주민의 두개골』에
관해 쓴 논문을 읽었다. 세계일주 여행을 하던 여행가 한스
마이어가 피르호에게 『루손 섬 원주민의 두개골』 세 권을
가져다주면서 정확한 위치를 확인하려고 했다. 피르호는 마이어가
필리핀 북부 방켓 지역의 카바얀 근처에 있는 어느 무덤굴을
올라갔다고 적었다. 그곳 마을 주민들은 개나 맹수 앞에서
망자들을 보호해야 했기 때문에, 거대한 돌 한 층을 제거하는
일이 필요했다. 그러고 나서 가문비나무로 만든 관을 그 안에
넣어두었다. 그리고 마이어는 관 안의 내용물을 비울 수 있었다.
그는 훗날 매장된 사람에 대한 정보를 비밀리에 알게 되었다.
하지만 망자의 성별만은 아직 알려지지 않았다.
피르호는 이런 자료와 다른 두개골 연구를 거쳐서 루손의
산악지대에는 완전히 고유한 인종이 살고 있다는 결론을 내렸다.
그는 이 부족들이 까마득한 옛날 보르네오에서 이주해 들어왔다는
페르디난트 블루멘트리트의 주장을 반박하면서, 오히려 그들과
일본인들의 친족성을 가정했다.

9

→

피어발트슈테테 바다 계곡의 숲은 스스로 비를 만들어낸다. 이곳 대기에 걸쳐 있는 증기로부터 물이 흘러나와 고사리류와 나무의 덩굴식물에 떨어진다. 그러면 초록 층이 넓은 줄기 사이에 형성된다. 노새 행렬의 안내자는 양날의 도끼 칼로 무장한 채, 고갯길의 방해물들을 치워나간다. 덕분에 고갯길은 양달 지역으로 이어지다가, 건조한 소나무 숲지대와 저 윗면의 암석사막과 얼음사막으로 나아간다.

멜히탈은 증기를 뿜어대는 숲을 지나 저편으로 올랐다. 그는 산등성이에서 산등성이를 타다가, 수염수리의 동무가 되고, 그러다가 비어 있는 오두막에 들어간다. 그는 스스로 손님이자 주인이고 목동이 없더라도 이 처소가 목동의 집이라는 것을 안다. 그는 홀로 차가운 황무지를 유랑하면서 리살이 차마 우유라고 부르고 싶지 않은 것을 마신다. 빙하가 녹은 곳에서 흐르는 하얀 물이 그것이다.

따갈로그 고어로는 '새로운 인간'인 이 애송이가 마음을 굳게

105

먹는다. 그의 가장 깊은 내면은 확대되고 흔들림이 없다. 의지, 영혼, 본성, 용기, 선량한 마음은 롭*이라는 한 낱말로 모인다. 내면은 유랑하면서 강인해지는 법이다. 그의 분노는 궤 안에 숨겨진 금은보화처럼 먼 훗날 내밀하게 치밀어 오를 것이다. 멜히탈은 문을 두드리고, 투박한 손과 악수하며 침착하게 보고할 수 있다. 그는 계곡에 만연한 사악한 행위들의 메아리를 듣고 그들에게 약속을 하면서 봉기에 대해 말할 수 있다. 멜히탈이 농노들과 말하면서 봉기하는 모든 계층은 평등하다고 결심한다면, 아무도 그를 배반하지 않을 것이다.

그런 마음이 멜히탈을 고향의 계곡으로 떠돌게 한다. 그는 남의 짚더미 위에 있는 아버지가 근심으로 가득 차 있음을 발견한다. 멜히탈은 자신의 손을 눈알이 도려내어진 아버지의 두 눈 위에 갖다 댄다. 가슴은 이제 부추킨 열정을 다독일 만큼 충분히 단호하다. 열정은 겸허한 얼굴과 순례자의 옷 아래에 숨어 있다. 멜히탈은 황제 재판관이 기거하는 성채로 간다. 그는 읍소하는 주민과 함께 적 앞에 서서 자신을 억제할 수 있을지를 시험해본다. 어떤 흥분도, 어떤 빠른 눈초리도 그를 배반하지 않으며, 멜히탈은 호랑이의 동굴을 몰래 빠져나간다. 그는 모든 계곡에서 믿을 만한 사람들을 모아서 그들과 함께 야음을 타서 뤼틀리** 풀밭으로 간다. 멜히탈 옆으로 용을 퇴치한 용사의 손자인 빙겔리트가

* 따갈로그어(loob)로, 뜻은 '내면'
** 스위스 건국의 주역인 세 주. 즉 우리, 슈뷔츠, 운터발덴 주의 대표자들이 동맹을 처음으로 약속한 피어발트슈테테 호수가의 풀밭(Rüdi)이며, 『빌헬름 텔』의 배경이기도 하다.

따른다. 그들은 한밤중에 뤼틀리 풀밭에 도착해서 슈뷔츠 주민들이 호수를 건너와 정박하는 모습을 보았고, 우리 주민들은 절벽을 타고 들판으로 기어 내려온다.

"우리 모두는 멀리서 왔소이다."

슈뷔츠에서 온 한 노인이 설명한다.

"굶주림은 극심한데 부족수는 미어터지고, 그래서 우리는 세상 반 바퀴를 날아온 것이오."

그들은 집회장에 올라오면서 옛날에 황량한 땅이 있었다고 말한다. 곰들만이 사는 야생지역에는 독을 품은 개천에서 증기가 올라오고, 샘에서는 괴물들이 솟구쳐 나왔다. 그런데 배고픈 사람들이 도착하여 슈타이넨* 근처에 터를 잡고 한동안 쉬려고 하다가 그 땅이 기름지고 개천에 깨끗한 물이 흐르는 것을 보았다. 그중에 몇몇 사람들은 계곡을 따라 계속 올라가면서 괴물도 두려워하지 않았다. 그들은 절벽을 타고 땅으로 왔다가 숲을 개간했다. 빙켈리트의 할아버지는 용과 맞서 싸우다가 사망하고, 그 용도 죽자, 독으로 가득한 증기가 계곡에서 사라졌다.

이제 뤼틀리 풀밭은 어두움 속에 있으며, 맑은 바람이 종소리와 횃불을 든 파수꾼의 외침을 이편으로 전달한다. 그 외침은 밤새 떠돌아다니며, 달빛은 보이지 않는 구름에 의해 부서진다.

"그래서 달빛이 우리에게 무지개를 주는 거죠."

멜히탈이 하늘을 잘 알고 있으면서도 경이롭게 바라다보는 사

---

* 슈뷔츠 주의 정치적 교구로서, 그 이름은 많은 돌(Steinen)과 자갈에서 유래한다. 이 지역을 대표하는 가문이 슈타우파허인데, 쉴러의 『빌헬름 텔』에선 탁월한 주지사를 지낸 베르너 슈타우파허가 나온다.

내들에게 말한다.

"이 광경은 하나의 신호인 겁니다."

사내들은 대꾸한다. 누구라도 한밤중에 색깔이 번쩍이는 장면을 보는 것은 아니라고 첨언한다.

멜히탈은 슈뷔츠에서 온 석공들 앞에 서서 지금까지 체험한 유랑에 대해서 얘기한다. 리살은 멜히탈이 그의 아버지를 고의로 찾아보려 한 것은 아니라는 점을 강조하기 위해서 말의 수위를 조절한다. 그는 별다른 생각 없이 어느 계곡에 들어섰다. 거기서 그는 갑작스러워졌다. 멜히탈은 예기치 않게 아버지의 얼굴을 보았고, 그는 아버지가 있는 짚더미 침대에 앉아 이전에 눈이 있었던 상처 부위에 손을 올렸다. 눈이 있어야 할 움푹 패인 자리에서, 리살이 스승의 수술실에서 잘 알게 된 그 부위에서, 멜히탈은 또한 두 눈이 어디로 갔는지를 보았다. 베커 박사가 자신에게서 적출술과 폰 그래패* 의사의 백내장 치료법을 배우기 위해 전 세계에서 찾아온 제자들에게 필요한 수업용 안구, 그 아름다운 표본을 찾고자 한다면 바로 그것이다. 그래서 안구들은 분리되고 보관해두었다가 나중에 절단되어, 녹내장이나 백내장을 현미경으로 연구하기 위해 쓰이거나, 스케치를 해서 확대하거나 인쇄될 수 있다. 조수 리살에게 그 안구 표본들은 베커의 저서 『눈의 병리해부학 지도』보다 쓸모 있지 않다. 북극에 가볍고 둥글게 휘어신 홍채가 있는 지구본은 흡사 눈의 모습과 같다. 투명한 수정체가 있는 눈의 안쪽으로 검은 물질이 팽창한다. 그 액체는 조밀하게 층

* 저명한 독일의 안과의사(1828~1870)로, 본명은 Albrecht von Graefe.

108

을 이루며 지구의를 가득 채운다. 눈은 머리에 두 개가 있는데, 아스파흐에서 온 요하나 슈미트, 바인호프 선생님, 트리에스트에서 온 농부 주세페 레오나르도치, 모든 조수들이 나이를 들고 깜짝 놀란 마리아 예쉐의 늙은 머리에도 있었다. 예쉐는 눈이 치료되었지만 알파벳을 읽을 수도 없었고, 전혀 책도 읽을 수 없었다. 하이델베르크에 있는 베커 박사의 별실에 보관되었다가 절개된 눈을 가진 대부분의 환자들처럼 그녀는 수술 뒤에 사망했다. 조수들은 아직도 여전히 그런 환자들의 눈에 대한 정확한 스케치를 들여다보면서 백내장 수술을 할 때 어떻게 메스를 갖다 대는지 배울 수 있다. 리살의 귀국이 허락만 된다면 그래서 그가 칼람바에 있는 어머니를 수술한다면, 언젠가 테오도라 알론소도 다시 눈을 뜰 것이다.

옛날에 자유칙서라는 것이 있었다. 자유칙서는 많은 이야기를 남긴 뤼틀리 풀밭에서 유래한다. 당시 선량한 황제 페데리코가 있었다. 우리 주민들은 그가 살인 사건을 듣고 살인자의 권리를 대변하기 위해서 어떤 백작을 보낸 사실을 듣고 기뻐했다. 그 뒤 살인은 그쳤고, 페데리코가 대관식을 하기 위해 로마로 출정했을 때, 우리 주민들은 그를 엄호하기 위해서 부대를 보냈으며, 그 선두에는 폰 아팅하우젠 남작이 있었다.

"더 이상의 요구는 없었어요."

슈타우파허는 말한다.

"세금과 공출에 대한 얘기는 없습니다. 우리가 황제를 결정한 것입니다. 황제가 우리를 결정한 게 아니에요."

"옛날에 한 채의 성이 있었어요."

콘라트 훈이 말한다. 그는 새로운 칙서를 얻기 위해서 길을 떠났다. 그는 수많은 새 칙서들이 당도한 곳의 상황을 설명해야 한다. 새로운 칙서들은 계곡 도처에서 회람되는데, 수도사들이 떼로 몰려와 농부들 면전에 황제의 문서, 즉 서명을 들이대면서, 이 땅은 자기들이 선물받았다고 말한다. 그러자 콘라트 훈은 그 칙서를 면밀히 들여다보고 서명을 검토하고 난 뒤에 스스로 하나의 칙서, 아니 증명된 고문서를 고향으로 가져간다. 이 문서야말로 어느 수도사가 농부에게 내놓은 모든 문서보다 영원했다.

"옛날에 한 왕자가 있었어요."

콘라트 훈이 설명한다.

"왕자의 이름은 후안이었습니다."

콘라트 훈은 황제 협의회의 참가를 제지당했다. 그는 슬퍼서 여러 홀을 배회하며, 각 공국에서 파견된 사절들을 거쳐, 검붉은 안락의자와 그을음으로 더럽혀진 화덕을 지났다. 수백 개의 깜박이는 양초가 있는 왕관 모양의 등 아래에서 그는 그 왕자가 울고 있는 것을 보았다. 후안이 벽감 안에 앉아 있었고, 그 옆에 귀족들이 서 있었다. 그들은 눈짓을 보냈고 콘라트 훈이 그들에게 다가왔다. 그들은 훈의 입회가 거부되었음을 들었다. 콘라트 훈은 뤼틀리 풀빛에서 더 나쁜 일이 후안에게 벌어졌다고 설명한다. 황제는 자신의 조카인 훈의 유산권을 박탈하고 그 대신 그에게 작은 꽃 한송이를 선물했다. 후안은 청춘의 왕관으로 장식해야 한다고 하면서.

"이 황제를 믿을 수 없더군요."

110

콘라트 훈은 말한다.

　폭도들이 주요 사안이 된 것은 수많은 세월이 흐른 뒤였다. 리살은 자신의 작은 방에서 문장을 문장으로, 역사를 역사로 번역하고, 저녁엔 거실에서 뤼틀리 풀밭의 사건에 대해서 번역한다. 그러고 나서 그는 펜싱동호회에서 몬타본을 만난다. 흰색 유니폼을 입은 몬타본의 모습이 큰 저고리를 입은 모습보다 우아했다. 그의 얼굴이 투구 뒤로 사라지면, 리살은 신화적인 게르만 인종의 날씬한 거인과 마주하고 있음을 본다. 리살은 그가 움직이면서 보이는 경쾌함을 부러워한다. 점수 한 점을 이겼거나 졌을 때마다 몬타본이 뒤로 갈 때의 태연함도 부럽다. 리살은 몬타본의 성급함이 그를 방해한다는 것을 너무나 잘 알고 있다. 몬타본은 실수를 참지 못한다. 지고 있다는 것을 눈치채자마자, 그는 저돌적인 무사가 된다. 몬타본은 투구가 얼굴의 특징을 완전히 가리기 때문에 투구를 좋아한다.

　경기가 끝나고 그들은 유니폼을 벗고 상쾌한 마음으로 거리를 통과한다. 말없이 그들은 음료 판매소에 들어선다. 리살은 독일인들이 파리를 점령했을 때 이미 하이델베르크에서 결투장 입회 의사였던 프리드리히 이미쉬에 대해서 설명한다. 1870년에서 1871년까지의 보불전쟁은 대학생들의 결투의식을 바꾸어 놓았다. 젊은이들은 전쟁터에서 난폭해져서 되돌아와 다시 대학생 신분, 즉 결투하는 대학생이 되었다.

　"그들은 이전에는 전혀 그렇지 않았던 것처럼 상대방을 베려고 덤벼들더군요."

리살은 설명한다. 그러면서 그는 마드리드 중앙대학교의 대학생들이 하이델베르크 대학생들보다 덜 방어적이라는 유감을 드러낸다. 똑같은 제복을 입은 대학생들이 거리를 이동하면서 질서 정연한 자세에 횃불을 들며, 검과 휘어진 칼을 허리띠에 차고, 북을 치며 깃발을 휘날리는 모습은 주교와 경찰에게도 인상적이었다. 그들의 얼굴에 새겨진 상처는 어떤 공격도, 휘어진 칼이나 권총, 대포에 대해서도 두려워하지 않는다는 것을 말한다.

그는 명쾌하지 않은 문장 혹은 틀린 개념을 쓰면서 자신을 잃어가는 것처럼 보였다. 왜냐하면 몬타본이 그의 말을 제대로 듣지 않기 때문이다. 몬타본은 마닐라에 대해서 듣고 있다고 생각하면서 리살의 형과 그의 항쟁 목표에 대해서 묻는다.

"옛날에 스페인에는 한 공화국이 있었어요."

리살은 설명한다. 자유주의를 신봉하는 어떤 주지사가 주변지역에 있는 식민지로 파견되었다는 것이다. 몬타본은 모국과 식민지 사이를 오고 가던 선박에 관심이 있었다. 선박이 대양의 다른 끝에 도달하지 못할 가능성이 지대할지라도, 그는 선원에 대해 열광했다. 그런 무모한 일에 대한 그의 선호는 펜싱을 하면서 보이는 자신의 태연한 태도와 마주한다. 몬타본의 무모함에 대한 관심은 리살이 훨씬 이전에 벌어진 사건들에 대해 얘기하자마자 그를 엄습한다.

리살은 도시를 관통하는 축제 대오와 어떤 초대에 대해 설명한다. 대학생들이 주지사의 궁전에 도착하자, 주지사는 그들 모두를 궁전 안으로 초대해서 포도주를 대접한다. 주지사는 미래를 위해 건배를 외쳤으며, 모두 술에 취해서 만인을 위한 동일한 권리를 희망했다. 그러고 나서 범선을 건조하는 카비테* 조선소의 노동자들이 폭동을 일으켰다. 어떤 신부가 스페인에서 성장시절을 보낸 수도사들이 모든 성당에 대한 소유권을 주장하고, 스페인 계통의 도민들, 혼혈인들, 말레이인들을 보조사제로 강등시킨 사실에 반대하여 항거했다. 부르고스 신부는 성당에서 사제들의 평등을 요구했다. 카를로스 당원들이 스페인에서 성공하자마자, 부르고스 신부는 다른 두 명의 사제와 함께 교수형에 처해졌다. 군대가 조선소로 진군했다.

"내 형은 너무 젊고, 모두가 교살당하기에 너무 많은 대학생들이 있어요. 하지만 형은 도시에서 사라져야 했어요. 푹푹 찌는 어느 밤에 형은 파시그 시로 올라갔다가 집으로 왔어요. 여기서 그는 어머니가 감옥에서 나올 때까지 조용히 머물러야 해요."

"이제 우리 모두는 한 가슴 안에 모였습니다."
멜히탈은 뤼틀리 풀밭에서 말한다. 그의 가슴은 단단해진다.
"우리는 하나의 의지요, 하나의 영혼이요, 하나의 자연입니다. 우리는 야성적이고 단결하며 선의로 뭉쳐 있습니다."
우리Uri 주의 사내아이처럼 아직도 머뭇거리고 참으라고 하는 사람은 더 이상 환영받을 수 없다는 것이다. 또한 어떤 배신자도 이 계곡의 어떤 집에도 더 이상 들어서지 못한다는 것이다.
그들은 멜히탈의 말에 환호했고 우리Uri 주에서 온 그 사내아이의 의지는 꺾였다. 하지만 그도 큰 가슴 안에 있으려고 했다. 낯선

* 필리핀 루손 섬의 항구도시(Cavite).

자들에게 모든 것을 맡길 생각을 품었던 사람들은 칼을 들고서 비난의 소리를 듣는다. 홀로 행동하고 조급하며 다른 사람과 협의하지 않고 오로지 개인적 고통만을 생각하는 사람은 배신자의 일종이라고 발터 퓌어스트는 말한다. 이것이 법이라고 최연장자가 결론을 내린다.

"하지만 우리는 모든 일을 여러 번 숙의하고자 합니다."

그러고 나서 그들은 투표한다. 발트슈테테 주는 21 대 12로 봉기를 성탄절까지 미루기로 결정한다.

10

→

    기예르모는 작은 골짜기에 있는 집 대문을 수리하고 있다. 두 아들은 활쏘기 연습을 하면서 활과 석궁을 사용한다. 그런 작은 골짜기는 갑자기 열려서 꿈에서처럼 끝도 없이 이어진다. 마킬링 산의 오른쪽 측면은 부서졌고, 강은 숲을 통과하면서 잠식되며, 그 숲을 따라간 사람은 점점 더 멀리 대지로 내려간다. 칼람바에는 오로지 밤의 꿈속에서만 걸어갈 수 있는 수많은 출구가 있다. 그러고 나서 리살은 어린 시절에 안전하게 보였던 지역의 경계선을 넘어선다. 그가 당시 상상만 했던 수많은 길을 따라갈 수 있었던 것은 꿈에서나 가능하다. 그 길들은 항상 다시 다른 지역으로 이어진다. 마킬링 산 뒤로 산악세계가 불쑥 솟아오르며, 개천은 찰싹찰싹 소리 내는 것에 그치지 않고 깊이 박혀 있는 암벽을 굽이쳐 흐르는데 그 끝에 절대로 도달하지 못한다. 마을 외곽에 있는 논은 터널과 수로를 통해 대양과 연결되다가, 갈대밀림이 펼쳐져도 갑자기 계속 뻗어간다. 그 몽상가는 곰팡내 나는 기둥 사이를 지나 구름에게 다가간다.

기예르모는 부인과 자식들과 함께 작은 골짜기로 은거했다. 왜냐하면 그는 사냥은 하고 싶었지만, 그 노획물에 대한 세금을 내고 싶지 않았기 때문이다. 이곳의 만물은 믿을 만하다. 비가 오기 시작하면 파리들이 몰려드는 급사면의 모든 벽감까지도. 기예르모는 암벽 돌출부를 돌아 얼굴에 맞닿기 전, 이미 파리들의 윙하는 날갯짓을 예감한다. 곧 그는 바다의 소리를 듣지만, 가까운 외진 구석에선 다시 사위가 조용해진다. 작은 골짜기는 점점 더 작게 갈라지다가, 곧 밑으로부터 물소리가 올라오며, 그러자 독수리가 소리를 지른다. 독수리는 원을 그리며 바다로부터 눈 덮인 산정으로 높이 날아오른다. 오로지 사냥꾼만이 화살의 날아가는 소리를 들을 수 있다. 점점 더 많은 소문이 작은 골짜기에 밀려들면서 기예르모를 짜증나게 한다. 그는 아내가 근심하는 것을 원하지 않는다. 그녀는 어떤 비밀집회, 위험천만한 이념을 품은 젊은이들에 대해서 들은 적이 있다. 아내는 완전히 은거하자고 제안한다. 헤드비히*는 남편에게 알트도르프를 피하고 황제 재판관의 길에서 벗어나 있으라고 청한다. 두 아들도 무기를 내려놓아야 한다. 이런 작은 골짜기에선 야생으로 벗을 삼거나 날렵하게 거처를 이동하기만 한다면, 만족스러운 삶은 간단한 일이다.

기예르모는 반대한다. 헤드비히가 빙하의 떡 벌린 입에서 남편을 먹어 삼킬 듯한 느낌을 가진 곳에서, 남편은 급한 경사면을 오르고 난 뒤에 환영하는 듯한 상쾌함을 느낀다. 또한 헤드비히가

* 쉴러의 『빌헬름 텔』에서 주인공의 순박한 아내이자 발터 퓌어스트의 딸로, 본명은 Hedwig.

살인의도를 가진 것으로 의심한 알프스의 영양들을 기예르모는 평화롭게 본다. 그의 행복한 마음은 전 지역을 안전한 땅으로 변화시킨다. 그는 알트도르프도 무사히 방문할 수 있다고 말한다.

헤드비히는 남편의 행운을 믿고 싶지 않다.

"당신은 우리를 기억하지 않아요."

그녀는 그를 나무란다.

"당신은 시대를 생각하지 않아요. 그래서 앞서가지도 못하고 뒤로 처지지도 못하는 거죠."

그녀는 세 낱말로 말한다.

"디 모 나알라알라."*

리살은 앞에서 읽거나 뒤로 읽어도 같은 소리가 나는 낱말 알라알라**에 대해서 충분히 파악하지 못한다. 그 낱말은 미래로 밀리다가 거기서부터 더 멀리 간다. 왜냐하면 알라알라는 기억하는 것 이상을 의미한다. 알라알라는 헤드비히의 입에서 나의 입장을 생각해보라는 경고조로 바뀐다.

"당신이 깊은 골짜기를 홀쩍 뛰어넘고, 젊은 사내들이 당신의 용감한 행동을 보고할 경우에 다가오는 나의 공포심을 상상해봐요. 그들은 비겁하게 호숫가에 머물러 있는데, 그들의 영웅은 폭풍우를 뚫고 배를 저어 갑니다. 당신이 집으로 돌아갈 것을 한번이라도 두려워하지 않았는데 그런 일이 벌어질 수 있었을까를 기억해보란 말이에요."

* 따갈로그어 문장(di mo naaalaala)으로, 뜻은 '당신은 기억하지 않는다'
** 따갈로그어(alaala)로, 뜻은 '기억하다'

마닐라에 있는 번역자 마르셀로 힐라리오 델 삘라르가 알라알라라는 낱말을 씀으로써 마치 시詩를 쓰는 것과 같이 되어 리살의 원작을 한참 벗어나는 일이 잘못된 것이라고 할 수 없다. 델 삘라르는 심장이자 용기, 실체이자 의지, 자연이자 가장 깊은 롭*일 수 있는 가슴에 기억을 추가한다. 리살은 라이프치히에 있을 때 그런 연상작용이 끈질기게 밀려오다가 가장 깊은 내면을 독일어로 번역하면 기억으로 꽂히겠다고 생각한다. 더 나아가 가장 깊은 내면은 가장 큰 고난 속에서도 거품이 일며 넘쳐나는 정신을 일깨운다.

리살은 꽃과 나무에 대한 기억을 소중하게 간직하라고 편지에 썼다. 스페인어로는 아직 노래하지 못한 것이 마침내 언어로 등장해야만 한다는 것이다. 마치 이 세상에는 아직까지 존재하지만 오로지 꿈속에서만 펼쳐지는 한 작은 골짜기에 숨어 있는 존재가 그렇게 되어야 하는 것처럼 말이다. 칼람바 근처에서 저녁 바람의 한숨소리를 기억하는 일은 영혼을 확장할 수 있으며, 이런 기억으로부터 어느 날 어떤 행동이 나올지 누구도 알지 못한다. 또한 리살은 과학도 전진할 수 있어야 하며, 서정적인 표현 이외에 정확한 기술도 요구한다.

> 매우 친애하는 블루멘트리트 교수님께
> 저는 당신의 귀중한 사진을 필리핀 사람들을 담은 내 사진첩에 있는 가족과 친구들 사이에 넣어 두었습니다. 당

---

* 따갈로그어(loob)로, 뜻은 '내면'

신의 사진을 우리나라에 귀속시킨 것은 아마도 당신에겐 별일 아니겠지만, 저에겐 큰 의미로 다가옵니다. 저의 사진은 다음에 넣을 것입니다. 저는 사진사에게 사진을 찍게 하거나 거울을 앞에 두고 자화상을 멋지게 그리는 대신에 있는 그대로 스케치하려고 합니다.

블루멘트리트는 얼굴, 안경, 숱이 적은 머리카락을 보완하는 덥수룩한 검은 수염을 하고 있다. 안경알을 통해 그의 눈은 소심한 듯 보이지만, 이 점을 활 모양의 검은 안경테가 무마시킨다. 이 안경테는 그가 소장이자 대표임을 말해준다. 그러나 리살은 블루멘트리트를 손수 살림을 챙기는 남자의 신분으로, 라이트메리츠에서 필리핀식 가옥 한 채를 건축해서 아도보*와 시니강 나 바보위**를 요리할 줄 아는 민간학자의 신분으로 방문하려 했다. 블루멘트리트는 수프의 신맛을 내기 위해서, 봄에 레몬이나 수영 식물을 바로 손에 넣을 수 있다면, 타마린드 콩 대신 레몬을 사용할 수 있다. 블루멘트리트는 아내와 딸들에게 알록달록한 염색천으로 만든 옷을 입히고 집에선 바롱 따갈로그***를 입게 한다. 그가 길게 내려온 하얀 파인애플 섬유로 짠 셔츠를 입고 있으면 마치 말레이의 식민지 총독부 고위관료처럼 보였다. 그의 피부가 하얗

* 아도보(Adobo)는 필리핀식 향신료를 섞은 대표적인 육류요리.
** 시니강 나 바보위(Sinigang na Baboy)는 해산물이나 육류가 들어간 필리핀의 대표적인 수프.
*** 바롱 따갈로그(Barong Tagalog)는 본래 필리핀 루손 섬의 남자들이 스페인 식민시절부터 즐겨 입는 속이 훤히 비치는 셔츠.

고 체격이 훌륭한 것만으로도 그는 스페인 사람보다 커 보인다. 온 가족이 맨발로 돌아다닐 수 있도록 하기 위해 울긋불긋한 해초로 만든 매트가 깔려 있는 그의 거실에는 다른 세상에서 당도한 소식들이 모여든다. 필리핀 제도의 상황도 이곳에서 실시간으로 조합되는데, 순전히 편지를 통해서였다.

라이프치히의 시립도서관에서 리살은 1880년의 지진에 대해 블루멘트리트가 경험한 것을 읽고 있다. 리살은 자신의 시작詩作 선생님인 산체스 신부가 재직 중인 예수회 교단의 대학입학 준비학교로 피신하면서, 처음으로 당시 마닐라 시에서 발생한 것을 똑똑히 본다. 그 대피 공간에서 그는 다른 동급생들과 함께 빽빽이 들어앉았다. 온종일 그들은 밖에서 무슨 일이 벌어졌는지 살피지 못했다. 예수회 수도회 수도사들은 리살의 형 빠차노와 의견 일치를 보았다. 누구든지 조금이라도 위험이 도사린다면 이 건물을 떠나는 것은 금지되었다. 빠차노는 리살이 출석했던 산토토마스의 도미니크 수도회 대학의 세미나 진행을 중지했다.

유럽을 여태 한 번도 떠나지 않았던 페르디난트 블루멘트리트가 마닐라의 지진에 대해 써 내려간 결과물은 당시의 지진에 대해서 작성된 그 밖의 모든 글보다 더 정확하고 더 상세하다. 리살은 1880년 7월 14일 12시 35분에 두 번의 진동이 십자가 형태로, 즉 도시를 남서에서 북동으로 그리고 남동에서 북서로 뒤흔들었다는 것을 경험한다. 피해는 없었고 그런 종류의 지각 흔들림에 익숙했던 마닐라인들은 침착하게 있었다. 리살은 그런 불행의 전조를 전혀 기억할 수 없다. 그는 7월 17일 아침 7시 38분의 약한 진동도 잊어버렸다. 7월 18일 일요일은 비로소 그의 기억에 선명한 흔적을 남겼다. 이날 그는 예수회 수도회로 피신했고, 그들 모두는 한 공간에 모였으며, 미사는 끝나지 않았다. 블루멘트리트가 쓰기를, 밖에선 바다가 3미터 50센티미터 하강했다가 다시 상승하고, 그 사이에 지표면은 흔들리고 스페인식 시구역인 마닐라 인트라무로스*는 황폐해졌다. 대부분이 관공서인 고층 건물들은 흔들리고 무너졌으며, 곧 골목길은 떨어진 발코니, 격자창 등과 같은 잔해들로 뒤덮였다. 하지만 예수회 대학입학 준비학교는 멀쩡했고, 대학생들 또한 다치지 않았다. 반면 백인들은 자발적으로 탈출해서 사무실, 거주지, 병영을 떠났다. 블루멘트리트는 지금은 버려졌거나 파괴된 석조건물의 위대함에 대해 말한다. 당시 백인들은 원주민들이 살던 외곽에서 피난처를 찾았다. 또한 이곳에선 중국인들, 비스페인계 유럽 장사꾼들이 살고 있었다. 나무와 야자갈대로 간단히 지은 오두막이 더 안전하다는 사실을 블루멘트리트는 여러 보고서를 통해 알고 있었다. 당시에 돌로 만든 대학입학 준비학교에 있던 리살은 아무런 두려움이 없었다. 왜냐하면 그는 나이 든 선생님들 곁에 있었기 때문이다. 이들은 혼란스러운 도시에 있는 신입생 리살에게 평온함을 선사했을 뿐만 아니라 라틴어로 쓴 시를 들려주고 리살이 쓴 여러 시에 상장을 수여했으며 리살이 처음으로 출연한 연극 상연을 가능하게 했다. 리살이 참회를 들어주는 신부들 거처에 앉아있으니 두려울 게 없었다. 이 대학입학 준비학교에는 과학도 있었다. 예수회 수도사

* 16세기 마닐라에 스페인 사람들이 식민지를 세우며 장벽을 세웠던 구역으로, 원명은 Manila intramuros.

들은 계속될 모든 여진을 예언했다. 사람들이 7월 19일에 자신들의 집으로 돌아가 교회건물에서 위협적인 균열을 보고 경악했을 때, 학식 있는 수도사들은 경고했다. 지진계가 설치된 그들의 기상대에서 나온 데이터는 그들의 놀라움이 끝난 것이 아니라는 점을 보여주었다. 그러나 사람들은 자주 그랬던 것처럼 예수회 수도사들을 믿지 않았다. 베네딕트 수도사들, 아우구스티누스 수도사들, 도미니크 수도사들, 레뎀프토르 수도사들, 중국인들, 말레이인들, 혼혈아들, 스페인계 도민들, 반도인들은 예수회 수도사들의 도구를 보고 웃으면서 자신들의 사업을 다시 시작했다. 오로지 대학입학 준비학교에 들어간 사람들만이 그 사실을 알고 있었기 때문에 계속해서 기도했다. 그들은 7월 20일 새벽 3시 40분에 45초 동안 새로운 진동자의 움직임이 기록되었을 때에도 놀라지 않았다. 그러자 백인들은 저 밖의 바다로 도망가 항구에 정박한 증기선이나 돛단배에서 출구를 찾았다. 그러나 블루멘트리트는 이 바다가 '본래의 역할을 수행했다'고 쓴다. 바닷물은 기포와 거품을 부풀게 하면서, 돛대도 없는 한 조각배가 파도에 전복되었다. 구조된 사람들은 너른 들판에서 원주민과 함께 천막과 갈대 판잣집을 설치했던 몇 안 되는 가족들이었다. 블루멘트리트는 총함장이었던 에스텔라 후작이 수행한 놀라운 역할을 적어둔다. '군부와 시정은 자신들의 업무를 대단히 신중하고 과감하게 관리했다'고 에스텔라는 쓴다. 헌병대가 상시로 도시를 순찰하면서 벼농사 지역의 무너진 공장에서 보관하던 담배재고를 찾아냈고, 의사들을 도시 전역으로 파견하였으며, 무너진 감옥에 있던 죄수들을 감독하였다. 후작은 대주교 편에 서서 폐허지역을 돌아다니며 어떤 불평이나 폭력에도 주눅 들지 않았다. 그 두 사내는 1880년 7월 20일에 대성당의 탑 앞에 함께 서 있었다. 지금 그 탑은 사라졌다.

블루멘트리트는 12명이 죽었고, 17명이 다쳤다고 요약한다. 그래도 그는 이 수치를 믿지 않았다. 왜냐하면 죽은 죄수들 숫자가 포함되지 않았을 게 분명했기 때문이다.

리살은 공포의 외침소리를 들었지만 본 것은 아무것도 없었다. 하늘로 피어오르는 모래구름도, 갈라진 지표면도 보지 못했다. 그는 선생님과 함께 7월 21일에 도시 앞의 너른 들판에서 미사를 올리기 위해 대학입학 준비학교를 떠났다. 찾아낸 담배재고와 설탕이 갑작스럽게 내리 붓는 비로 인해 속절없이 무용지물이 되었을 때, 리살은 다른 고민이 생겼다. 베개가 해져서 사용할 수 없게 된 것이다. 그래서 그는 빠차노 형에게 급히 대체물을 조달해 달라고 편지를 썼다. 라이프치히에서야 비로소 리살은 그 파국의 원인이 필경 무엇이었는지를 경험한다. 루손 섬의 동쪽 해안가 앞에 수중 화산 하나가 새로 떠올랐다. 그러나 블루멘트리트도 모든 일에 정통한 것은 아니었고, 많은 일을 단 한 번으로 상상할 수도 없었다. 그는 제도諸島의 다른 섬에서 어떤 일이 벌어졌는지를 자문한다.

"이 사건과 관련하여 나의 면전에 당도한 모든 보고서와 편지들은 이 사건에 대해서 전적으로 침묵하고 있다."

어느 날 게슬러 총독은 작은 골짜기에서 길을 헤매고 있었다. 그는 위로 가파르게 나 있는, 자갈로 가득한 좁은 길 위에 있었다. 거기서 그는 한 사내가 그 길로 내려오는 것을 보았다. 둘은 서로 엇갈리기 직전이었다. 한쪽에는 끔찍할 정도로 우레와 같은 소리를 내는 셰헨바흐 골짜기로 이어지는 절벽이, 다른 한쪽에는 산이 벽처럼 서 있었다. 게슬러의 얼굴은 창백해졌다. 그에게 다가오는 사내는 마치 출전하는 사람처럼 무장 중이었다. 그 사내란 이제부터 둘의 만남에 대해서 아내에게 설명할 기예르모였다. 그는 게슬러의 무릎이 후들후들 떨리는 모습을 보았다고 한다. 여차하면 그는 곧바로 넘어져서 추락할 수도 있었다. 그렇게 그들은, 타오 사 타오*로 서로 마주섰다. 그리고 기예르모가 부드럽게 인사했다.

"저밖에 없어요, 총독 나리."

그러나 게슬러의 입에선 한마디도 나오지 않았다. 그는 입술을 움직일 수 없었고 손으로 간신히 시늉만 내다가 허공을 가리키면서 상대방이 어떻게든 이해해주길 바랐다.

"꺼져. 사라지란 말이야."

기예르모는 셰헨바흐에서 나름 존경을 받던 인물로, 그의 부하들에게 게슬러가 난처한 상황에서 벗어날 수 있는 길을 가르쳐주었기 때문에, 기예르모는 게슬러가 자신을 조용히 내버려둘 것이라고 확신했다. 그러나 헤드비히는 생각이 달랐다.

"당신이 게슬러의 약한 모습을 보았는데, 그 점을 그는 절대로 용서하지 않을 거예요."

* 따갈로그어(tao sa tao)로, 뜻은 '사람 대 사람'

11

리살은 가능하면 낮은 목소리로 책상에 앉아 중얼거린다.

"꺼져라, 나를 현혹하는 허영기 많은 광기여!"

그는 자신의 옆에 있지만 그렇다고 가까이 있지 않은 한 친구에게 말하는 것처럼 떨리는 목소리로 나지막하게 중얼거린다. 그는 온화하지만 비가 내려 엉망이 된 낮에 지구의 반대편에 있었다. 그의 중얼거림은 그쳐야 한다. 그는 독일어 문장들이 특별히 마음에 들어도, 곧바로 번역할 수 없다. 먼저 언어들 사이에 침묵이 놓여 있어야 한다. 그리고 나서야 비로소 그는 보다 높고 가볍게 노래하는 다른 목소리를 듣는다. 그의 입천장은 새로운 음절을 발음하면서, 모음들을 닫힌 음이든 열린 음이든, 아니면 청음이든지 간에 구분해서 말한다. 그럴 때마다, [응] *이라는 발음은 마치 모음처럼 들리면서 [엔] **의 영향권에서 멀어진다. 카

---

* 독일어로 ng에서 두 철자가 모여 [응] 발음이 난다.
** 독일어로 n은 [엔] 발음이 난다.

훙항앙 썸아이라 사 이십*. 그에 상응하는 독일어 '푀어블뢰둥'**은 '반'***보다는 더 세련되고 노래 가락처럼 들린다. 이미 그의 입천장은 독일어 단어를 내는 낮은 목소리의 침묵으로 되돌아간다.

하지만 리살의 입천장에 아무런 막힌 것이 없이 독일어, 프랑스어, 스페인어가 켜켜이 쌓이더라도, 그는 발락타스가 쓴 『플로란테와 라우라』에서 시행을 몇 구절 읽는다. 마침내 연애의 장면이 두드러지게 드러나면, 리살은 운율을 맞추려고 한다. 운율의 본보기도 발락타스의 작품이다.

헤드비히처럼 바로크풍의 서사시에 나오는 주인공들도 계곡이나 숲으로, 그러다가 덩굴 밀림 안에 햇살이 찬란히 비추는 어느 빈터로 은거했다. 발락타스는 모든 시인들의 세계에서 주인공들을 진군하게 한다. 페르시아에서 무어인 알라딘이, 그리스에서 기독교인 플로란테가 달아났다. 둘은 추방되었다가 알바니아의 적막한 숲에서 만난다. 여기서 그들은 조상들, 애인들, 아테네의 아름다운 학교들에 대해서 얘기를 나눈다. 그들은 사자의 공격을 받고, 자유를 위해 투쟁하기도 하다가, 머리를 무릎에 묻고 눈물을 글썽인다. 그들은 기독교인들과 이슬람인들이 본래 적으로서 서로 전쟁을 벌였다는 사실을 잊어버리고, 이제 서로의 우애를 다짐한다. 그렇게 행복은 시작된 것이다. 이미 이 빈터에 발을 내딛은 첫 번째 소녀가 있었다. 페르시아에서 온 그녀의 이름은 플레리다다. 전사로 변장한 그녀는 알바니아의 밀림으로 가는 길을

* 따갈로그어(kahunghangang sumirà sa isip)로, 뜻은 '정신을 맹세하는 일은 옳지 않다'
** 독일어(Verblödung)로, 뜻은 '우둔함'
*** 독일어(Wahn)로, 뜻은 '광기'

발견해서, 애인 알라딘과 포옹한다.* 마찬가지로 베르타 폰 브루넥도 황야에서 눈에 띄지 않기 위해 변장하고, 사냥용 바지를 입고서 잡목숲 사이를 돌아다닌다. 그녀는 비밀스럽게 루덴츠와 만나려고 한다.

　라이프치히에서 리살은 연출 지시문에 대해 여러가지 생각을 해본다. 아마 그는 이 장면이 나오기 전에 베르타를 보다 상세히 기술했어야만 했다. 베르타는 플레리다와 같을 수 없다. 왜냐하면 그 페르시아의 여인은 민첩하게 움직이기 때문이다. 그래서 어떤 유럽의 소설가는 그녀를 표범과 비교하기도 한다. 베르타는 좀 둔하지만, 볼품없진 않다. 베르타가 움직이는 모습을 상상하기 위해선 그 전에 독일 여자를 보았어야 했다. 맥주를 따른 8개의 큰 술잔을 한꺼번에 탁자로 나르면서 곰처럼 강인함을 보여준 하이델베르크의 미나와 같은 여종업원 말이다. 그러다가 그녀는 할 일이 없으면, 완력을 숨긴다. 그녀가 떠들기 시작하면서 그녀의 당찬 모습은 사라진다. 그녀가 지혜롭게 낱말을 고르고, 부드러운 음성으로 발음하며, 상세히 설명하는 모습은 매혹적이기까지 하다. 드디어 미나가 제자리로 돌아가기 위해 자리를 뜰 때, 더욱 리살을 전율시킨 것은 무엇인지 확실하지 않다. 다만 오래 고통스러울 정도로 못해본 신체 접촉, 그의 귓가에 가까이서 맴도는 소곤거리는 소리, 그의 피부에 남아 있는 미나의 숨결, 거칠게

* 이 소설에서는 여러 텍스트의 조합이 자주 등장한다. 예를 들면 이 대목까진 따갈로그어로 쓴 서사시『플로란테와 라우라』의 내용이, 다음 문장에선 다시 『빌헬름 텔』의 내용이 이어진다.

피어오르는 온기가 있었다.

아니다. 빠차노가 연극을 공연한다면, 그는 밖에, 아니 하이델베르크의 거리에 있어야 한다. 그는 보다 고상한 소녀들을 행진하게 한다. 그들은 항상 회색, 갈색, 검은색 옷을 입고, 장신구는 거의 달지 않는다. 또한, 직립 자세로 걸으면서, 열린 눈으로 세상의 속살과 자신들과 저편에서 우연히 마주한 낯선 자의 얼굴을 바라본다. 리살은 그들의 당찬 걸음걸음에 열광했고, 그 젊은 처녀들이 광주리 옆에 서류가방과 서적을 들고 다닌다는 점을 알아차린다. 그들에게 장신구보다 중요한 것이 정신이다. 언젠가 그들이 리살의 소설을 읽는 장면 또한 그들의 정신을 보여주는 대목이다.

빠차노는 배우려는 욕망으로 가득한 여동생이 이곳으로 올 수 있기를 희망한다. 이곳에서 그녀는 건방진 사람으로 간주되기보다 다른 사람들과 잘 어울릴 것이다. 리살은 독일 여인네들이 남자와 흡사하며, 이 점이 마음에 든다고 편지한다. 그는 이 대목에서 독일식 "우아함"의 번역어를 곰곰이 생각한다.

쉴러는 우아함이 육신에 고정된 것이 아니라 내면에서 나온 것이라고 적은 바 있다. 우아함은 신의 재능으로, 못생긴 사지를 아름답게 보이도록 한다. 우아함은 움직임 속에서 드러난다. 우아함이라는 말을 듣고 있으면, 하이델베르크보다 칼람바가 떠오른다. 칼람바에선 극소수의 사람들만이 글을 읽으며, 스페인 목사들은 여인네의 마음을 얻어내려고 할 뿐만 아니라 벌써부터 가장 어린 소녀들을 참회의 의자와 예배당에 가두려고 애쓴다. 그럼에도 이 소녀들은 유럽에서 리살이 그리워하던 개성적인 영혼을 계속 유지하고 있다. 마드리드의 애인 콘슈엘로나 하이델베르크의 여종업원 미나는 리살에게 마닐라나 칼람바 여인들이 보여준 만큼의 향긋한 숨결을 뿜내지 못했다. 그들을 한 번만 보아도 갑작스럽게 다른 곳에 있다는 느낌이 들면서, 시간은 멈춰버린다. 이런 시선이 가능하기 위해선, 먼저 섬세한 심장이 느낄 수 있어야 한다. 섬세한 심장은 열을 내면서 얼굴의 미세한 움직임이나 헤어질 때의 동작, 혹은 진지한 말이 오고 갈 때의 어조에서 나타난다. 이런 섬세함은 우아함과 같이 신이 내린 재능임에 틀림없다. 이제 하이델베르크와 칼람바에서 온 여인들의 개성을 새롭고도 놀라운 성향 안에서 통합해야만 한다.

글로리아라는 말을 우아함의 스페인식 등가물로 생각해볼 수 있지만, 그 말은 지나치게 거칠다. 베르타는 우아하지는 않고, 사냥꾼 복장에 당차고 가녀린 여인의 우아함은 루왈하티*, 즉 영광의 후광 정도라고 할 수 있다. 그런 후광을 뒤에 업은 채 베르타가 숲의 빈터에 서니 그녀의 내면에 있는 빛이 밖으로 반짝인다. 루덴츠가 다가온다.

마침내 그는 그녀를 혼자서 만났고 마음을 열려고 한다. 그는 황제 재판관의 궁신이지만, 일개 농부에 불과하다. 그래도 그는 베르타에게만큼은 꼿꼿한 모습이다. 그녀를 얻기 위해서 루덴츠는 세련된 장신구라면 무엇이든 사들이고, 예절도 가다듬는다. 베르타는 그의 모습을 보고 드디어 그가 그녀를 위해 도시로 진출할 준비를 하고 있음을 알아차린다. 그들은 함께 어떤 범선에

* 따갈로그어(luwalhati)로, 뜻은 '명성'

탑승해서 저 세상으로 나가다가, 황금 제방을 갖춘 항구에 정박하여 어느 궁궐에 입장한다. 베르타는 루덴츠를 위해서라면 부끄러워할 필요가 없다고 생각한다. 그는 변화의 시기가 왔음을 알고 있다. 이 수많은 계곡에서 유일하게 그만이 시대의 신호를 읽어낼 수 있기에, 황제와 그 휘하의 영주와 황제 재판관의 후원을 허용해야 한다고 조언한다. 제국의 위엄을 인정하고 유혈을 막기 위해선 용기가 필요하다. 황제의 도움을 얻으면, 그들 모두는 세련될 수 있고, 이 계곡은 여러 도시들처럼 번영할 것임에 틀림없다. 왜 만에 위치한 항구에 궁궐이 있으면 안 된다는 말인가?

"나의 가슴은 오로지 신의와 사랑으로 충만하오."

루덴츠가 말하자, 베르타는 그에게 냉담한 얼굴을 보여준다.

"당신은 단 한 번도 가슴을 갖고 있지 않았어요."

그의 내면은 비어 있다는 것이다. 그녀는 그의 용기와 의지를 좋게 생각하지 않는다고 말한다.

"왈랑 롭."*

그녀는 욕을 하면서 그에게 무엇인가가 빠져 있고, 그래서 무엇이 있어야 하는지를 상세하게 말해준다. 베르타는 여러 도시의 남자들을 관찰했고, 궁궐의 왕자와 계곡의 농부들을 연구했다. 그녀는 진정한 산골 사람들이 어떤지를 알고 있으며, 그래서 그들에게 머물려고 한다. 자유는 이곳 땅과 가슴에서 자라나며, 오직 이곳에만 희망이 있을 뿐, 전 제국의 어디에도 희망은 없다. 발트슈테테의 사내들은 부드럽지만 강하며, 그녀는 루덴츠를 사랑

* 따갈로그어(walang loob)로, 뜻은 '심장이 없는'

130

할 뿐만 아니라 모든 주민들과 주민들이 살고 있는 숲과 계곡의 저녁바람까지도 사랑한다. 그것 모두는 함께이며, 루덴츠도 이 땅의 새싹으로서 모두에 속한다.

"이 모든 것이 당신 안에서 잠자고 있어요."

루덴츠는 딴생각을 품기 시작한다. 베르타는 그런 그를 경멸하고 싶다고 말한다. 하지만 그럴 수 없다. 그녀는 루덴츠가 연대해야 할 봉기에 대해서 말한다.

그러자 루덴츠는 백부인 폰 아팅하우젠 남작을 떠올리지만, 어떤 의심이 단번에 그를 신중하게 만든다. 혹시 베르타가 함정을 놓은 것은 아닌가. 궁극적으로 베르타는 황제 재판관의 무리 사이에 껴서 이 땅에 들어온 낯선 여인이 아닌가. 아무래도 친족이라면 의무가 있다. 아마도 베르타가 루덴츠를 배신하기 위해서 그를 봉기로 끌어들일 수 있다.

"그렇다면 네 영혼을 팔거라."

폰 아팅하우젠 남작이 저주한 적이 있다. 영혼을 거래하는 일은 예나 지금이나 항상 있으며, 아마도 베르타와 루덴츠는 이미 그 안에 서 있다. 베르타는 슬쩍 떠보거나 적절하지 않은 장소에서 그저 짧게 주지시켰어야 했다. 이미 루덴츠는 모든 것을 잃고 있었다.

"나를 도와줘요."

그녀는 예상 외로 말한다.

"궁정에 있는 모든 사람은 거래되고 있어요."

베르타의 가문이 문제가 되면, 그녀는 최고 가격을 부르는 사람에게 양도될 수 있다. 황제의 궁신들은 베르타의 유산에 덤벼들기 위해 바퀴벌레들처럼 서 있다. 더 이상 많은 유산이 남지 않았고, 베르타는 황제 재판관이자 총독인 게슬러에게 시집을 갈 수 있다. 베르타는 추악한 혼인의 사슬에 대해 말하면서 루덴츠에게 정중히 간청한다.

"저를 자유롭게 할 수 있는 것은 오직 당신의 사랑뿐이랍니다!"

이제 운율을 바꿀 순간이 다가왔다. 리살은 밤새 이 둘의 대화를 사행시로 옮기려고 했다. 사행시에 따르면, 베르타와 루덴츠는 그렇게 있으면서, 부드러운 운율 속에서 미래를 상세히 그리며, 최후의 두려움을 쫓아낸다. 이 시행들은 노래로 부를 수 있으며, 멜로디는 상승했다가 하강한다. 6개의 음절은 상승하고, 6개의 음절은 하강하면서, 가수들의 목소리가 밝은 모음을 형성한다. 빠차노는 누가 베르타 역할을 할지 정해도 된다. 아마도 그들이 리살의 귀국을 허용한다면, 리살이 누가 노래할지를 희망해도 된다. 어느 날 레오노르 리베라*가 무대에 등장할 것이다. 리살은 지금까지 리베라가 저음으로 얘기하는 것만을 들었다. 그들은 관객 앞에서 한 번도 많은 이야기를 나누지 않았다. 심지어 그들만 있을 경우나 손끝이 스칠지라도, 리베라의 어조는 속삭임이었다.

리살은 이미 오래전부터 더 이상 리베라의 편지를 받지 못했다. 마치 리베라가 처음 편지를 쓰면서 보여주었던 수수께끼 같던 비밀문서로 되돌아간 것처럼 말이다. 당시에 오로지 줄임말로만 적힌 편지는 꽤나 내밀해서 리살은 편지를 더 이상 해독해낼 수 없

---

* 리살이 외국을 전전하며 오로지 편지로만 애정을 나누었던 여자로서, 훗날 영국인과 결혼했다. 본명은 Leonor Rivera(1867~1893).

다. 연속되는 암호가 그들 사이에 놓여 혹시라도 그들이 서로를 더 이상 알아챌 수 없을 정도였으며, 리살이 그녀의 얼굴을 눈앞에 떠올리는 일은 드물었다. 그럼에도 리살이 보고 이해한 번역문 하나가 또 있다. 레오노르 리베라는 항상 리살의 부모님 집에 들락거리려야 했다. 왜냐하면 리살 어머니의 낙서를 읽을 수 있는 글자로 옮겨달라는 요청을 받았기 때문이다. 그녀는 테오도라 알론소가 아들에게 알려야 했던 것을 듣고서 그것을 깨끗하게 받아 적는다. 그녀는 미래의 시어머니 이름 옆에 자신의 이름을 놓는다. 그 둘은 리살에게 이중주로 속삭인다.

"너는 배반해선 안 된다."

"약속은 유효한 거지."

그는 말한다.

리살의 귀국을 허용했다면 결혼은 그들이 원하는 어느 때든 성사되었을 것이다.

"나 혼자 어떻게 할 수 있단 말인가."

루덴츠는 먼 곳에 있는 도시, 범선, 항구들이 그에게 무엇인지 말한다.

베르타는 어느 선량한 섬에 대해서 노래한다. 그 섬은 여기, 호수에 깎아지른 듯이 솟은 산 위에 앉아 있다. 그 섬은 부딪히는 파도 위에 우뚝 솟아 여름에는 온갖 풀로 가득한 눈밭 위에 불어오는 신선한 바람을 즐긴다. 루덴츠는 그것들이 이곳에서 안전하다는 것을 안다. 호수가 백 미터 뒤로 밀리면, 물이 없는 만은 갑작스럽게 더러운 모습을 드러내고, 해초와 물고기들은 치명적인 태양에게 맡겨진다. 그러다가 호숫물이 사나운 힘으로 되돌아와 계곡을 몇 미터 높이로 가득 범람시키면, 베르타와 루덴츠는 어떤 공격에도 돌과 얼음으로 보호를 받으며 태연하게 저 높은 암벽 안에 앉는다.

"이곳의 어떤 요새도 나를 막을 수 없어요."

베르타는 말한다.

"이곳에서 내가 축복한 주민을 나와 분리시키는 일은 없을 겁니다."

루덴츠는 그녀가 다음과 같이 말하자 미소를 짓는다.

"이제 보니 당신은 나의 가슴이 예감하며 꿈꾸었던 그대로군요."

돈. 1886년 가을에 아시아와 아메리카의 아열대 섬에서 사탕수수가 자랐다. 그에 대해 어떤 대가가 있었는지는 불확실했다. 필리핀 섬들은 20년 뒤에 수출량을 세 배로 늘리고 미합중국으로도 실어 날랐지만 유럽으로는 거의 보내지 못했다. 아메리카의 구매자가 없으면, 납품업자들은 중국이나 일본으로 대신했다. 하지만 그들은 오로지 거칠게 빻은 갈색의 사탕만을 원하고 돈도 거의 내지 않았다. 가격은 일반적으로 떨어졌다.

빠차노 메르까도는 동생 호세 리살에게 유럽은 지독히도 멀리 떨어져 있다고 편지를 썼다. 빠차노는 독일산 사탕무를 재배할 경우에 어떤 위험이 있는지를 알고 싶어 했다. 유럽의 나라들에선 사탕무가 사탕수수의 경기에 구애받지 않도록 하기 위해 경작되고 보조금을 받는다는 소식을 듣기도 하고 읽기도 한다. 리살은 형에게 통상정책에 대해서 격렬하고 과도한 입장을 담아 답장을 썼다. 그의 편지는 쿠바산 수수에 대한 미국의 관세 인하에 반대하는 전단지가 되고 말았다. 빠차노는 덤덤하게 반응하면서 리살이 틀린 가정, 이를테면 출발상황을 고려하지 않았다고 지적했다. 그때까지 필리핀 제품이 미합중국에 수입될 경우에, 유리한 입장이 있다는 것이다. 그러면서 빠차노는 동생에게 독일산 사탕무와 관련한 문제에 대해서 보다 정확한 자세를 취해주고, 꼼꼼하고 확실한 여타 정보를 부탁했다. 그런 정보들만이 빠차노에게 쓸모 있다는 것이다. 이런 문의에 대해 빠차노는 아무런 답장도 받지 못했다.

12

→

베르너 슈타우파허는 자신의 아름다운 집이 곧 파괴될 것을 두
려워한다. 마구간과 주거공간은 돌로 만들었지만, 증축된 헛간은
나무로 되었고 그 안에는 이미 마른 풀이 들어찼다. 만에 하나 불
이라도 나면, 건초는 활활 타오를 것이다. 그러면 다락층은 삽시
간에 화염에 휩싸이고, 부엌과 침실은 완전히 불에 타 숯이 된다.
불 속에 갇힌 소들이 울부짖는다.

침착함을 잃은 채 슈타우파허는 알트도르프의 주민들로 복작
거리는 중앙광장에 서 있다. 게슬러는 지나가는 사람이 그의 모
자에 인사하기를 원한다. 슈타우파허는 기예르모가 황제 재판관
을 자극한 어리석은 행동을 이해하지 못한다. 뢰셀만*은 보다 현
명했다. 우리Uri 주에서 온 그 신부는 게슬러의 장대 옆에 십자가
를 세워둠으로써 교인들이 무릎을 꿇을 수 있도록 했다. 그러면

* 쉴러의 『빌헬름 텔』에 등장하는 신부로, 본명은 Rösselmann이다. 뤼틀리 맹약식에서
봉기를 일으키려는 주민들에게 오스트리아 황제를 비호하는 말을 해서 비난을
듣지만, 기본적으로 무력을 싫어하며 스위스 독립을 지지한다.

그들이 모자를 경배했는지 아니면 십자가를 경배했는지 증명할 길이 없었다. 하지만 기예르모는 한 치의 망설임 없이 모자는 자기와 상관없는 일이며, 무기 금지를 어긴 것은 명백하다고 주장한다. 그는 화살을 들고 등장하는 대신 석궁을 메고 뻐긴다. 그러자 황제 재판관은 그 사내와 놀아보는 일 이외에 더 나은 상황을 알지 못한다. 게슬러는 텔에게 끔찍한 내기를 명령한다. 텔에게 자식의 머리에 있는 사과를 활로 맞추라고 한 것이다. 루돌프 데어 하라스*가 꼬마의 머리 위에 그 과일을 올려놓자 슈타우파허는 경악해서 굳어진 채 서 있다. 꼬마는 다음과 같은 소리가 들려올 때까지 미동도 하지 않고서 머문다.

"사과가 떨어졌다!"

주위의 모든 사람들은 이 말도 안 되는 명령으로부터 구조된 아이를 보고 환호했지만, 기예르모는 이성을 잃었다. 그는 황제 재판관을 면전에 두고 자신이 숨겼던 두 번째 화살은 그를 위해 정해진 것이라고 말한다. 거기서 슈타우파허의 인내심은 끝난다. 그는 궁수를 꾸짖는다. 텔이 만용을 부림으로써 공동의 거사를 위험하게 할 수 있다. 그는 광장에 모여 있던 모든 사람처럼 텔의 체포가 무엇을 의미하는지 잘 알고 있다. 만일 젊은 사람들이 기예르모가 졌다는 사실을 보거나 듣는다면, 그들은 용기를 잃는다. 슈타우파허는 봉기가 계획에 따라 성공하지 않는다면, 모든 재산과 가족을 잃을 것이다.

* 쉴러의 『빌헬름 텔』에 등장하는 게슬러 휘하의 마부 총책임자로, 본명은 Rudolf der Harras.

리살은 슈타우파허에게 노예 거래에서나 쓰는 말을 두 번 하게 한다. 그 석공은 말하길, 기예르모는 사과를 맞춰서 스스로 몸값을 치르고 석방되었으며, 또 그는 더 이상 노예가 아니라 술탄*으로부터 탈출한 자유민이라는 것이다. 슈타우파허는 조만간 수많은 무어인의 날렵한 돛단배 함대가 만으로 들어올 수 있다는 상상에 사로잡힌다. 꽤 많은 사내들은 이미 무기 금지 조항을 지키고 있기 때문에, 그들은 해적들의 쉬운 먹잇감이 된다. 만일 무어인들이 자신들의 섬을 떠나 발트슈테테의 해안을 침입한다면, 각각의 사람들은 모래 안에 코를 박는 게처럼 숨으려고 할 것이다. 슈타우파허는 집을 꽤나 견고하게 만들었기 때문에, 방어하는 방법을 알고 있다. 만약 도적떼들이 이미 전 마을을 집어삼키고 사람들을 선박으로 끌고 갔더라도, 슈타우파허는 여전히 장벽과 총안 뒤에 서서 발포할 것이다. 아니면 왜 침입자들이 닻을 내리기도 전에 돛단배들을 만의 입구에서 다시 한 번 출항하게 했는지를, 혹은 무엇 때문에 그들이 장시간 동안 징을 때렸는지를 알고 있을 것이다. 무어인들이 죽은 사람들을 위해 노래하면, 그 소리는 산악지대 사이에서 두 배 그리고 세 배로 울릴 뿐만 아니라 만을 휘감아 돌아서 전쟁에 참여한 온 영혼들을 혼란으로 몰아넣는다. 낯선 곳에서 온 황제 재판관 휘하의 병사들은 쥐 죽은 듯이 그 모든 상황을 주시할 것이다. 그들은 여러 해에 걸쳐 정기적으로 만을 침범했던 무어인들에 비해 힘이 없다. 그들은 농부 몇 명

* 이슬람 국가의 군주.

이 끌려가더라도, 술탄이 알트도르프의 성곽이나 퀴스나흐트*의 재판소를 공격하지 않는다면, 아무 상관 하지 않았다.

파리에 소재한 스페인 회관에서 연대기 저자들의 연설이 있었다. 그들은 노쇠한 적에 불과하지만, 그들의 책은 스페인 사람들이 식민지에 왔을 때의 상황이 어땠는지를 알기 위해서 꼭 읽어야 한다. 보다 멍청한 스페인 사람들도 있고, 보다 잔인한 스페인 사람들도 있으며, 보다 현명한 스페인 사람들도 있었지만, 가장 현명한 스페인 사람들에 대한 이야기는 도서관에서 좀처럼 찾을 수 없다. 시간이 있다면, 그중에서 안토니오 모르가**의 저서『필리핀 섬의 사건들』을 새롭게 출간해야 한다.

모르가는 처음 스페인 선박들이 입항했을 때 마닐라의 부두에는 요새 한 채가 있었다고 기록해두었다. 또한 이 기록은 이곳에 살던 원주민들이 대포를 주조하는 방법을 알고 있다고 증명하고 있다. 무엇이 원주민들로 하여금 스페인 사람들이 도착한 지 몇 년 지나지 않아서 조선소의 문을 닫고 주조공장 가동을 정지시켰는지 자문할 만큼의 현명함이 모르가에게는 있었다. 또한 그는 왜 산악지대의 아이고롯***이 갑작스럽게 땅 밑에 금을 내버렸는지, 왜 인구의 사분의 일이 줄었고, 스페인 사람들에게 원료와 수

---

* 슈뷔츠 주의 지역 이름(Küssnacht)으로, 쉴러의『빌헬름 텔』에서 텔이 석궁으로 게슬러를 살해한 장소이다.
** 스페인의 변호사였다가 43년 동안 필리핀에서 식민지 관료로 활동했으며, 본명은 Antonio Morga(1559~1636)이다. 스페인의 필리핀 식민 지배는 1571년에 시작되었다.
*** 필리핀 루손 섬에 사는 원주민(Igorot).

공예품을 팔려는 사람이 아무도 없는지도 자문해본다. 마치 아무도 없는 곳에 한 대의 정크선이, 그러다가 여러 척이 정박하고, 중국 상인들과 수공업자들이 하선하여 스페인 사람들에게 없는 것을 배달했을 때, 정복자들은 기뻤음에 틀림없을 것이다.

리살은 추측만을 일삼는 페르디난트 블루멘트리트와 논쟁하기 위해 라이트메리츠 방문을 고대한다. 라이트메리츠에 살고 있는 그 교수의 인종연구는 일본이 남쪽으로부터 이주해 왔나고 지적하고 있다. 쌀농사의 지식은 남방에서 왔다. 심지어 루돌프 피르호는 아이고롯족과 일본 사람의 인종적 친화성을 가정하기도 한다.

필리핀이 오늘날 제2의 일본일 수 있다면, 물론 그런 의문을 가질 수 있지만, 빠차노는 파리에서 있었던 농담에 흥분할 필요는 없을 것이다. 그는 리살이 거기에서 몇 년 전에 보았던 일본식 인쇄물, 잉어, 검, 병풍 관련 전시회에 대해서 알려주었을 당시에 웃을 수 있었다. 길거리에 있던 리살을 몰래 주시했던 수많은 젊은 여인들이 전시장에도 나타나더니 대놓고 그에게 일본인인지 물어보았다.

"예."

리살은 세 번째 혹은 네 번째 질문에 대답하면서, 그 여인들을 이 홀에서 저 홀로 안내했고 자신이 일본에 대해서 알고 있는 것을 설명했다.

"풍만한 그림을 기대하지 마세요."

그는 말했다.

"국화마저도 외롭게 등장합니다."

그는 채색된 목판조각을 가리켰다.

"활짝 핀 꽃보다 가늘고 긴 막대기 형태에 주의해 보십시오."

실망스러운 빛이 얼굴들에서 드러났고, 리살은 그런 상황을 원하지 않았다. 그들은 새롭게 경탄해야 한다.

"먼 옛날을 생각해보세요."

그는 그들에게 요구하면서 센코 승려에 대해서 설명했다. 그는 바람이 계속해서 부는 제일 높은 산악지대를 등반했다. 그곳에서 그는 큰 가지에 마디가 나 있는 가장 억센 소나무를 발견했다. 또한 센코 승려는 장식을 할 경우에 풍광의 기본선을 보여주는 잔가지들을 찾았다.

파리의 여인들은 만개한 붓꽃에서 터지는 망울과 잔가지의 부드러운 곡선에서 떠오르는 달을 보려고 했다. 노간주나무는 암벽이 되었다. 그들은 수평으로 배열되어 위를 향해 섬세하게 뻗은 소나무 잔가지에서 아침의 안개를 보았다. 화병이나 칼자루 위의 어디에서나 볼 수 있는 꽃은 풍경을 분만했다. 리살은 파리의 여인들이 빙산이나 과일정원, 흐르는 강물이나 꺼진 분화구를 스케치하면서 보였던 집중력에 마음을 뺏길 수 있었다. 아직도 계속해서 그는 늙은 승려 센코를 기억 속으로 불렀다. 센코는 제자들의 상상력에 한계를 그었다.

"안 돼요, 바다는 그릴 수 없어요. 당신은 바다 그리기를 중단해야 됩니다. 바다는 무한하거든요."

리살은 후지산을 그린 호쿠사이*의 목판조각과 그 전경에 종이

* 채색판화로 유명한 일본의 목판화가로, 본명은 Katsushika Hokusai (1760~1849).

들, 아니 바람에 곧 날아갈 것 같이 어설프게 동여매어 있던 종이들을 나르던 일단의 사람들을 이용해서 새 정부의 주도하에나 가능한 의무 교육의 권장에 대해서 말하려고 했다. 일본법에 따르면, 인구 육백 명에 초등학교 한 개가 가능하다. 일본과의 친화성이 치욕이 아니라 그 반대일 수 있다는 사실이 형을 설득해야만 했다.

빠차노는 파리에서 당도한 편지를 강하게 비판했다. 그는 외양만 신경 써서는 안 된다고 동생에게 경고했다. 그는 항상 어느 곳에서나 마닐라 출신의 말레이인이라는 사실에 자부심을 느낀다는 것이다.

한 번인가 리살에게 집으로 돌아가고 싶은 생각이 불편한 적도 있었다. 칼람바에서 리살의 언행은 자제되어야 하고, 모든 사항은 촌장 차원의 일로 오그라들며, 사고의 유희는 의심받았다. 인도에서 시작하여 자바, 루손, 대만을 거쳐 높은 곳에 있는 교토에 이르는 연결지점에 광장은 한 군데도 없다.

> 필리핀 사람들과 일본 사람들이 서로 전혀 다른 사람들이 아니었든, 일본의 문명이 독자적으로 발달한 것처럼 예전의 필리핀에도 어떤 문명이 잠재해 있었든, 유럽인들과 의식적으로 교역을 시작하는 마당에 그것이 무슨 쓸모가 있다는 거죠, 존경하는 형.

수천 가지의 일들이 아직 더 연구될 수 있다. 남중국해 주변에서 발견되는 납골 항아리의 유사성, 공통된 민속동화, 골고루 퍼진 고대 도자기 파편들이 그 예다. 아마도 언젠가 태고적의 따갈 로그족을 스케치한 일본 해적의 보고문이 발견될 수도 있고, 또 누가 알겠는가. 혹시 칠천여 개의 섬 어디에선가 법당이나 옛 비문이 묻혀 있거나 아니면 산악 지대에서 기도문과 영웅가 전집이 나타날지.

맨 먼저 출간된 것은 스페인어로 된 연대기가 유일하다. 가장 영리했던 정복자 중의 한 명인 안토니오 모르가는 수많은 필리핀 여자들을 능욕하면서도, 책에서는 그들이 성적으로 대담하며, 섬에서 처녀성은 중요하지 않다고 기술한다. 리살이 생각하기에, 이 대목에서 스페인 사람들이 다른 민족보다 월등한 권리를 갖고 있지도 않았고 또 갖고 있지 않다고 주석을 달 수도 있다. 스페인에 있어본 사람이라면 누구라도 여러 도시에 창녀들이 있고, 충분한 돈만 내면 남정네들이 얼마나 부주의하고 비열하게 흥분하는지 알고 있다. 누구든지 길거리에서 스페인 창녀들의 거친 웃음소리를 알아차린다.

조상들이 생각했던 것, 즉 그들의 도덕에 숨어 있는 심오한 논리가 발견될 수도 있다. 뻬드로 치라이노*가 전해준 전설은 들여다볼 가치가 있다. 악령에 의해 선동된 여자들과 처녀들은 남자 애인이 없어서 저주받았다고 믿는다. 왜냐하면 그들이 죽은 후에 위험한 강을 건너가게 해줄 수 있는 유일한 이는 애인이기 때문이다. 그들에게 교량은 없으며, 유일하게 남은 나뭇가지 한 개가

---

* 스페인 예수회 신부로 필리핀에서 선교활동을 했으며, 본명은 Pedro Chirino(1557~1635).

물에서 헤엄친다. 방금 사망한 여자가 애인의 도움 덕분에 그 나뭇가지 위에서 균형을 잡으며 건너편 강가, **칼루왈하티안***, 즉 영원한 우아함에 도달할 수 있다.

알트도르프에 주민들이 빼곡히 북적이면서 어떻게 기예르모가 총독을 성나게 하는지 관심 있게 지켜본다. 기예르모의 장인 발터 퓌어스트는 절망한다. 작은 계곡에 있는 불쌍한 헤드비히를 기억하는 사람은 그밖에 없다. 그의 손자인 꼬마는 한 마리의 양처럼 도축장의 작업대로 끌려간다고 한다. 게슬러는 신의 역할을 하기 때문에, 아무도 그를 자극해서는 안 된다. 그래서 발터 퓌어스트는 기예르모를 밧줄에서 풀려고 보초들의 팔에 몸을 들이대는 건달들을 만류하려 했다. 그러나 그의 시도는 아무런 소용이 없었고, 모인 주민들은 폭풍처럼 밀치며 꾸짖기 시작한다. 그 결과는 사나운 힘겨루기로 이어졌고, 한 보초병이 "혁명이야!"라고 외쳤다. 이미 총독과 그의 졸개들은 약이 오를 대로 올랐다. 이제 사람들은 게슬러를 안정시켜야 하며, 더 이상 그를 노하게 해서는 안 된다. 그가 안정을 느끼는 순간은 거만할 때다. 발터 퓌어스트는 게슬러의 발밑에 몸을 던지고 모든 것을 주려고 한다. 그의 집, 그의 땅, 그의 가축. 그는 당돌한 손자를 염려해야만 한다. 누군가는 꼭 헤드비히를 생각해야 한다.

아들은 아버지에게 칼람바의 예절이 그러하듯이 깍듯한 존칭

---

* 따갈로그어(kaluwalhatian)로, 뜻은 '지하에 있는 천국'으로, 필리핀 신화에 등장한다.

을 쓴다. 아들은 기예르모 옆에서 당당한 모습으로 알트도르프에 왔다가, 난생처음 본 것에 어울리는 낱말을 찾으면서 천진난만하게 굴었다. 발터의 호기심은 번역자의 고심을 도와준다. 리살은 지금까지 '빙하' 혹은 '눈사태'라는 낱말에서 좌절했다. 그는 '빙하'라는 낱말을 포기했다가, 자신의 소설에 외국어인 독일어 '만년설'을 받아들인다. 눈사태는 먼저 '부서지는 얼음'으로 보였지만, 발터가 보호림이 왜 신성한지를 알려고 하면서 새로운 표현이 나타난다. 처음에 발터는 이곳에서 발생하는 가장 익숙한 재난, 즉 홍수를 생각한다. 일 년에 한 번씩 바다가 하늘에서 떨어져서 바다의 수위가 올라간 덕분에, 소년 어부가 카누를 타고 마을의 항구로 노를 저어 간다. 개천과 강물은 불어나고, 부실하게 지어진 오두막은 휩쓸려 내려가며, 골짜기 밑바닥의 물높이는 하루 종일 엉덩이 높이다. 눈사태는 눈과 얼음, 그러니까 바하 응 이엘로*의 범람이다. 혹은 위험의 신화적인 특징을 가리키기 위해서 단순한 복수형태를 쓸 수 있을까? 이렇게 리살은 번역해본다. '앙 망아 이엘로'**, 그러면 눈은 아래로 떨어지고, 얼음은 얼음 주위를 돈다는 뜻이 된다.

"아버지, 저기 장대 위에 걸린 모자가 보이시나요?"

발터는 알트도르프에 도착하면서 물어본다. 아버지는 말을 막는다.

"그냥 지나가자."

* 따갈로그어(baha ng ielo)로, 뜻은 '얼음홍수'
** 따갈로그어(ang mga ielo)로, 뜻은 '서리, 결빙'

벌써 보초병이 다가와서 아버지를 체포하려고 한다. 발터가 도움을 외치고, 주민이 모여든다. 발터는 군졸들이 아버지에 대해 경멸적으로 말하는 것을 참지 못한다. 그는 비겁하지 않다. 그는 황제 재판관에게 말을 거는데, 쉴러의 작품에서 나오듯이 건방진 어투의 '나리'라고 감히 말하지 못한다. 리살의 작품에서 총독과 동등한 입장에서 말할 수 있는 여유는 베르타에게만 유보되어 있다. 그런데 꼬마인 발터도 황제 재판관에게 당당히 말하면서 자신의 아버지가 얼마나 위대한 궁수인지를 말한다.

"그는 백 걸음 떨어져서도 사과를 맞혀요!"

그제서야 비로소 게슬러는 어떻게 그 사냥꾼을 괴롭힐 수 있을지에 대한 생각에 도달한다. 민중은 경악한 채 경직되어 있고, 기예르모는 용서를 구하면서 어린 발터의 생명을 위험에 빠트리기보다 차라리 죽겠다고 한다. 오로지 그 소년만 두려워하지 않았다.

그는 나무에 묶이고 싶지 않으며, 또한 안대도 거부한다. 그는 자신이 양이 아니며 아버지의 굳건한 팔을 안다고 말한다.

"쏘세요!"

발터는 그에게 외친다.

"저 불한당은 아버지가 어떻게 맞히는지를 봐야 한다니까요."

아이는 거기에 움직이지 않고 서 있다. 그러는 동안 아버지는 거의 제정신을 잃은 채 애걸하며, 피어스트 할아버지는 전 재산을 내놓으려 하고, 베르타와 루덴츠는 중재에 나선다.

"쏘시란 말이에요, 아버지!"

아이가 다시 한 번 외치자 어디선가 '쉿'하는 소리가 들린다.

"아이가 살아 있어!"

아이는 모인 군중이 외치는 소리를 듣고서 땅을 바라보고 절하더니 광장 위를 지나간다.

"여기 당신께 그 사과를 갖다드려요, 아버지."

기예르모가 아들을 번쩍 들어서 거의 숨막힐 정도로 안기 전에, 아들은 아주 짧게 '아빠'라고 바꾼다.

"난 아빠가 나를 다치게 하지 않으리라는 것을 알고 있었어."

구월 중순에 기온은 다시 한번 크게 떨어졌다. 구름이 태양을 덮고 있으면, 피부를 관통하는 습기와 쏘는 듯한 안개가 퍼진다. 리살은 작은 방에서 낮에도 추위로 몸이 오싹하다. 온종일 화로를 뜨겁게 지피는 일은 도가 넘은 것처럼 보인다. 그리고 그런 일은 그에겐 너무 비용이 많이 드는 일이다. 여주인은 그의 건강이 별로 좋지 않다고 생각하고는 있었지만, 그가 아침을 먹으면서 재채기를 했을 때 깜짝 놀란다. 그녀는 빨갛게 타고 있는 석탄이 담긴 뚜껑 없는 접시를 책상과 문 사이에 둔다. 이제 그는 앉기만 하면 뒤쪽으로부터 따뜻한 온도가 전해진다. 여주인은 왜 리살이 작은 방에 가져간 스프를 차게 내버려두었는지를 알고 싶어 한다. 보통 이때쯤 되면 온도가 밑으로 떨어져 쾌적한 온도가 될 시간이다.

아직 리살은 그렇게 춥지 않다고 생각하면서 그녀의 친절을 무뚝뚝하게 거절한다. 석탄은 리살의 몸을 따뜻하게 해준다. 실제로 그는 땀을 흘리는 것처럼 보인다.

"아프지 않아요?"

"당신은 내가 의사라는 것을 아시오?"

여주인은 머리를 젓더니 홀로 계단을 내려간다.

리살은 알트도르프의 그 장면에 집착한다. 멜히탈도 처음부터 그 광장에 서 있다. 그 사이 그는 자신을 다독일 수는 있었지만, 내키지는 않았다. 그는 발터 퓌어스트와 함께 게슬러의 모자 근처에 왔다가, 이제 기예르모의 아들이 도움을 외치는 소리를 듣는다. 그는 서둘러 그에게 갔으며 혼자가 아니다. 시장에서 장사하는 세 명의 여인네가 흥분해서 아무런 생각 없이 보초병들에게 달려들었고, 몇몇 장돌뱅이들도 돕기 위해 있었으며, 반쯤은 썩은 모자를 쓰고 낯선 황제 재판관의 권력을 조롱하는 영리한 사내들도 있었고, 몇 명의 목동들도 이런 혼잡함에 몸을 던진다. 주민들은 준비가 되었지만 석공들이 그들을 말린다. 발터 퓌어스트와 베르너 슈타우파허는 진정하라고, 조용히 참고 있으라고 조언한다. 멜히탈은 왜 기예르모가 모든 도움을 거절하는지 이해하지 못한다. 이미 혼란은 왔으며, 황제 재판관은 이편으로 말을 타고 오면서 동요하고 있는 군중과 만난다. 군중은 지금 침착하며, 멜히탈은 게슬러가 그의 힘을 어떻게 과시하는지 요동도 하지 않고서 빤히 지켜본다. 그 아이가 나무에 끌려가고 루돌프 데어 하라스가 사과 한 개를 그의 머리 위에 올려놓는 동안에, 멜히탈은 모인 남정네들을 흔들어 깨우려고 했지만, 오히려 꾸짖음을 듣는다.

"우리가 머뭇거리지만 않았어도……."

멜히탈은 그들에게 속삭이듯 말한다.

"봉기를 미룬 겁쟁이들에게 화가 있으리라."

오로지 게슬러만이 좌불안석하는 한 마리의 맹수처럼 사나운 모습이다. 루덴츠는 황제 재판관을 바라보면서 갑자기 불안해하는 맹수를 떠올린다. 팔 위에 한 마리의 매가 앉아 있는 황제 재판관은 말을 타고 오면서, 그 앞에 시장판의 여자들과 장돌뱅이들이 부들부들 떨고 있는 모습을 즐긴다. 모든 사람들은 이 끔찍한 놀이에 어쩔 줄을 몰라 했는데, 그때 루덴츠는 더 이상 참을 수 없어 앞으로 나와 입을 연다.

"내가 말하리다!"

루덴츠가 큰소리로 일장연설을 한다. 여기의 모든 사람에게 자신이 오랫동안 잘못된 길에 있었다는 점을 알게 한다. 황제 재판관이 그의 가슴을 망가뜨리고 그의 자유로운 정신을 나쁜 길로 이끌었으며, 이제야 인간의 질서를 알게 되었다고 말이다. 세상의 어떤 법도 그런 폭력을 허용하지 않으며, 어떤 왕도 폭력을 명령할 수 없다는 것이다.

"나는 나의 주민에게 더 이상 등을 돌리지 않겠습니다!"

루덴츠가 호소하자 게슬러는 그에게 침묵을 명령하지만 소용없다. 루덴츠를 선동했던 베르타는 이제 그의 말에 끼어들지 않는다. 그가 앞으로 해야 할 일에 대해 아무도 설득할 필요가 없다. 그때 주민이 외친다.

"사과가 떨어졌어!"

어느 옛날 계곡의 사람들을 보호했던 성스러운 숲이 있었다. 그곳에서는 나무 한 그루를 벌채하는 일이 금지되어 있었다. 이를 무시하고 벌채하는 사람은 영원히 죗값을 치른다. 그의 무덤에서 밤이면 밤마다 손 하나가 나오며, 그의 영혼은 평안하지 않았다.

"그 성스러운 숲이 겨울에 눈사태가 나면 사람들을 보호하는 거란다."

기예르모는 알트도르프에 왔을 때 아들에게 설명했다. 이에 리살은 그 숲을 '보호'를 의미하는 탕킬릭*이라는 의미가 가미된 인간의 숲으로 바꾼다. 배려와 돌봄의 장소, 기예르모는 산지가 없는 그 지역이 어떠한지를 아들에게 설명할 때마다 은밀한 권위가 있는 장소임을 되새긴다. 그곳은 물길을 따라 가다 보면 도착하는 곳으로 만과 호수 저편에 평평하고 비옥한 땅이 있기에, 사람들은 이곳 돌산에서처럼 악착같이 일할 필요가 없다. 그 숲은 정말로 아름다운데, 수확물은 땅을 경작한 농부의 것이 아니요, 사냥한 짐승은 사냥꾼의 것이 아니다. 그곳에서는 주인들, 즉 왕이나 주교에게 의무를 다해야 하며, 사정이 심각한 경우에는 그들에게 빵을 구걸해야 한다. 리살은 주인들을 보호림과 연결시키며, 그들이 종들, 그러니까 나그타탕킬릭**이 보호를 받고 먹을 것을 얻도록 배려한다. 어린 발터는 그런 상황을 거부하며 돌산에서 거친 삶을 선택한 아버지를 자랑스러워한다. 게슬러 총독도 아버지처럼 다정하게 주민을 돌볼 의무가 있다. 결국 그는 그들을 잘 알기 때문이다. 게슬러가 기예르모에게 자연스럽게 반말을 쓴다면, 자신이 누구와 얘기하는지 알고 있는 거다. 여기에서 리살은 내향적인 의미를 이용할 수 있는데, 게슬러가 가슴속에 경멸과 분

---

* 따갈로그어(tangkilik)로, 뜻은 '보호하다'
** 따갈로그어(nagtatangkilik)로, 뜻은 '소유하다'

노를 담고 있지만 얼굴에서는 아무것도 읽히지 않도록 하는 한에서. 게슬러는 승리에 차서 말한다. "이제 네놈은 나쁜 속마음을 드러내놓고 있구나!"

기예르모는 용서를 구하고, 모든 것을 뒤로 돌리며, 어리석음을 사전에 막아야 한다. 그는 늘 그렇듯이 혼자이며, 그의 앞에 우뚝 서 있는 창들의 벽에 대적할 수 있는 사람은 아무도 옆에 있지 않다. 그의 눈앞에서 모든 사물이 희미해진다. 그의 행복한 마음이 어떻게 그를 철저히 속일 수 있단 말인가.

"기예르모."

게슬러는 말한다.

"네놈은 너의 주인이려고 해. 네놈은 그렇게 돼도 돼. 내가 너의 목숨을 네 손에 놓도록 하지. 네놈이 사과를 맞히면, 너는 자유다. 그런데 네가 그 옆을 맞힌다면, 난 두 놈 모두 죽일 거야."

흥분하고 있는 몇몇 여인네와 눈물을 머금고 있는 장인, 야비하게 구는 몇몇 다혈질 사내들은 그 궁수에게 무엇이란 말인가. 멋쟁이 루덴츠만이 입을 벌리고 바라보는 주위 사람들의 시선을 돌려 침착하게 그 광경을 볼 수 있도록 한다.

"사과가 떨어졌어!"

모인 군중이 외친다.

"아이는 살아 있어!"

기예르모는 무릎을 꿇는다. 어린 발터는 구조된 것이고 아버지는 일어서서 자식을 포옹하고 마음의 평정을 되찾는다. 이제 그는 황제 재판관의 면전에 진실을 말할 수 있을 만큼 자유롭다. 다시 한 번 기예르모는 게슬러에게 마치 그들만이 이 한적한 작은 계곡에 있는 것처럼 다가간다. 그는 맹세를 걸고 두 번째 화살의 목표를 이실직고한다. 그가 아들을 맞혔다면, 게슬러의 목숨도 없었다고.

"내가 적중시키지 못했더라면, 그것이 진심입니다."

겁쟁이들이 영웅 없이는 봉기를 일으킬 수 없다고 하면서 울었든, 사과를 맞힌 것이 신의 징표라고 주장하든, 자식 대신에 기껏해야 기예르모를 잡아가든, 중요한 것은 아이가 살았다는 거다.

"나의 고통을 느끼신다면 자제해주십시오!"

기예르모는 발터 퓌어스트에게 말한다.

13

리살은 열을 내리기 위해 삼산화비소를 처방한다. 그 약은 스페인에서 늘 효과가 있었고 라이프치히에서 싸게 구입할 수 있었다. 그는 여주인이 준 보리수차와 서양말오줌나무차를 들이켰는데, 가능한 한 뜨겁게 해서 마신다. 뼈마디에 통증을 내리기 위해서 그는 스스로에게 운동을 지시한다. 전통적인 체조 연습에, 물구나무 서기와 엎드려 뻗치기는 하지 않으며, 무릎으로 하는 신중한 평균대 운동을 하고, 그러다가 앞으로 한 보, 뒤로 한 보 움직인다. 이어 검을 잡은 것처럼 팔을 든다. 그의 눈에 몬타본이 상대방으로 나타난다. 몬타본도 병약하게 천천히 앞으로, 그러다가 뒤로 간다. 오로지 손만이 신속히 움직여서 다음 공격이 어떻게 벌어질지 거의 보지 못하는데, 이것을 펜싱 경기에선 투쉬*라고 한다.

그러다가 땀이 나면, 리살은 침대에서 계속 작업을 한다. 얇은

---

* 프랑스어(touché)로, 뜻은 '공격 성공'

나무판이 밑받침으로 사용되며, 여주인은 그의 청에 따라 베개를 몇 개 더 가져온다. 그러면 리살은 그것으로 덮고 난 뒤 앉아서, 읽고, 쓸 수 있다. 리살은 며칠 동안 번역 일을 중단하라는 여주인의 충고를 따르지 않는다.

피어발트슈테테 바다에 폭풍우가 다가왔다. 기예르모는 포박된 채 밖의 뱃머리에 누워 있었고, 배는 높새바람이 채찍질하는 파도 한가운데를 나아간다. 게슬러는 악천후를 무시하려고 한다. 저 위의 계곡에는 폰 아팅하우젠 남작 노인이 죽은 채 누워 있었다. 해안가에서 한 어부가 슬퍼하고, 울부짖는 바람을 타고 다급하게 구조를 바라는 소리가 들린다. 그 어부는 야성의 힘을 간청한다. 그러면 곰들과 늑대들과 태곳적의 괴물들과 모든 용들이 되돌아와 증기를 통해 새롭게 계곡에 독극물을 뿌리면서, 이제 하늘에서 떨어지는 바다와 우박과 합한다. 이 장면은 성경에서나 열리는 파국으로, 그 어부가 주문을 외워 이른바 두 번째 노아의 홍수를 불러낸 것이다.

리살은 민중에게 성경을 따갈로그어로 번역한 수도사들과 똑같은 생각이 아니다. 이스라엘의 하나님은 이집트인들에게 스페인식의 그라니초*를 내리게 하지 않았다. 우박은 새로운 번역어를, 즉 고유한 따갈로그 어휘를 필요로 한다. 돌비, 그러니까 울란 응 바토**는 아직 완전하지 않지만 근접한 말이다. 그 어부는 성경

* 스페인어(granizo)로, 뜻은 '우박'
** 따갈로그어(ulan ng bato)로, 뜻은 '결정체'

154

의 언어로 표현되었지만, 세금과 국가의 권력을 저주한다. 왜냐하면 세금과 국가권력은 마치 폭풍처럼 난동을 부려서 그 땅을 황폐하게 한다. 그것들이 만물을 근절시킨다고 어부가 외친다. 수확물이 그의 것이 아니고, 그가 사냥한 노획물을 내놓아야 한다면, 그가 땅을 경작하고 겨울 내내 가축을 이동시키고 싶겠는가? 그렇다면 그는 차라리 다른 곳으로 떠나서 땅을 황폐하게 내버려둘 것이다. 그러면 폰 아팅하우젠 노인이 말한 것처럼 가치 있는 것은 전부 사멸할 것이다.

그 어부는 산들이 노하고 알트도르프에서 벌어졌던 악행에 대한 분노에서 나온 회오리 바람이 불을 낸 것이라고 믿는다. 애비가 자식에게 활을 겨누어야 했던 상황은 폭풍우를 불렀다. 지금은 밀쳐 날뛰면서 그 어부에게 절망적인 즐거움을 마련해준 모든 힘을 쉴러는 '자연'이라고 부른다. 자연은 자체적인 질서가 있어서 독립적인데, 리살은 그에 상응하는 낱말을 찾지 못해서 게으른 수도사들이 그러는 것처럼 나투랄레자*라고 써야만 했다. 이에 대해 의문은 없다. 하지만 다른 대목에서 그는 롭**이라는 말로 임시변통했으며, 루빠***, 즉 땅이라는 낱말은 이와 상응하지 않는다. 땅이라는 말의 쓰임은 너무 제한적이며, 쉴러는 내면에서 그리고 고정된 가슴 안에 존재하는 인류의 본성에 대해서 말하지 않는다. 그러기에 새 단어가 와야 한다. 포괄하는 산시누쿠밴****, 그것은

* 따갈로그어(naturaleza)로, 뜻은 '외적인 자연'
** 따갈로그어(loob)로, 뜻은 '내면'
*** 따갈로그어(lupa)로, 뜻은 '잊어라'
**** 따갈로그어(sansinukuban)로, 뜻은 '우주'

거대한 은신처로서 어느 우주 혹은 폭풍우 앞에 선 모든 사람들을 바람과 호수와 더불어 막아주는 어느 천장 같은 것이었다.

칼람바의 어느 어부는 이 대목에서 산이 기울고 바위가 바다 안으로 잠긴다 할지라도 놀라지 않을 것이다. 그 어부는 피어발트슈테터 바다의 어부처럼 절망적이지만, 나쁜 주인들을 절멸시키는 가장 극단적인 폭력으로부터의 구조되기를 기대한다. 어부는 머리를 숙이고 도나 테오도라 앞에 서서 자신의 소원을 마치 기도하는 것처럼 중얼거리거나, 어떤 부자나 어떤 낯선 사람이 지나가면 시골길에서 무릎을 꿇을 수도 있다. 하지만 그는 내밀하게 저주를 중얼거리면서, 베르나르도 왕을 탈출시키기 위해 정상들을 충돌시킨 산악지대와 이 땅 위에 갑자기 밀어닥친 끔찍한 날씨와 지진에 대한 이야기를 알고 있다.

이 왕은 예전에 스페인 기사로서, 본명은 베르나르도 델 까르뻬오*이며, 론세스바예스 전투에서 칼 대제와 미친 롤랑 올란도에 맞서 싸웠다. 그는 적들을 스페인으로부터 멀리 떨어트려 놔서, 그의 이야기는 백 번씩이나 다르게 설명되곤 했다. 그 이야기는 일 년에 한 번 열리는 시장에서 공연되었고, 고상한 시구로 작성되어서 돈키호테의 찬양을 받고 세르반테스를 웃게 했다. 푸에르토리코에선 바로크식의 거대하고 화려한 행사로 펼쳐지다가, 범선을 타고 바다를 건너 전달되어 따갈로그어로 새롭게 운율이 맞추어졌다. 그것은 모든 마을의 무대에서 상연되고, 피에스타 축제

* 스페인의 바로크 시대 환상적 서사시 『베르나르도 델 까르뻬오 혹은 론세스바예스의 승리』의 주인공으로, 본명은 Bernardo del Carpio.

후에도 이야기가 더해진다. 어부들이 힘을 부를 때마다 자신들에게 성스러운 베르나르도의 전설은 계속해서 새로운 이야기를 만들어낸다.

그 전설적인 왕은 결국에 자신의 진짜 부모가 누구인지를 경험했기 때문에 도울 수 있다. 그의 어머니는 창녀가 아니며, 아버지는 배신자가 아니다. 베르나르도는 스페인 왕이 그의 아버지이고 그를 사랑하는 체한다는 것을 알아차렸다. 왕이 늘 새로운 담력 시험과 영웅적 행위를 요구하는 것은 올바르지 않다. 그는 거짓말쟁이에 불과하다. 베르나르도는 왕관을 승계하지 않고 진짜 아버지를 찾아 나선다. 예전에 왕의 군졸들이 아버지의 눈을 찔러 꺼냈다. 아버지는 어느 지하감옥에 눈이 먼 채 누워 있었고, 베르나르도는 그를 찾아내어 팔에 안고 그와 얘기하지만, 아버지는 이미 마지막 숨을 거두고 있었다. 아버지는 다시 찾은 아들의 품에서 죽는다. 하루 종일 베르나르도는 그 시체를 들고 지역을 떠돌아다닌다. 이제 그는 어머니를 찾으려 한다. 그녀는 그 거짓말쟁이 왕의 누나다. 베르나르도는 자신이 위대한 사랑의 결과로 태어났다는 사실을 알았기에, 어머니는 이제 아버지와 결혼해야만 한다. 속임수는 성공한다. 베르나르도는 시체를 변장시켜서, 아버지가 힘이 없고 중병으로 고생하는 것처럼 꾸민다. 결혼은 성사되고 베르나르도의 명예는 지켜졌다.

이제 베르나르도는 황야의 정령들과 초자연적인 힘을 무찌르기 위해 길을 나선다. 그는 자신을 기도로부터 끌어냈을 뿐만 아니라 하나님 성전 앞의 사자상을 부순 번개를 무찌르고 싶어 한다. 두 개의 산 정상이 서로 부닥친다. 그러자 하나님의 천사 하나가 그 앞에 와서 말한다.

"번개는 산속으로 갔어요."

천사는 베르나르도에게 경고하는 하나님의 목소리를 전달한다. 하나님은 베르나르도가 번개를 쫓아서는 안 된다고 말씀하지만, 더 이상 베르나르도를 막을 길이 없다. 그는 천사를 따라 산위로 올라갔다가 산속으로, 아니 번개가 은신하고 있는 깊은 저안으로 내려간다. 천사가 별안간 영광의 후광에서 시라지면서, 베르나르도는 성급했다는 죄로 영원히 저기 아래에 살아야 했고, 그러다가 어느 동굴에 산 채로 매장된다.

"그렇다고 영원히 그러지는 않을 거야……."

어부와 농부들이 속삭이듯 계속해서 시를 지어나간다. 때때로 그들은 저주를 하면서도 속마음을 드러내곤 한다. 리살은 들었다. 농부들이 조만간 베르나르도 왕이 동굴에서 탈주하리라 믿는다는 것을. 고통이 너무 심하고 부담도 클 뿐만 아니라 산마테오 산이 불을 뿜어대더라도, 무장을 한 베르나르도는 사악한 주인들을 내쫓기 위해서 불타는 구름을 뚫고 민중 틈으로 나아간다. 리살은 형에게 농부들을 계몽해야만 한다고 편지를 쓴다. 그 편지에는 피에스타 축제를 개혁해서 해마다 폭죽, 배수, 장식으로 낭비되는 지출을 생산적인 사업에 투자하길 제안한다. 그는 학교를 짓고 싶다고 쓰면서 아버지와 형에게 자신의 귀국이 허용될 수 있도록 노력해주길 당부한다. 그는 자신이 고국에서 쓸모가 있을 거라고 전한다. 의학을 복잡한 과학으로 상상할 필요는 없으며, 그가 이곳에서 배운 것은 일종의 손기술이라고 한다. 자신이 백내장 수술을 집도하면서 섬세한 절개를 거쳐 침침한 수정체를 걷어내면, 안경사가 그 수정체에 상응하는 안경으로 교체할 것이다. 이때 유일한 위험은 수술 후 나타나곤 하는 감염에서 온다. 환자들이 적어도 2주 동안 어두움과 고요 속에서 눈을 충분히 쉴 수 있는 작은 병원을 설립해야 한다. 그렇게 되면 독립적인 벌이도 가능하다는 것이다. 리살은 마닐라의 수도사들이 아마도 자신에게 교수직을 제안할 것이라고 생각하지 않지만 의사는 부족할 거라고 편지한다. 자신은 최신 모델의 검안경을 파리에서 구입했고, 수술가방은 완전히 갖추어져, 언제든 의원을 개원할 수 있다고 전한다.

리살은 소설을 생각해서는 안 된다. 그렇지 않으면 그는 풀이 죽는다. 라이프치히의 인쇄소는 예상한 것보다 비싸서, 리살은 도시를 배회하는 일을 중단하고 베를린에서 계속 찾아보려고 계획한다. 마드리드에서 출판하려면 스페인 편집자의 거만을 참고 견뎌야 한다. 초판본이 판매되기도 전에 검열이 취해질 가능성이 높다. 그럼에도 여전히 출간하고 싶다면, 그가 프랑스나 독일에서 행동을 자제하고 언어를 다듬으며 분노하는 어투를 담은 해설을 지웠다고 해도, 그의 작품이 스캔들로 비화되는 상황을 피할 수 없다. 그의 작품은 평온한 소설이 될 것이다. 리살은 그 소설이 누구나 알고 있는, 칼람바와 같은 고장에 살았던 사람은 누구나 아는 마을의 이야기를 설명하고 있다고 생각한다. 그는 예수회 수도사들에게 희망을 건다. 그들이 그 책이 출간되어 마닐라에 도착하면 그를 비호할 것이며, 그러면 부모님의 두려움은 근거 없는 것이 된다. 아마 고해신부의 칭찬만으로도 리살이 마닐라에서 일자리를 얻는 데 충분할 것이다. 또한 행정부의 고위관료가 통찰력을 갖고서 교육체계를 개혁할 수 있는 가능성도 배제할 수 없다. 보다 많은 스페인어 선생님이 필요하고, 그들이 속세의 철학과 문학을 가르치고, 아이들과 체조를 해야만 할 것이다. 스페인의 시민법전은 식민지에서 거의 알려진 바 없지만 수도회의 전횡에 반대하는 투쟁에 이용될 수 있다. 빠차노가 오랜 망설임 뒤에 소설 출간을 위해 돈을 더 부친 일은 큰 격려로 다가온다. 빠차노도 앞으로의 일은 이성적이어야 한다는 희망을 버리지 않았다. 아마도 형이 아버지의 생각을 바꾸고, 어머니에게 불면을 야기한 근심을 떼어내 버릴 수 있을 것이다.

빠차노는 국가가 리살의 소설을 기대한다는 것을 알고 있다. 그의 작품은 뻬드로 빠테르노*가 마드리드에서 출간한 동화 수준에 머물러서는 안 된다. 빠테르노의 작품은 일종의 소설로서, 수천 개의 주석과 고상한 스페인 독자에게 향하는 연설문으로 되어 있다. 또한 유령 이야기와 오래된 아시아식 지혜로 팔리고 있는 가톨릭 미신과 같은 잡동사니로 이루어진 문집이기도 하다. 그 작품은 마드리드의 귀족 딸들에게 그들이 죽은 뒤에 천국으로 이어진 무지개 위를 걸어갈 수 있다는 약속이 된다. 작가 빠테르노는 바가바드 기타**에 나오는 인용문들을 모든 구절에 쏟아 붓고서, 필리핀 사람들은 더 뛰어난 인도인이며, 유일신을 믿으니 스페인에 예속되길 원하고, 과부나 그 누구도 화형하지 않는다는

* 필리핀의 정치인이자 독립투사, 작가이기도 하며,
본명은 Pedro Paterno(1857~1911).
** 기원전 500년에서 200년 사이에 생긴 인도 힌두교 경전 중의 하나로, 신에 대한 사랑과 헌신을 시의 형태로 말하고 있으며, 원명은 Bhagavad Gita.

것이다. 이제 자칭 '따갈로그족의 왕자'인 빠테르노가 '고대 따갈로그 문명'에 대한 학문적인 작품의 탄생을 예고한 것이라고 리살은 마드리드에서 들었다. 페르디난트 블루멘트리트는 그 작품 앞에서 경고의 소리를 들었다.

"매우 친애하는 교수님, 제가 이 남자에 대해서 말할 게 있는데, 그것은 오직 스케치로만 표현할 수 있습니다."

리살은 쓴다. 그러면서 그는 편지에 그린 작고 읽기 힘든 글자가 야생의 번개를 표현하는지 혹은 이해할 수 없는 혼란인지, 혹은 백골이 된 두개골 앞에 놓인 교차하고 있는 뼈인지에 대한 판단을 교수에게 내리도록 한다. 리살이 정복자의 연대기에서 한 귀족의 칭호를 뽑아내어 명함에 적힌 이름 앞에 배치한 한 사내에 대해서 무슨 말을 하려는가? 마자이노* 뻬드로 빠테르노. 이제 그는 농부의 모자와 스페인 왕관을 결합하고, 그 왕관으로부터 백조 한 마리가 하늘로 날아오르는 가문에서 나온 동방의 왕자가 된다. 빠테르노는 조잡한 색깔의 꽃들로 그 주위를 가리게 함으로써, 필리핀의 영원한 빛의 징표인 리와나**를 왜곡해서, 리와나가 프랑스식 혹은 일본식일 수도 있다고 생각한다. 게다가 빠테르노는 그 안의 중간에 옛날 음절글자의 표시를 해둔다. 그러나 이 음절글자가 의미하는 바는 없고, 오로지 아름답게 보이기만 하면 된다. 이 글자가 아-얄-라로 읽혀서 빠테르노가 아닌 다른 전통적인 가문을 지칭해도 상관없다. 그렇다면 무엇이 마자이노

* 따갈로그어(maginoo)로, 뜻은 '사회적으로 고상한 계층', '귀족'
** 따갈로그어(liwanag)로, 뜻은 '빛'

와 관련한다는 것인가. 왜냐하면 독자는 스페인 사람들이며 전혀 이해하지 못하기 때문이다. 다만 그들은 교차하고 있는 두 개의 볼로*가 두 개의 사브르 검보다 더 모험적으로 보인다는 것만을 알고 있을 뿐이다. 또한 관객은 왕자가 연회에 등장해서 스페인이 획득한 먼 섬들에 대해 설명할 때의 그의 입술에만 매달린다.

괴롭기도 했지만 황홀했던 어느 저녁에 대한 기억을 라이프치히에선 쫓아내지 못했다. 리살은 그날 저녁을 마드리드에서 뻬드로 빠테르노와 보냈다. 그들은 함께 도취에 빠지기도 하고, 리살은 오늘날까지 그의 귀국을 가로막게 한 연설로 환호를 받기도 했다. 빠테르노는 기껏해야 개인 자격으로 연회에 초대됐다. 1884년 봄 세계미술전시회에서 젊은 화가들이 상장을 받았는데, 스페인 역사상 처음으로 두 명의 필리핀 사람, 후안 루나**와 펠릭스 리서렉시옹 이달고***가 메달을 가져갔다. 후안 루나는 금메달을 넘겨받는 축하자리에 참석하기 위해 로마에서 도착할 예정이었다. 마드리드에 루나가 도착할 즈음에 빠테르노는 필리핀 사람들과 그 친구들이 먼저 자기들끼리 수상을 축하할 수 있도록 영국 식당으로 초대했다. 그러나 빠테르노가 이 연회에서, 무엇보다도 연설이 맨 처음 순서에 배치되고, 그 연설이 공개적으로 알려지기 위해 수많은 언론매체가 참석한다는 것을 생각하지 못했다면, 그는 빠테르노가 아니다. 주최자인 빠테르노가 리살에게 첫 건배사를 말할 수 있고, 그를 위해 충분한 시간을

* 따갈로그어(bolo)로, 뜻은 '외날의 큰 칼'
** 필리핀이 낳은 세계적인 화가로, 본명은 Juan Luna(1857~1899).
*** 필리핀의 유명 화가로, 본명은 Felix Resurreción Hidalgo(1855~1913).

줄 것이며, 모인 사람들은 젊은 시인의 연설을 기꺼이 들을 것이라고 말했을 때, 리살은 마음이 끌렸다. 그래서 그날 리살은 주린 배를 붙잡고 그 영국 식당에 들어섰다. 그해 빠차노의 송금은 규칙적이지 않게 이루어졌는데, 그때는 1884년 봄의 빈곤한 주였다. 게다가 리살은 그날 고대 그리스어 시험 때문에 지쳐 있었다. 그는 빠테르노가 영국 주인의 만류에도 불구하고 가져온 뷔페를 보았다. 구운 닭고기가 평평한 접시 위에 쌓여 있었고, 빠테르노는 한 남자당 한 마리씩의 닭이 돌아갈 것이라고 말했던 것 같다. 그리고 말라본* 식의 쌀국수가 조리되어 있었으며, 얇게 자른 희고 노란 달걀이 작은 새우와 베이컨 조각이 섞인 갈색의 주요리 위에 뽐내듯 놓여 있었다. 거기에 코코넛 우유로 요리한 야채가 다른 화려한 색깔의 반점을 더 만들었고, 여기저기에 놓여서 냄새만 풍길 뿐 보이지 않는 수프에 자루가 긴 국자가 담겨 있으며, 그 손잡이는 높이 솟아 있었다. 어디에서 구했는지 빠테르노는 타마린드 콩을 수프에 넣었다. 어디선가 통돼지가 불 위에서 그을려지고, 이제 그 고기는 적당한 크기의 조각으로 잘려 뷔페에 놓였으며, 쌀을 찌는 향내가 모든 음식 위에 떠돌았다. 리살은 이 음식들을 못미덥게 바라보았지만, 곧 배고픔이 요동치면서 그를 덮쳤다. 사람들은 리살이 연설하는 것을 이미 알고 있었다. 그보다 오래전에 모두는 전시회장에 걸린 뛰어난 그림들을 바라보았다. 이제 모든 사람들이 그화가들 주위로 몰려들었고, 이들의 얼굴에 드러나는 영광에 참

* 필리핀 루손 섬의 도시로, 원명은 Malabon.

여했다. 오로지 두 번째 연사인 그라시아노 로페즈-자예나*만
이 태연하게 탁자에 앉아 담배를 태우고 있었다. 리살은 그 옆
에 앉았다. 로페즈-자예나가 자신의 슬픔을 주위에 전파하고,
그의 유머가 리살을 눈물짓게 할 만큼 감동적일지라도, 이 점이
리살의 기분을 일순간도 방해하지는 않았다. 시끌벅적한 연회
장에서 리살은 옛 동료의 심정을 알지도 못하고 울려대는 소음
기에도 즐거워했던 것이다. 그러다가 언제 로페즈-자예나가 자
신의 애달픈 곡조로부터 과감히 비상해서 장광설을 늘어놓거나
찬가를 시작했는지 추측하기가 어렵다. 로페즈-자예나가 어느
비탄조에서 울분을 삭일 때가 그 연설의 정점이었다. 그는 비탄
을 읊으며 스스로를 고무하다가 모두를 웃음바다로 데려갔다.

리살은 연설을 매우 열심히 준비했으며, 그의 연설문은 여러 장
이었다. 리살은 연설문을 가지고 왔지만 모두 외울 수 있었다. 연
설가로서 로페즈-자예나 옆에 있으려는 사람은 높은 음으로 시
작해야만 했다.

담배 연기에 반쯤 묻힌 리살은 입장하는 손님들을 바라볼 수
있었다. 중앙대학교에서 온 친구들이 있고, 그는 많은 친구들을
이미 마닐라에 있는 예수회 대학입학 예비과정에서 알고 있었
다. 이어 몇몇 쿠바인들과 여자들이 나타났다. 짧게 끝난 제1공
화국의 퇴역군인 파블로 오르티가 위 레위**는 예전에 마닐라 시
장이자 자유주의를 신봉하는 스페인 사람이었다. 그의 딸 콘수

---

* 필리핀의 연설가이자 언론인으로, 필리핀 독립을 선동했으며,
본명은 Graciano Lopez-Jaena.
** 남자 문제에 자유분방했던 딸 때문에 유명해진 사람으로, 본명은 Pablo Ortiga y Ray.

엘로는 젊은 필리핀 남자들 여럿과 동시에 사랑을 속삭였다. 그녀는 아버지의 무리 속에 끼어 연회장에 들어오면서, 리살을 보진 못했지만, 리살은 크게 신경쓰지 않았다. 그는 여러 응원의 서신과 선물에 진심으로 감사하는 말을 그녀와 교환한 뒤에도, 그녀가 그를 거부한 이래 더 이상 그녀에게 인사하지 않는다. 리살은 그녀가 결국 어느 스페인 남자와 결혼하고, 그러다 마자이노*인지 왕자인지에게 속아 넘어갔다가, 시골 출신의 한 관리인 아들은 성에 차지 않았을 것이라고 생각했던 적이 있다. 하지만 화가들의 명예를 기리는 이 연회장에서 리살에게 문득 어떤 의구심이 들었다. 그러니까 그가 조급하지만 레오노르 리베라의 짧은 편지를 다시 학수고대하길 시작했다는 점에서, 오히려 그는 콘수엘로에게 고마워해야 했다. 먼 곳의 섬에 비밀스러운 애인이 있다는 것은 높게 평가되어야 할 내면의 보물이었다. 그녀가 존재하기 때문에 혼란스러운 마드리드의 연회장에서 배고프고 외로움을 느끼더라도, 건배사 말고는 아무 말도 못하는 그라시아노 로페즈-자에나처럼 몰락하지 않은 것이다. 로페즈-자에나는 의학공부를 그만두었고 귀국에 대해선 이미 오랫동안 더 이상 말이 없었다. 집에는 좋은 포도주가 없고, 그가 관여한 사회주의자들은 자유주의자들보다 더 악명이 높았다. 그렇게 그는 담배를 태우며 거기에 앉아 있었고, 리살이 돈 미겔 모라위타**에게 악수를 하기 위해 급히 일어섰을 때에도 그저 부

* 따갈로그어(maginoo)로, 뜻은 '사회적으로 고상한 계층', '귀족'
** 스페인의 정치가이자 리살이 다녔던 마드리드 중앙대학교의 역사학 교수로 필리핀의 독립운동을 도왔다. 본명은 Don Miguel Morayta(1834~1917).

드럽게 미소를 지었다. 그 교수는 필리핀 대학생 제자들의 축제에 참석하기 위해 왔다. 의학을 전공하든 법학을 전공하든, 고대 언어를 전공하든 미술을 공부하든, 뭔가를 이루고 싶은 대학생은 일주일에 한 번 모라위타의 보편역사에 대한 강의를 들었다. 리살도 자신이 경애하는 교수가 담배연기를 뚫고 바로 자신에게 다가와 친히 악수를 하며 인사를 하는 것은 좋은 징조라고 보았다.

"이제 꽃들이 싹트고 있습니다."

리살이 마침내 화가들의 명예를 기리는 몇 마디의 연설 요청을 받고서 말했다. 그는 추호도 그 연설을 스캔들로 만들려 하지 않았는데, 부모님들은 그의 말을 믿으려 하지 않았다. 아버지는 침묵함으로써 그에게 벌을 내렸다. 왜냐하면 아들은 연회장에서 서명을 했고, 이는 언론을 통해 보고되었기 때문이다. 마드리드에서는 어떤 파동도 일으키지 않는 연설이 이곳에선 많은 말이 오가고 많은 논평이 있게 된다. 마닐라에선 수도사와 관료들이 폭동을 일으키고, 칼람바의 어머니에겐 아들의 인생이 필리핀에서 더 이상 안전하지 못할 거라는 소문이 전달되었다. 아버지와 형은 토지에 대한 임대 계약을 잃을까 봐 전전긍긍했다. 리살은 그런 상황을 의도하지 않았고, 그 연설이 그런 악의에 찬 해석으로 전해질지는 생각하지도 못했다. 그는 필리핀 민족을 다이아몬드 원석처럼 질질 끌고 온 스페인을 훌륭하다고 생각하면서 양쪽 민족의 접촉을 전기의 전달과 비교했다. 전기 불꽃처럼 유럽의 문화가 제도諸島의 주민들과 만났다. 제도의 주민들은 불구가 됐지만, 그들 내면의 깊은 고통에서 한 새로운 생명이 눈을 떴다는 것이다.

이제 찬란히 꽃을 피우는 생명들이 보이고 있다. 이 자리에 스페인 사람들이 예술에서 성취한 것보다 더 뛰어난 업적을 보인 두 명의 화가가 서 있다.

삼백 년 이상 친밀한 포옹을 하며 살아왔던 두 민족의 사랑과 애착에 대해 말하는 것은 범죄일 수 없다. 그는 함께 하는 역사에 대한 기억이 필리핀의 토양에 근거하고 있는 빨갛고 노란 깃발 보다 많은 이야기들을 말한다고 하면서 스페인을 찬양했다. 더 이상 그는 말하지 않았다. 그라시아노 로페즈-자에나가 화려하지 않지만 열광하는 군중이 모인 홀에서 필리핀 민족의 예술가적 수준은 동등한 권리 안에 침전되어야만 한다고 요구하지만 않았어도, 그 누구도 서로 사랑하는 두 민족이라는 생각에 충격을 받지 못했을 것이다. 마닐라에 있던 여러 언론의 논평자들은 로페즈-자에나의 비유에 대해 세세하게 따져 들어가지 않고, 다만 누가 원래 독립을 요구하고, 스페인 사람들과 필리핀 사람들을 서로 상관없는 분리된 민족으로 말했는지를 주장한다.

칼람바에 있는 아버지가 여전히 분노한 채로 침묵하고, 어머니가 경고성 낙서를 종이에 옮겨 적은 뒤 젊은 친척에게 번역해달라고 부탁했는데, 오히려 리살은 귀에서 레오노르 리베라의 목소리로 "당신은 한눈팔아서는 안 돼요"라고 읽었음에 틀림없다. 그때 형의 마음은 진정되어 있었다. 그는 나라에 급속도로 퍼진 무기력에 대해서 여러 번 쓰면서도, 보고할 거리가 없고 진정한 위협의 신호도 아직 등장하지 않고 있는 것은 사실이라고 말한다. 아직 자신은 사모스 섬의 폭군이었던 폴리크라테스*의 마음과 유사함을 느낀다. 폴리크라테스처럼 빠차노는 들녘을 바라보며, 논과 밭이 가족을 먹여 살리고 소유물을 증가시킨다는 것을 깨닫는다. 질투하는 제신들을 진정시키기 위한 작은 희생물이 필요한 것 이외에 더 이상의 의문은 없다는 것이다.

리살은 형이 칼람바의 해안가에 서서 에게 해를 바라보다가 고대의 도장반지**를 손가락에서 빼내고 스페인어로 번역된 쉴러의 시를 인용하는 모습을 상상한다.

> 섬이 품고 있는 만물 중에
> 이 반지가 나의 최고 물건이라
> 나는 반지를 기억에 바치고 싶어,
> 그러면 기억이 나의 행운을 용서해줄지.
> 그러다가 그 보물을 밀물 안으로 던져라.

리살은 한 사람에게 순종해서, 말하자면 식민지로부터 출국을 주선했던 형의 지시를 따르고, 스페인에서 리살의 학업을 방해할 기회를 아버지에게 주지 않기 위해, 심지어 아버지를 속일 준비가 되어 있었다. 빠차노가 아버지 앞에 와서 비밀스럽게 진행된 출국

---

* 기원전 538~522년 그리스 사모스 섬을 지배한 폭군으로, 해적질을 통해 대규모 토목공사와 문예활동을 지원했다고 한다. 그는 최고의 성공과 최악의 추락을 맛본다. 본명은 Polykrates.
** 일종의 반지이자 도장이며, 예전에는 권위와 권력의 상징으로 쓰였고, 지금은 혈통과 결속을 나타내는 경우가 많다. 원명은 Siegelring.

에 대해 고백하고 있을 때, 이미 리살은 싱가포르로 향하는 배 위에 있었다.

아버지와 형은 리살에게 귀국하지 말라고 간절하게 충고한다. 가족을 안정시킬 길이 있다. 리살은 그들에게 신뢰와 하나님에 대해 쓰면서, 스스로 리스본의 지진 이후에 앞으로 어떻게 평안하게 살 수 있을지를 자문한 칸트의 철학에 의지하고 있었다. 칸트는 전 유럽이 토대가 이리저리 흔들리는 둥근 천장 위에 있어서, 지하용수와 발화될 수 있는 증기가 모든 하천과 산악지대 사이에 엮여 항상 지표면을 흔들 수 있다고 확신하게 되었다. 그래서 하나님께 감사해야 하는데, 인간의 죄를 자연의 파국으로 상쇄한 미신적인 목사의 의미에서 말하는 것은 아니었다. 하나님은 대차대조표를 만드는 회계사가 아니다. 온화한 섭리는 인간에게 연민의 능력을 부여함으로써, 인간은 먼 나라의 다른 인간에게조차 불쌍히 여겨질 수 있다 보니, 자신의 땅은 속이 비어 있다는 사실을 잊을 수 있다. 우리가 집을 짓는 땅이 단단한 것처럼, 하나님은 인간의 천성도 단단하게 만든 것이다. 리살도 그렇게 믿는다. 아마도 칸트의 사상은 빠차노의 마음도 바꿀 것이다. 칸트의 말이 도움이 되지 않는다 하더라도, 여전히 최후의 길은 남아 있다. 당신 둘은 멜히탈, 베르나르도, 기예르모처럼 내면을 단단히 하고 두려움을 몰아내는 영웅이 되어야만 한다. 리살은 위험을 완전히 의식하면서 고향으로 돌아갈 수 있을 뻔했다.

피어발트슈테테 바닷가에 포말을 뒤집어쓴 한 사내가 뛰어오른다. 그는 완전히 정신이 나간 것처럼 보인다. 그는 땅으로 넘어지더니 양손을 펼친다. 그러나 그런 인상은 겉보기에 그친다. 그 사내는 가슴속 깊이 자신이 원하는 것을 안다.

어부의 자식이 그를 맨 먼저 알아본다. 기예르모 말고는 누구도 이곳에 나타나지 않는다. 그러나 있을 수 없는 일이 벌어진 것이다. 포로가 밖에서 포박되어 조각배의 선수에 누워 있었다. 조각배는 또렷하게 보인다. 파도가 그 배를 거세게 이리저리 내던진다.

이어서 리살은 '키잡이'라는 말이 어떻게 번역될 수 있을지 알지 못하는 점에서 화가 난다. 키잡이에 해당하는 오래된 따갈로그 그 낱말이 있는 것은 분명한데, 드디어 그는 따이멘*, 즉 노를 찾아냈고 연대기 학자 모르가는 예전에 있었던 조선소에 대해서 보고한다. 중간 정도 크기의 섬들에서 출항한 어선들, 이를테면 가벼운 빠라우**나 거대한 발렝게이***는 오래전에 어부들이 선원이기도 했으며 더 먼 곳으로 항해할 수 있음을 증명하고 있다. 블루멘트리트 교수가 옳고 필리핀 섬들이 서구의 민족에 의해 식민지가 되었어도, 남중국해에는 고대의 원시적인 발견자들만 있었음이 틀림없다. 필로또****도 고어와 대체될 수 있어야 하지만 리살의 머리에 떠오르지 않았다. 그의 건강상태는 이런 추위에 밖에 나가서 산책을 하며 새로운 생각에 도달할 것을 허용하지 않는다. 그저 그는 땀이 식어 이불 밑으로 되돌아갈 일이 필요할 때까지 작

* 따갈로그어(timon)로, 뜻은 '노'
** 따갈로그어(paraw)로, 뜻은 '양날개가 달린 돛단배'
*** 따갈로그어(balangay)로, 뜻은 '목선'
**** 따갈로그어(piloto)로, 뜻은 '수로안내인'

은 방을 왔다 갔다 할 뿐이다. 필로또는 그대로 번역문에 남으며, 아마도 빠차노가 해당하는 옛 낱말을 찾아낼 것이다.

기예르모는 자신이 어떻게 조각배의 선수에 누워 있는 동안에 그의 주위로 부하들이 공포에 질린 채 제정신이 아니며 더 이상 아무도 배를 조종할 엄두를 내지 않고 있는지 상황을 설명한다. 그때 기예르모는 사내들 중의 누군가가 총독에게 다가가서 얘기하는 소리를 들었다.

"우리 갑판에는 유명한 텔이 있습니다. 우리 중에 누군가가 구조할 수 있다면, 바로 그입니다."

그러자 게슬러가 그의 밧줄을 풀었고, 리살은 한 대명사에 대해서 감탄한다. '포함하는 우리'와 '제외하는 우리' 사이를 구별하는 따갈로그어는 독일어에선 드러나는 것 같지 않다. 그래도 양쪽 언어를 지성적으로 살피면 공통의 의미가 열려 있다. 쉴러는 하인으로 하여금 게슬러에게 말하게 한다.

"주인이시여, 당신은 당신의 위기와 저희의 위기를 보고 계십니다. 그리고 우리 모두는 죽음의 가장자리에서 떠다니고 있습니다."

'우리 모두'는 따요*라는 낱말로 명료하게 번역될 수 있다. 황제 재판관, 하인, 포로는 죽음의 가장자리에서 떠다니고 있지만, 하인이 황제 재판관에게 간청하면서 '너의 위기', '주인', '우리의 위기'로 구분하며, 하인들의 위기로부터 황제 재판관을 제외하기 위

* 따갈로그어(tayo)로, 뜻은 '포함하는 우리'

171

해서 변화된 까미*를 쓰는 것이 필수적이다.

총독이 기예르모에게 말할 경우에, 나쁜 의미의 까미를 말하게 하는 것도 언뜻 보면 적당해 보인다.

"텔, 네가 감히 우리를 폭풍우에서 도와줄 용기가 있다면……."

실제로 게슬러는 뻔뻔스럽게도 포로에게 폭군과 하인을 구해 달라고 요청하면서, 정작 포로의 신상은 생각하지 않는다.

총독은 이 사내의 속셈을 알지 못했다. 텔은 키를 잡더니 하인들에게 거대한 악센펠스** 암벽이야말로 폭풍우 속에서 조각배의 안전처라고 속인다. 그들은 힘을 합쳐 그쪽으로 몰고 간다. 그때 기예르모는 호수에서 아름답게 툭 튀어나온 호숫가의 돌출부를 보고 그쪽을 향해 나간다. 그는 적당한 순간에 석궁과 노 옆에 있던 화살을 잡더니, 훌쩍 뛰고 나서 힘껏 조각배를 밀쳐낸다. 그러자 그 조각배는 텔 뒤의 물결 속에서 사라진다.

바닷가에서 기예르모는 하나님께 감사드리고 있다가, 곧바로 어부와 그 자식이 가까이 오고 있음을 본다. 그들은 그를 수상하게 바라본다.

"당신은 저기 밖에 있는 배 위에 있지 않았나요?"

"당신은 지금 퀴스나흐트로 호송되는 것이 아닌가요?"

그들은 텔이 유령이라도 되는 듯이 물어본다. 그러나 기예르모는 그들에게 도주 과정에 대해서 설명하고 결국 그들은 그를 믿는다. 그는 어부에게 우리[Uri]로 가서 헤드비히를 안정시켜주길 부

---

* 따갈로그어(kami)로, 뜻은 '배제하는 우리'
** 스위스 피어발트슈테테 호수에 있는 암벽으로, 원명은 Axenfels.

탁한다.

"당신은 뤼틀리 풀밭에서 맹세를 했던 사람들 중의 한 명이 아닌가요?"

어부가 출발하기 전에 묻는다. 어부는 기예르모가 필경 그곳에 있었을 것이라는 대답을 듣고 싶어했기 때문에, 기예르모에게 다시 맹세를 한 사람들은 자유롭다는 말을 설명해달라고 부탁한다. 그럼으로써 그들은 용기를 가질 것이다.

기예르모는 계획을 누설하지 않는다. 단지 퀴스나흐트로 가는 가장 빠른 길을 묻고 어부의 자식과 동행한다. 그 아이만이 이 지역의 비밀스러운 길을 알고 있기 때문이다.

프로이센 남자. 1886년에서 1887년 겨울에 독일 황제의 아흔 번째 생일 준비가 진행되었다. 자유주의 성향의 신문들은 그의 업적을 기렸다. 독일 민족의 통일은 빌헬름 1세가 주도한 일생의 업적으로 돌릴 수 있다. 그리고 제국은 성장했다. 2년 전부터 태평양 가장자리에 있는 독일 식민지들이 국제적으로 인정되었다. 그전에는 사익을 추구하는 선동가들이 자신들의 힘으로 활동했었다. 그들은 조류학자이자 민족학자인 오토 핀쉬*의 주도 아래 자연과학적인 목표로 위장한 탐사대를 구성했다. 한번은 현지에서 그 연구자들이 토착 제후들과 계약을 체결해서, 독일

---

* 독일의 상인이자 인종학자이며, 뉴기니아를 독일의 식민지로 만드는데 일조했다. 본명은 Otto Finsch(1839~1917).

국기를 게양하고 대영제국의 반란에 대적했다. 그러고 나서 그들은 독일 뉴기니 주식회사를 설립했다. 선동가들은 제국수상으로 하여금 그 회사의 지부들을 보호지역으로 합병하도록 했다. 금후로 지부들은 비스마르크 제도 그리고 빌헬름스 황제 나라로 불렸다. 1885년 2월에 유럽의 식민지 세력들은 베를린 회담에서 아프리카의 분할에 합의하면서, 지금까지 논란이 많던 태평양의 독일에게 식민지를 약속했다.

스페인에 있는 리살이 이런 일련의 전개상황에 어떤 의견을 갖고 있는지 질문을 받았다면, 그는 대답을 회피했을 것이다. 제국이 동쪽의 캐롤라인 제도, 마리아나 제도, 필리핀 섬들에 관심을 가지고 있음을 의심하는 국제적인 언론 기사들이 반복해서 나왔다. 칼람바에선 땅 주인의 아들이 유럽에서 활 모양의 촘촘한 콧수염을 하고 있다고 생각한 농부들이 있었다고 한다. 호세 리살 박사가 마킬링 산자락에 공화국 모형을 설립하기 위해 어느 날 프로이센 함대의 선장으로 귀국할 것이라는 소문이 떠돌았다.

14

→

페르디난트 블루멘트리트도 날씨로 곤혹을 치르고 있다. 라이트메리츠에서 그는 아프다고 편지를 쓴다. 대륙의 북쪽은 두터운 안개 속에 있다.

"친애하는 교수님, 괴로워하실 이유는 없습니다."

리살은 뵈멘 지역으로 편지한다. 블루멘트리트는 자신을 초청하지 않고 마드리드에서 '필리핀 전시회'가 열린 점에 신경을 쓰지 말아야 한다. 리살은 편지와 신문에서 그 전시회에 대해서 읽고는 그 보고문들을 곧 없애버렸다. 블루멘트리트도 마드리드에 있었다면 화를 냈을 것이고, 관객도 지루해서 베개가 여러 개 있는 침대에서 자고 싶을 것이다. 침대라면 관객의 목소리는 잠기질 않을 것이다. 왜냐하면 관객은 영양가 없는 연설을 하는 연회장에서 흥분하지 않는다. 또 귀가 멍멍해진 관객 앞에서 시 낭송은 재미없었을 것이다. 필리핀 사람들의 고유한 문화를 알리는 전시회에서 정작 볼 것은 없었다.

"필리핀 정부는 산악 지대에 사는 아이고롯 원주민의 한 종족

175

을 선박에 실어 날랐다. 그래서 그들이 마드리드에서 음악을 연주하고, 음식을 만들며, 노래하고 춤을 출 수 있다."

리살은 블루멘트리트에게 편지한다.

"저는 그 불쌍한 사람들 때문에 두려웠습니다. 그들이 전시된 곳은 동물원 정원이었어요. 그 가엾은 사람들은 허리 보호대를 착용하고 있었고 폐렴에 걸려 있었어요. 이런 겨울에는 스페인 사람들도 여러 벌 옷을 걸쳐 입지만 폐렴을 앓아요."

베를린에서도 여러 종족과 관중 앞에서 몸을 흔드는 반라의 여인들이 동물원과 수족관에서 전시된다. 곧 베를린에는 눈이 내릴 것이다.

"라이트메리츠에 편안히 머무르며 마음을 써주십시오. 저는 열을 떨어트리기 위해 삼산화비소를 복용하는 데 익숙해져 있습니다. 이 방법이 마드리드에선 통했는데, 이곳에선 제가 아직 장담을 할 수가 없네요. 하지만 가끔 저를 엄습하는 열정이 밤새도록 눈을 뜨도록 하면서 일을 해야만 한다고 추동하고 있습니다. 그럼에도 저는 너무 지쳤고 열이 많이 나요."

노쇠한 아팅하우젠이 죽어가고 있는 침상에 후계자들이 모였다. 그들의 의견은 같지 않다. 발터 퓌어스트는 알프스 산맥의 남작이 이미 숨을 거두었다고 확신했지만, 베르너 슈타우파허는 판단을 유보한다. 유리같이 창백한 얼굴은 짐승가죽 안에 묻혀 있고, 손은 생기 없이 놓여 있다. 발터 퓌어스트는 장례식을 마치고 새로운 일을 시작하려고 한다. 앞으로 어떻게 해야 될지, 누가 새롭게 다스리고 봉기 현장에서 명령해야 할지를 이제 결정해야 한다. 그런데 베르너 슈타우파허는 새의 한 깃털을 아팅하우젠의 움푹 패인 얼굴 앞에 놓더니 입술 사이에 숨결이 나오고 있음을 증명한다. 부드럽게 떨리는 깃털은 모두를 침묵하게 한다. 미소의 그림자가 꿈에서처럼 그 늙은이의 표정 위로 미끄러지는가?

그것은 과도한 탈진인가 아니면 열인가? 그의 언어실력은 한계에 도달한다. 리살은 독일어 접속법 Ⅱ식*을 번역하는 게 얼마나 어려운지 거의 믿을 수 없을 정도였다. '어떻게 그런 일이 있을 수 있었단 말인가?'는 있을 수 있다 그리고 가능성의 의미 이상을 말하고 있다. 그래서 동사를 직설법으로, 그러니까 '어떻게 그럴 수 있을까'로 옮기는 것만으로는 충분하지 않다. '무슨 일이 있었을 수 있을까'는 가능성과 또한 불가능성이 공존하는 환상적인 시절에나 벌어진다. 왜냐하면 무슨 일이 더 벌어지고 무슨 일이 있을 수 있는지 절대로 알지 못하기 때문이다. 리살은 비현실적인 상황을 잘라내고 싶지 않다.

헤드비히는 작은 방으로 뛰어들더니 갑자기 후계자들의 회합에 끼어든다. 발터 퓌어스트는 무뚝뚝하게 반응한다. 무엇이 이 여인네를, 자신의 딸을 고요한 공간으로 돌진하도록 했는가? 그녀는 그 깃털이 아직 살짝 노인의 입김에서 떨리는 것을 보지 못하는가? 발터 퓌어스트는 그녀가 침묵하기를 원한다. 하지만 헤드비히는 얌전히 있으려고 온 것이 아니었다.

* 독일어 접속법 Ⅱ식은 직설법과는 달리 비현실적인 상황을 나타낼 때 사용하며, 영어의 가정법과 비교된다.

"내 자식이 어디 있죠?"

그녀는 집 밖에서부터 이미 외치고 있다. 그녀는 집 안에서 임종의 침대 곁에 있는 수많은 사내들 틈에서 무릎을 꿇고 있는 어린 발터에게 달려든다. 노쇠한 아팅하우젠이 어머니에게서 아이를 강탈한 것처럼, 그녀는 자식을 되돌려 받고 저주하려 한다.

"정말 그 일이 있었나요?"

그녀는 묻는다.

"아비가 아들을 겨냥했나요?"

그러더니 헤드비히는 무슨 일이 벌어질 수 있었는지를 기억으로 불러낸다. 그러나 리살은 쉴러가 자신의 희곡에서 가능할 수 있었지만 실제로는 일어나지 않은 것으로 애매하게 쓴 낱말들을 그대로 번역하지 않았다. 헤드비히는 그저 과거에 실제로 있었던 일만 기억 속으로 불러낸다. 기예르모는 자식의 머리 위에 놓였던 사과를 맞혔다. 그런 일은 헤드비히를 죽을 때까지 놀라게 할 경악 그 자체이다. 기억은, 아니 밧줄에 묶인 아들을 조준한 아버지에 대한 상상은 그녀를 쫓아다닐 것이다. 그녀는 화살이 대기를 뚫고 발사되는 것을 보면서, 항상 다시, 그러다가 계속해서 화살이 그녀의 가슴 한가운데를 맞힌다.

그녀는 사내들의 냉혹함, 공명심, 오만함을 저주한다. 제때에 바움가르텐이 그녀에게 다가온다. 그 도망자는 그녀를 훈계해서는 안 된다. 그는 그녀에게 고상하게 존댓말을 하지 않고 영웅의 괴로움과 고통에 대해서 얘기한다. 헤드비히도 그가 만의 해안가에서 얼마나 겁쟁이였는지를 비꼬면서 반말로 대꾸한다. 그러자 바움가르텐은 난처함에서 벗어나기 위해서 기예르모라는 한 남자를 필요로 한다. 그의 기사가 어려움에 있을 때, 기예르모는 어디에 있었는지 생각한다.

"너희는 그들이 내 남편을 잡아갔을 때 어디 있었던 거지? 너희가 그를 돕기나 했어?"

그녀는 사내들에 대해서 알고 싶어했고, 남편의 근황에 집중하기 시작한다. 그녀는 병사들의 무기나, 그것에 대한 두려움이나, 막강한 군사력에 대해서 말을 아끼다가, 늪에 있는 감옥에서 남편이 기력을 잃고 기억마저 희미해지면서 한 송이 장미처럼 시들 것이라는 공상에 빠지면서 비로소 절망한다.

"기예르모 없이는 승리할 수 없어."

헤드비히는 사내들에게 한탄한다.

"너희 중 그 누구도 그와 같을 수 없어."

슈타우파허는 그녀에게 진정하길 그리고 조용히 믿어주길 충고하면서 약속한다.

"우리는 그가 수감된 감옥문을 부술 거요 '우리', 즉 카미, 우리 사내들이 말이요."

헤드비히는 마지막으로 장광설을 늘어놓는다. 이제 쉴러도 만약이라는 표현을 포기한다.

"너희 모두는 함께라도 그의 포승줄을 풀 수 없어."

헤드비히는 어떤 일이 가능하고 어떤 일이 불가능한지를 확고히 알고 있는듯이 말한다.

그녀는 아팅하우젠 노인을 깨웠다. 아팅하우젠은 조카를 부른다. 조카는 용감한 대장부로 성장하고 있으며, 아팅하우젠이 듣기론, 이제 그와 일을 도모할 수 있다. 아팅하우젠은 그를 옆에 두고 축복을 내리고 싶어 한다. 하지만 그렇게 하는 대신에 서먹서먹해 하는 어린 소년을 침대에 불러 손을 자신의 머리 위에 놓아 달라고 부탁한다. 헤드비히도 이제 무릎을 꿇는다. 노인은 발터 텔에게 축복을 내리지만, 그가 중요하진 않다. 노인은 고아나 다름없게 된 주민과 멸망에 대해서 말한다.

리살이 '고통'을, 아니 영혼의 아픔을 번역하면서 다른 선택의 가능성은 많았다. 내적인 고통, 절망, 심한 고뇌, 황폐한 마음, 참을 수 없는 가슴의 압박을 표현할 수 있는 낱말의 보물창고는 발락타스의 서사시 「플로란테와 라우라」다. 젊은 주인공들인 플로란테와 알라딘은 알바니아의 원시림에서 사자와 싸우고, 파멸한 아버지와 애인 그리고 몰락한 왕국을 보며 애도하면서, 모든 일을 해결해나간다. 알프스의 남작 아팅하우젠은 숨을 거두는 순간에도 농부로서의 면모를 보여준다. 그의 고통은 히랍*으로 번역되는데, 이 낱말은 노동과 관련한다. 히랍이 있는 사람이나 마히랍**한 사람은 빈곤한 내면을 알고 있었다. 마히랍한 사람은 불안정한 임금을 받기 위해 악착같이 일하면서 그의 뼈마디에 고통이 찾아온다는 것이다.

"인생은 고난이었으며, 나는 이제 더 이상 살려고 애쓰지 않을 거다."

노인이 말한다.

"모든 것은 끝났어, 아 괴롭구나."

* 따갈로그어(hirap)로, 뜻은 '고통'
** 따갈로그어(mahirap)로, 뜻은 '고통스러운'

그가 한탄하자 슈타우파허가 발터 퓌어스트에게 몸을 돌린다.

"우리가 이 노인에게 아무런 희망도 주지 않고 저 세상으로 보내야겠나?"

석공들은 죽어가는 자의 침대 곁에 서서, 비밀동맹에 대한 소식으로 노인을 위로한다. 멜히탈은 제2열에 서 있다가 봉기에 대해서 얘기하는 것만을 귀담아 들을 수 있다. 헤드비히는 방구석으로 물러나 있다가 선 채로 발터 퓌어스트가 무슨 선언을 하는지 경청한다. 리살은 퓌어스트가 쉴러의 작품보다 더 선명하게 연설하도록 한다.

"누가 자네들을 자유롭게 하는가?"

죽어가는 노인이 묻는다.

"우리 스스로입니다."

발터 퓌어스트가 말한다.

"하나인 우리가 혼자서, 전혀 당신의 도움 없이 말입니다."

"세 산림지역에서 공동으로, 맹세한 사람들과 함께 일어설 것입니다."

멜히탈이 끼어든다. 모든 준비는 끝났다고 한다.

예전에 아버지의 눈이 있던 부위에 손을 대면서 그들이 말렸던 것처럼, 이제 지휘자로 나설 사람들이 망설이는 일은 있을 수 없다. 석공들은 두려움을 물리치기 위해서 방벽과 총안을 필요로 한다. 그들의 손에 흉악한 상처가 남으면, 그들은 공포스러워서 도망갈 수 있다. 멜히탈은 모든 분노와 공포를 끝낼 수 있는 사람은 오직 자신뿐이라고 확신한다. 낯선 자들의 발밑에 놓인 땅속이 비어 있다는 사실은 그를 매혹시킨다. 그 지축이 곧 흔들릴 것이다. 그렇습니다, 폰 아팅하우젠 남작님. 성채가 무너질 겁니다. 하루 날을 잡아서 우리는 모든 성채를 함락시킬 겁니다.

"그렇다면 귀족은 너희들의 약속에 함께하지 않았나?"

남작이 묻는다.

"저희는 귀족의 조력을 기꺼이 기대하고 있습니다."

슈타우파허가 그에게 다가온다.

"지금까지는 저희 농부들만 맹세했습니다."

아팅하우젠은 침대에서 몸을 꼿꼿이 세우고 자신의 신하들이 단독으로 그런 저력을 찾았다는 사실은 자랑스럽고 명예로운 일이라고 말한다.

"그래야 우리는 죽더라도, 정신에서 계속 사는 것이다."

그는 말한다. 그러다가 그의 생명력은 다시 고요해지더니, 더 이상 움직이지 않다가, 완전히 영적인 상태가 된다. 그의 생명은 오로지 봉기가 성공하고 농부들, 아니 그의 농부들이 인간의 존엄을 위해 투쟁한다면 영생하는 것이다. 그러면서 아팅하우젠은 아직도 그 앞에 무릎을 꿇고 있는 작은 사내아이를 기억한다. 그는 그의 머리 위에 다시 손을 올려놓고 한 송이의 꽃처럼 이 작은 머리에서 싹트는 자유를 기억한다.

노인은 죽어가면서 잔해가 되고 있는 자신을 본다. 발터 퓌어스트는 남작이 먼지로 분해될 것이라고 말한다. 하지만 리살은 이런 먼지를 대체한다. 아팅하우젠 노인이 잔해로부터 성장하는 새로운 생명을 맹세한다면, 뼈에 대해서 얘기한 것은 적절하다. 왜냐하면 부토*는 핵심이요 씨앗이다. 마드리드의 모라위타 교수는 옛날부터 새로운 생명을 얻기 위해서 사지가 매장되었다고 가르친다. 그는 자신의 필리핀 제자들이 그에게 희망 섞인 태도로 기독교 이전의 비밀스러운 도덕에 대해서 발표할 때마다 용기를 주었다. 이를테면 점토항아리와 카누 배는 일종의 관棺으로서 죽은 사람의 뼈를 보관한다. 그럼으로써 죽은 사람은 한동안 지상에 더 머문다. 강을 건너기 직전의 그 배에 있던 사공과 손자, 손녀들은 죽은 사람에 대해서 두려워할 필요가 없다. 다만 때때로 그들이 죽은 사람에게 쌀 한 사발을 배에 놓기만 한다면, 그는 그들을 가만히 놔둔다.

　모라위타 교수는 감탄했다. 그는 제자들의 이야기에서 심오하고 시적인 물활론物活論을 보면서 유일신론으로 향하는 분명한 경향을 가정했다. 토착적인 이름인 바탈라**는 가장 위대한 신을 말하며, 리와나***는 영원한 빛을 말한다. 모라위타는 다음과 같은 점에서 정말 분명하다. 이집트인들이 태양신 '라'를 숭배한 것처럼, 태양을 경배하는 것은 초기 인류사에서 가장 자연스러운 일이었다. 태양은 정말 필요했다. 그 교수의 보편역사에 대한 강의는 끝을 알지 못한 채 펼쳐졌다. 죽은 이교도의 뼈에서도 다른 유럽 민족들에서 전개된 위대함이 예측될 수 있다. 따라서 종교의 문제에 있어서만큼은 인내해야 했다. 종교는 천천히 성숙했다.

　지금 쉴러가 자유는 가장 깊은 오지의 산악지대에 있는 한 소

---

* 따갈로그어(buto)로, 뜻은 '뼈'
** 따갈로그어(bathala)로, 뜻은 '여신'
*** 따갈로그어(liwanag)로, 뜻은 '빛'

년농부의 머리에서 성장한다고 생각한다면, 모든 일은 가능하다. 그러면 보편적 역사의 길과 수로, 그 파급과 해방은 지하의 협곡들처럼 혼란스럽고 앞을 내다볼 수 없다. 최고의 지진계라고 할지라도, 언제 어디에서 지구가 다음 번에 흔들릴지 확실히 알지 못한다. 마찬가지로 아무도 어떤 민족이 어디에서 다음 번에 들고 일어날지 예측할 수 없다.

리살은 어린 시절에 가톨릭의 진보에 공헌하리라는 꿈을 꾸었었다. 그의 이상은 어느 프리메이슨 단원의 신분으로 예수회의 총명한 수도사가 될 것이라는 것 말고 어떤 미래도 내다볼 수 없었다.

예수 교단의 모범적인 신부는 자신이 가르치는 학생들과 천천히 친해지면서, 그들의 가장 비밀스럽고 가장 잘 어울리는 희망을 발견했다. 그는 허락하는 한에서 그들에게 다가갔다. 리살이 자연과학에 전념해야 한다는 것은 결정되었지만, 사부 중 한 사람은 그런 지침을 따르지 않았다. 산체스 신부는 그 학생이 자연법칙 안에서 시를 상상하고, 운율과 박자에도 몰두해서 마치 이것들이 그에게 나무의 생장을 설명할 수 있는 것처럼 보인다고 평가했다. 리살은 필수 강좌 이외에도 산체스 신부를 방문하곤 했는데, 그때마다 혼자서 그를 찾아가 함께 버질의 시를 읽었다. 그들은 리살이 자작한 시와 대화편에 대해서 말하곤 했다. 그와의 대화는 오랜 시간이 걸렸다.

마닐라 시 전체에서 조용한 곳은 두 군데였다. 예수회 대학준비 예비학교의 예배당과 산체스 신부의 연구실이었다. 그 이외의 곳곳에선 전쟁이 있거나 아니면 자유분방한 여흥이 있었다. 리살은 자신의 작은 방에서조차도 항구와 바다를 내다보면서 안정을 찾지 못했다. 매일매일 새로운 싸움이 그를 쫓아다녔다. 그래서 다툼이 마무리될 때면, 대학준비 예비과정 반은 두 패로, 이를테면 로마와 카르타고로 나뉘는데, 오래전부터 리살은 황제로 뽑힐 필요가 없었다. 황제로서의 입장은 힘들었다. 학생들은 시험 때마다 좋은 성적을 올리고, 우등상을 받아야 한다. 식당에서도 쉬어서는 안 된다. 어떤 농담조도 대답 없이 끝날 수 없었다. 아무리 리살이 작고 피부가 검다고 하더라도, 그는 알 수 없는 힘이 부여한 격분 상태에 빠질 수 있음을 잊어서는 안 되었다. 그 상태가 극단으로 가면, 그는 주먹을 휘두를 줄도 알았다. 그의 위상은 폭력으로 낮출 수 없었다.

리살은 누군가에게 덤볐다고 산체스 신부에게 고해를 하고 나면, 적의 아픔을 느끼면서 마음이 넓어졌다. 산체스 신부는 모든 아픔과 모든 수치심을 보다 큰 아량에서 사라지게 한다. 그리고 리살은 더 기도를 드리기 위해서 예배당으로 돌아갔다. 그는 조용히 입술을 움직이지 않은 채 합창하는 방법을 배웠다. 그가 산토 토마스 대학에서 공부하고 자취를 하기 위해 대학입학 준비학교를 떠나야 했을 때, 그는 절망에 빠질 뻔했다. 하지만 리살의 마음속에서 계속 울리던 찬송가는 스스로를 혼란스러운 도시에서도 조그마한 보호처가 되어주는 예배당으로 만드는 것 같았다.

리살이 어머니가 집의 팔걸이의자에 앉아 계시지 않고 여전히 감옥에 수감되어 있는 것을 떠올리며 눈물을 보일 때에도, 산체스 신부는 말로써 눈물을 극복할 수 있다고 믿었다. 신부는 어떤

시詩가 어느 순간에 호흡을 안정시켜, 갖가지 상념들을 그 선명하게 연속되는 말을 통해 사라지게 하면서, 다시 또렷한 목소리로 얘기한다는 것을 알았다. 이를테면 버질이나 호라티우스의 시를 낭송하는 한 그랬다. 분명히 오래되고 아름답게 배열된 말이 있기 때문에, 리살은 시를 읊다가 선동적인 연설을 하면서 말을 골라낼 필요가 없었다. 산체스 신부는 교도관과 과르디아 시빌*의 대위에 대한 증오를 산문으로 표현하는 일을 거절했다. 그는 자신의 제자들에게서 그런 감정을 쫓아내려고 했다. 증오는 고해되어야 하며, 모든 면죄와 가장 아름다운 찬송가에 반하는 것이었다. 자취를 하던 리살이 어느 날 밤 작은 축제를 마치고 집으로 가는 도중에 한 병사를 만나면서, 그런 증오심은 자라났다. 당시는 우기였으며, 리살은 물웅덩이에 빠지지 않기 위해 조심했어야 했다. 길거리에는 구멍들이 패였는데, 꽤나 깊어서 빠진 사람은 그 안에서 없어질 뻔했다. 그렇게 리살은 자신에게 다가오던 병사를 보지 못했다. 그러다가 딱딱한 물체 하나가 그의 등을 맞혔는데, 하도 강해서 한순간 숨이 멎어서야 비로소 리살은 혼자가 아님을 의식하게 되었다. 리살은 어떤 마드리드 사람이 말하는 거친 스페인어를 들었다. 그 속삭이듯 말하는 비열한 저주는 리살이 바닥에 쓰러진 채 다시 일어날 수 있을지도 확신할 수 없었을 때에 그를 맞혔다.

그 스페인 사내는 리살이 부동자세로 인사를 하지 않았기 때문에 그를 때려 눕혔던 것이다. 그는 장교도 아니고, 고위 관료나

* 스페인의 군사조직으로, 국방과 시민업무를 동시에 담당, 원명은 Guardia Civil.

186

사제도 아닌 일개 비천한 놈, 제복을 입은 개였다. 리살은 폭행 사실을 경찰서에 알렸지만, 오히려 경찰은 그를 놀렸다.

만약 예수회 수도사들이 약속한 대로 과학을 믿음으로 화해시켜서 가톨릭의 진보가 가능했어도, 산체스 신부가 말하는 인내에는 미래가 없었다. 어떤 일도 절대 변하지 않으리라는 것을 상상하는 일은 참을 수 없었다. 그렇게 되면, 항상 그리고 영원히 스페인 병사들이 거리를 활보하면서 혼혈아를 두들겨 패도 처벌을 받지 않으며 어머니를 쇠사슬로 묶을 것이다. 마을의 사제들도 성스러운 성찬식을 오히려 장점을 뺏을 기회로 이용할 수 있다. 그러면 예수회 수도사들도 종교의 권위가 어떻게 바보들과 범죄자들에 의해서 오염되는지를 계속 지켜보게 된다. 종교의 권위를 구원하기 위해선 다른 무엇인가, 다른 누군가가 필요했다. 리살은 마드리드에서 전혀 두려움을 알지 못하는 미구엘 모라위타를 만나면서, 그가 바로 그런 사람일 수 있다고 예감했다. 그는 1884년 겨울학기가 시작되었을 때 지식의 성스러운 메아리에 대해 확신에 차서 얘기했다. 그는 자신의 단과대학을 사랑했고, 단과대학의 자유를 위해서라면 교수직을 내놓을 준비가 되어 있었다. 그런 일은 희생정신이 필요한 것이 아니었지만 그는 그렇게 마음먹고 있었다. 그도 보편역사를 신뢰하면서 자신의 일을 해냈다. 개별 인간의 이성은 신의 최고 선물이며, 언젠가 이성은 독단론자의 지배에 승리를 거둘 것이다.

이성이 일어서면, 이성은 빛을 사방으로 발한다. 폰 아팅하우젠 노인이 임종 침대에서 몸을 꼿꼿이 세우자 그의 눈이 빛났다. 그가 귀족들에게 성채에서 내려와 농부들의 서약에 맹세하기를 요구하니, 기적을 일으키는 한 줄기의 빛이 그의 안에 있다. 그러자 미래가 그에게 보였다. 모든 섬과 큰 도시에서 봉기와 살육전과 희생이 있다가, 나라들의 거대한 일치단결이 이루어진다.

"모든 자유로운 사람들은 하나의 국민이다."

아팅하우젠은 죽기 전에 선언한다.

이 대목에서 최고조의 소리가 나는데, 그것을 리살은 다시 시구로 옮겨본다. 그 노인의 흥분은 고요한 리듬을 찾아야 한다. 왜냐하면 사람들이 별안간 미래를 바라다보며 감히 미래를 발설하려는 것은 위험한 유혹이기 때문이다.

그곳은 아마도 산타 크루즈에 있는 어느 감옥이었을 것이며, 그전에 아마도 어머니는 마닐라로 이감되었을 것이다. 모든 이야기는 리살의 기억에 남아 있는 한 어두운 작은 계곡에서 벌어진다. 리살은 몰래 금지된 방법으로 학교에서 도망 나와 죄수들을 방문하고 있었다. 아직 그는 로마의 황제가 아니었으며, 스페인어를 더듬더듬 말하는 초심자에 불과했다. 그런데 어머니가 그에게 꿈을 설명하자, 모든 수치심이 그에게서 떨어져 나갔다. 어머니는 칼람바와 호수에 대해서 꿈을 꾸었고, 호숫가에 앉아 매끈한 수면을 바라보았다. 어느 고운 바람이 그 위를 지나 어머니의 얼굴을 어루만졌다. 그러자 갑작스럽게 큰 고기 세 마리가 약속이라도 한 듯이 동시에 물 밖으로 뛰어 올랐다. 고기들은 호수로 돌아가지 않으려는 것처럼 한동안 공중에 매달려 있었다. 호숫가에 있던 어머니는 황홀했지만, 고기들이 떠 있다는 낯선 광경 때문에 불안했다. 이 세상은 낚싯바늘인가? 그녀는 고기들이 호수로 다시 떨어지기 전인 한밤중에 깨어났다.

리살은 그녀 옆에 앉아 곧 말해야 할 것을 알았다.

"2년이 지난 뒤에 파라오는 꿈을 꾸었다. 꿈에서 그는 나일 강변에 서서 아름답고 튼실한 소 일곱 마리가 물에서 올라오는 것을 본다."

리살의 이름인 호세가 우연한 이름이 아닌 것이 아닌가? 꿈을 해석한 요셉*은 리살에게 미리 정해진 이름인가? 요셉은 실제로 하나님이 꿈으로 예비하신 것을 알고 말했다.

"세 마리의 물고기는 세 달을 말한다. 그렇게 더 시간이 지날 것이며, 그러다가 당신의 사랑하는 어머니께서는 이 감옥에서 풀려날 것이다."

어머니는 미소를 짓고 즐거워하는 것처럼 보이다가 열네 살 먹은 요셉을 안고서 그 해석을 믿지 말라고 거짓말을 한다. 그녀가 몸짓을 취한 것은 확실했다. 리살은 파라오 여사제가 만물 중에서 그를 제일 사랑했으며, 그녀는 리살이 하나님에 의해 특별한 자로 선발되었다는 것을 알고 있다고 확신했다.

어머니 면회를 거부했던 그의 아버지의 결정은 옳았던 것 같다. 면회를 하면 어머니는 아들을 매우 심하게 흔들어댔다. 그는 석방 문제로 완전히 기력을 잃고 방황했다. 리살은 어머니가 점심을 들던 식당에 조용히 앉아 있다가, 누군가 그를 문 입구에 있

---

* 성서의 구약에서 이스라엘 민족의 아버지인 요셉(Josef)을 말하는데, 그 이름은 소설의 주인공 호세(José)의 어원이다.

는 여인을 주목시켰을 때 서서히 일어섰다. 그 여인은 집으로 가기 전에, 리살의 학교에 들렀다. 그는 말없이 그녀를 따라갔다가 밖에서 포옹했다. 어머니가 다시 떠나고 나서야 비로소 거의 전쟁터에 나갈 때의 감격이 리살을 엄습했다. 그 꿈을 꾸고 정확히 세 달이 지났다.

이제 하인들이 와서 죽은 자의 침대 주위에 무릎을 꿇는다. 농노들은 낮은 소리로 기도하는데, 그들의 말은 알아들을 수 없다. 중얼거리는 소리가 공간을 채우고 헤드비히는 문가로 간다. 그녀는 밖의 한줄기 빛이 집 안으로 떨어지는 장소에 서서 궁색한 모습이 된다. 왜냐하면 주민의 지도자이자 아팅하우젠 유산의 또 다른 후보자인 루덴츠가 도착했기 때문이다. 헤드비히는 그를 지나가게 하면서도 그의 일거수일투족을 시야에 넣는다. 하인들 뒤에 멜히탈이 벽 쪽에 서서 죽은 자를 바라보는데, 무릎을 꿇은 자들 중에서 슈타우파허와 퓌어스트가 벌떡 일어선다. 그들은 중얼거리지 않으며, 양손은 깍지를 끼고 머리는 수그린 채였다. 발터 퓌어스트가 곧바로 그 귀족 젊은이를 주인으로서 환영하자, 멜히탈의 얼굴은 어두워진다. 누가 이제부터 명령하는지는 아직 확정한 바 없다. 노인은 비로소 숨을 거두었다.

루덴츠는 너무 늦게 왔다. 그는 시체의 차가운 손에 대고 자신은 주민을 결코 더 이상 속이지 않을 것이라고 약속해야 한다. 언제까지나 그는 이제 누가 자신의 진정한 아버지라는 것을 알 것이다. 작은 낫과 써레 아래에 있는 시체, 황소와 그 위에 태양을 그린 문장 아래에 있는 시체. 루덴츠는 외지의 항구에 있는 자신에게 한 황제가 아버지가 되는 것을 어떻게 믿을 수 있겠는가? 무엇이 루덴츠를 로마, 빈, 마드리드, 론세스바예스 전쟁터, 무어족의 함대, 낯선 대양의 해협과 관련시키는가? 캄보디아의 왕이여, 줄루의 술탄이여, 절대로 더 이상 루덴츠는 죽은 아버지의 이름으로 낯선 나라들을 침략하지 않으리라. 그가 계속해서 눈물을 흘리며 시체의 손을 쥐고 있으면, 이 차가운 남작이 그의 유일한 조상이 되며, 시체의 뼈는 실제로 죽지 않고 관에서 아름답게 보관되어 새로운 생명을 싹트게 할 준비를 갖춘다.

"나를 봐라."

루덴츠는 석공들에게 말한다.

"나는 너희에게 빚이 있는 이 노인이 남긴 젊은 생명이다. 나는 피어나고 있고 더 피어날 것이다."

오로지 그를 믿어야 한다는 것이다. 그들은 루덴츠에게 손을 내밀어야 된다.

"당신이야말로 여전히 주민을 무시하고 있소. 내가 이제 당신에게서 무엇을 기대해야 한다는 겁니까?"

멜히탈은 묻는다. 주민은 중얼거리기를 멈춘다. 주민은 여전히 무릎을 꿇고 있으면서도 부유한 농부들과 그 귀족이 주민들에 대해서 교섭하는 과정을 귀담아 듣는다. 루덴츠는 백부의 유언을 슈타우파허가 반복해서 말하는 걸 듣는다.

"하나가 되어라, 하나가. 하나가!"

모두는 질책하듯이 멜히탈 쪽을 바라본다. 그 운터발덴 주 출신의 젊은이는 기세를 누그러뜨려야 한다. 그가 화합을 방해하는 사람이지만, 자존심이 강한 사람도 아니고, 발터 퓌어스트도 아니라는 점은 확연해지는 것처럼 보인다. 화합은 이미 루덴츠에게로 향하고 있다. 그러나 멜히탈은 경고한다.

"마자이노*여, 영예로운 주인이자 왕자여, 귀족에게 우리가 없다면 뭐란 말인가요? 우리 계층은 당신네들보다 오래되었다오."

알프스의 남작들은 왔다가 가버린다. 하지만 농부는 아직 용들이 계곡을 돌아다니고 있을 때부터 이미 이곳에 있었다. 아직 어떤 낯선 자도 노새에 짐을 싣지 않고 있을 때, 이곳에서 이미 독주는 불타고 있었다. 가을 축제는 몇 주 동안 계속되었고, 마을이 하루 종일 도취에 빠지고 모든 것이 노래하고 눈물을 흘리다가, 높은 음을 조율하고 흥겹게 노래하면, 사람들은 모든 적들을 잊는다. 어느 누구도 들이닥칠 수도 있는 가깝고도 먼 폭도들을 생각하지 않았다. 또 남편은 자신의 아내만을 사랑하기 때문에, 이웃은 적이 되지 않았다. 우리의 이성은 너희의 이성보다 오래되었다. 우리는 예전에 연애생활의 시작과 끝을 현명하게 규정하는 방법을 이해했다. 우리는 여자들을 유용하게 여겼다. 여자들은 어디에서든지 일해도 됐고 그에 대해서 자랑스러워했다. 그들은 원하는 것이든 그렇지 않든 하고 싶은 것을 숨김 없이 내뱉었기 때문에, 누구든지 그들을 이해했다. 남자들은 낯선 거실의 의자 등받이에 스스로를 붙들어 놓고, 여러 각도로 한 소녀를 노릴 필요가 없다. 남자들은 그 소녀가 그들의 시선에서 올바른 의미를 읽어내서 혹시라도 짧은 편지 한 통을, 아니 암호화된 문장으로 이루어진 비밀문서 한 통이라도 쓰기를 희망한다. 숙모와 삼촌, 할머

* 따갈로그어(maginoo)로, 뜻은 '귀족'

니와 고해신부들이 글자가 적힌 모든 쪽지를 입수해서 단호한 조치를 취하는 일이 제외될 수 없을지라도 말이다. 스페인인들 사이에서는 동료의 사촌과 사귀기 위해서 가명과 암호를 발명해야만 한다. 그런데 이 암호는 소녀가 그 코드를 해독하지 못하면 의미를 잃어버린다. 칼람바의 어느 농가에서 벌어지는 대화는 마닐라와 마드리드의 부유한 거실보다 훨씬 이성적이다. 시골 주민의 섬세한 심장이 선명하면서도 속삭이는 말을 찾아내는 듯하다. 그러나 호수나 과일정원으로 소풍을 가면서 오가는 말은 공공연하게 얘기된다.

옛날 사람들은 죽은 자들을 두려워할 필요가 없었다. 죽은 자들은 악령의 집에 살지 않았으며, 연옥은 없었고, 뼈는 항아리나 배에 평화롭게 있었다. 아이들은 그들에게 한 사발의 쌀을 내놓았으며 영혼이나 정령에 대해서 매우 잘 알았다. 그래서 아이들에게 아버지와 어머니를 공경하라고 가르칠 필요가 없었다. 연대기 작가 안토니오 모르가는 그들이 천박스럽거나 강제하지 않아도 부모를 예우한다고 쓴 바 있다. 리살은 모르가의 보고서가 오로지 극소수의 도서관에서만, 그것도 유럽에서만 볼 수 있다는 점을 이해할 수 없다. 그 보고서가 마닐라에 있었다면 유명해졌을 것이다. 그러면 고국 사람들은 예전에 스페인 사람 없이도 잘 살았을 것이라고 생각할 것이다.

이런 통찰력을 블루멘트리트 교수는 아마도 환영했을 것이다. 그러면 그는 리살이 라이트메리츠로 와서 그의 이념에 대해 많이 이해해주리라고 소망했을 것이다. 블루멘트리트는 가족과 함께 하는 소풍을 계획하고, 리살은 그의 부인, 딸, 아들과 알게 된다.

게다가 라이트메리츠에는 필리핀 사람의 탁상연설을 통해서 매우 경이로움을 느낄 만한 협회들도 있었다.

아팅하우젠의 성곽이 루덴츠의 최종 목표지점이 아니다. 그는 시체에 등을 돌리고 침대에 보다 가까이 온 멜히탈에게 말한다. 이제 루덴츠는 주인들이 한순간 조용하더라도, 곧 중얼거리며 무릎을 꿇는 하인들 사이에 선다. 그 마자이노는 더 이상은 모른다.
"왜 너희들은 침묵하는가?"
그는 묻는다. 그리고 을러댄다.
"너희 동맹이 내게 비밀스럽게 남아 있다고는 생각하지 마라. 나는 당시 얘기된 사항을 모두 알고 있다."
아무도 그에게 복종을 맹세하려 하지 않는다. 그러자 루덴츠는 자신이 농부들의 비밀을 캐내고 싶지 않았다고 부드럽게 어조를 바꾼다. 그리고 자신의 보증인들이 자신에게 말하는 것을 더 살펴보겠다고 말한다. 그러면서 자신은 심적으로 이미 오래전부터 동맹에 가입했다고도 했다. 그러니 그들은 그와 더불어 맹세를 수행해야 한다는 것이다.
"아니면 내가 너희의 비밀과 너희 공동체에 파고들어 갈까?"
발터 퓌어스트와 베르너 슈타우파허는 망설인다. 누구도 그 젊은 주인을 구하고 싶어 하지 않는다. 단지 루덴츠에겐 혼자서 죽은 자의 침대에서 다시는 더 이상 자기 민족의 적이 되지 않겠노라고 맹세하는 일만이 남았다. 또한 자신은 보호림처럼 농부들을 보호할 것이며 아버지처럼 그들을 염려할 것이라고 맹세한다. 하지만 한 지점에서 루덴츠는 약속을 지키지 않을 것이다.

194

"너희가 어떻게 봉기를 미룰 수 있었지?"

그는 석공들에게 묻는다.

"기예르모는 이제 너희의 망설임에 대해 대가를 지불할 것이다."

헤드비히는 쳐다보고, 멜히탈도 움직인다. 슈타우파허가 서약을 해명하고 발터 퓌어스트가 죽은 백부를 기억 속으로 불러와서 장례식을 재촉하는 동안에, 멜히탈은 자신의 판단을 바꾼다. 루덴츠는 일을 진척시키려고 하며, 동맹자들의 계획표를 무시한다. 봉기는 즉시 시작되어 진행되어야 한다. 멜히탈도 더 이상 멈춤을 알지 못한다. 그들은 내민 손을 딱 치면서 동의하고 용기를 모으면서 서로를 영원히 방어해줄 것이라고 약속한다. 그들은 하나이며, 늙은 석공들은 말없이 그 옆에 서 있다. 그들에게 과제가 할당된다.

"주민을 모으고 무기를 나누어 주라. 너희가 성곽이 불타는 것을 보게 된다면, 우리의 계획에 행운이 있는 것이다. 그러면 너희들은 공격해도 좋다. 모든 적들을 몰살시켜라."

이제 집에는 퓌어스트와 슈타우파허만이 우두커니 서 있다. 젊은 사내들이 몰려갔고, 그 뒤로 몇 명의 하인들이 따라갔다. 그들이 어떤 계획을 가지고 있는지 발터 퓌어스트에겐 뚜렷하지 않게 되었다. 루덴츠는 여전히 베르타, 지하 감옥, 악한, 감당할 수 없는 사랑에 대해서 말했다. 그런 것들이 발트슈테테 지역과 무슨 상관이란 말인가. 그러나 멜히탈은 주민과 베르타, 욕망과 분노 사이에 어떤 차이도 만들지 않는 것처럼 보였다. 합의된 사항은 그 자체일 뿐 그 이상은 아니다. 모든 일은 다르게 되었다. 이

195

제 동맹을 새롭게 이해해야 한다.

"내가 아직 어렸을 때, 나는 방황했어."

루덴츠는 7일 뒤에 이 지역의 국부로 성장할 것처럼 말했다. 베르너 슈타우파허는 더 이상 말하지 않았다.

헤드비히는 문가에 서서 젊은이들의 모습을 뒤쫓다가, 죽은 자를 씻기고 기름 바르는 일을 돕는다.

리살은 이 장면을 다시 한번 훑어보다가 동사 한 개를 바꾼다. 루덴츠는 시체 위로 몸을 구부린 채 다시 한탄한다. 노인은 그에게 중죄를 남겼다. 갚지 못한 어떤 죄가 여기에 있다. 하지만 그것이 완전히 옳지 않다. 항상 부모와 민족에게 죄를 짓기 때문에, 아무 일도 완수될 수는 없다. 그래서 리살은 문장을 바꾸어본다. "디 마바바야랑 우탕"*, 이 죄는 나누어 갚을 수 없다.

✢

첩자. 1886년 12월에 함부르크 시의 알토나 구역에서 투척용
수류탄이 요란하게 폭발했다. 그 수류탄은 너무 일찍 터져서
아무도 피해를 입지 않았다. 파편들을 조사해보니 초보자의
완성품이라는 점을 신문에서 읽을 수 있었다. 당시에 사람들은
특히 스페인에서 온 사람이라면 무정부주의자의 공격에
대한 뉴스에 익숙해 있었다. 프랑스와 독일 사이의 긴장은
신문편집진에게 보다 큰 걱정을 하게 한다. 1887년 4월에 독일

---

* 따갈로그어(di mababayarang utang)로, 뜻은 '갚지 못한 죄'

당국이 프랑스의 세관공무원 기욤 슈네벨레*를 국경선을 넘도록 유혹하여 스파이 죄목으로 체포했을 때, 전쟁의 위험은 정점에 도달했다. 독일 언론은 그의 이름에 ä를 붙이고, 마지막 철자 e에 강세 에귀**를 떼어 버렸다. 왜냐하면 빌헬름 슈네벨레는 알자스 지방 출신이었기 때문이다. 1871년 전쟁이 그를 독일인으로 만들었다면, 그는 젊은 시절에 프랑스에서 국가의무를 하지 않았을 뻔도 했다.

같은 해 1월 아니면 2월, 베를린에서 필리핀 사람 호세 리살도 체포되었다. 그는 도시를 관광하다가 의심을 사게 됐다. 그는 파출소에서 베를린의 한 여인의 집에서 프랑스어 수업을 듣고 있다고 자백했다.

마닐라에 있던 리살의 친구 마리아노 뽄세***는 몇 년이 지나고 그 사건은 자주 언급되는 일화가 되었다고 쓴다. 리살은 자신이 베를린에서 프랑스 스파이로 체포되었다는 것을 설명할 때면, 항상 즐거워했다고 한다.

프로이센 사람들은 여권을 보려 했다. 리살은 마닐라에서 설명하길, 자신은 유럽을 여행하는 도중에 한 번도 그런 서류가

---

* 프랑스인(Guillaume Schnaebelé, 독일이름은 Wilhelm Schnäbele)으로 알자스 지방에서 태어났으며 세금공무원으로 일하다가 독일군에 끌려가면서 양국의 외교문제로 비화되었다가 나중에 풀려난다. 프랑스와 독일의 국경선에 있는 알자스 지방은 보불전쟁(1870~1871)이 끝나고 프로이센의 땅이 되었다가, 제1차 세계대전 이후 다시 프랑스의 땅이 되어 오늘에 이르고 있다.
** 프랑스어(aigu)로, 뜻은 '강세가 있는'
*** 필리핀의 의사이자 작가로 리살과 더불어 반스페인 운동을 벌였으며, 본명은 Mariano Ponce(1863~1918).

필요 없었다고 했다. 그래서 그는 영사관에 갔고, 거기서 꽤 오랫동안 기다렸는데 경찰의 최후통첩 기한이 다 지나가 버렸다. 리살은 해당 공무원에게 스페인 왕국 소속임을 증명할 수 없다고 말했어야 했다. 그런데 프로이센 사람들은 리살에게 자신들이 옳게 생각하는 일을 했다고 한다. 그들은 그를 믿었고 여행의 자유를 허용했는데, 그가 곧 뵈멘 지역으로 계속 여행하려 한다는 말을 들으면서 기뻐했다.

15

→

　어느 유령이 침대에 다가와 높이 솟아오르고 빛을 내면서 자신의 팔을 흔들자 리살은 아무 소리도 내지 못하고 외칠 수도 없었다. 그는 이불 속으로 기어들어가 그 안에서 다리를 불안하게 움직이면서 다시 침대 끝을 바라본다. 유령은 빛을 잃고, 남루한 상의를 걸치고 있는데 그 뒤로 여주인이 보였다. 그 모습이 마치 어느 산과 같다. 유령은 이해할 수 없는 말을 지껄이고, 리살은 혼자서 콧노래를 부른다. 관절이 아파오는데, 마치 주사를 맞은 것과 같았다. 유령은 검을 빼들고 리살을 위협한다. 그러자 리살은 소리를 지르며 잠에서 깨어났고, 곧 안정을 되찾는다. 그의 목구멍은 다시 열린다. 유령은 순식간에 뒤로 물러나더니 팔을 내린다. 그러면서 그는 몬타본 씨의 목소리로 조용히 말한다.

　"무슈."

　그는 말한다.

　"당신은 병원에 가야 해요."

　리살이 거리를 걸어가는 자신을 상상하는 동안에 틈새로 들어

온 바람이 작은 방 안을 감싸면 그의 온몸은 떨리기 시작하면서 상태가 나빠진다. 그는 구토를 막기 위해서 몸을 눕혀 등을 대고 눈을 감는다.

"무슈 몬타본!"

"좋은 날이오, 사랑하는 사람이여."

"당신이 방에 서 있으면 어떻게 내가 옷을 입을까요?"

"당신이 혼자 옷을 입을 수 있을까요?"

여주인은 긴 양말과 양모 상의를 더 가져오기로 한다.

"걱정스럽네요."

그녀는 작은 방을 떠나기 전에 침대를 향해 책망하듯 말한다. 리살은 침대에서 몸을 일으킬 수 있었다. 목욕을 하고, 찬물로 오한을 완화시킬 수도 있었다. 마침내 그는 몬타본 옆에서 거리를 걸어간다. 가죽모자가 머리에 잘 맞는다. 그들은 한마디도 주고받지 않는다. 프랑스어 선생님은 약간 등을 굽히며 걸어가고, 리살은 신선한 공기를 마시며 원기를 차린다. 하지만 잠시뿐이다. 병원에 도착해서 그는 지친 몸을 환자용 안락의자에 깊숙이 내던진다.

여기서도 삼산화비소가 추천되는데, 다만 의사는 조건을 더 추가한다. 음식에 대한 지출이 상향되어야 하며, 여주인에게도 전달된다. 자주 육류 요리를 해야 하고, 지방과 달걀이 충분해야 하며, 더 많은 감자, 콩, 셀러리, 부추, 많은 양의 소금에 발효한 양배추, 사과를 매일 먹을 수 있어야 한다. 가능하면 배와 마른 자두도 처방되었다. 그리고 이 환자는 밤에 무조건 열 시간의 휴식을 취해야 한다.

새로운 약을 복용하지 않았음에도 리살은 집으로 돌아가면서 좀 더 건강해졌다는 느낌을 가진다. 하지만 그 옆의 몬타본은 별안간 아주 피곤해 보인다. 그는 폭우에 넘쳐흐르는 하수구를 가리키면서, 공기 속의 악취를 한탄한다. 지금은 아침이 아니다. 그래도 이런 것을 보면 지금은 몰락이며, 도시들의 내부에는 부패의 핵심이 있다. 비유적인 의미에서 보아도, 아마도 리살은 이런 몰락, 아니 복잡한 막사와 같은 곳, 불결한 작은 방, 정신의 구멍가게에서 병이 난 것이다. 모든 병은 고름처럼 넘쳐흐른다. 리살이 살아오면서 그런 늪과 같은 지역을 마음에 들어한 야만인을 보았는지도 궁금하다.

"실례지만, 무슈?"

리살은 등을 곧게 펴고 한 발을 다른 발 앞에 놓기 위해서 온 힘을 필요로 한다. 마치 그는 도시를 산책하는 고상한 신사가 늘 그렇게 하는 것처럼 말이다.

"당신은 건강해질 거요."

몬타본은 맹세라도 하듯이 말한다. 그는 제자의 강한 의지와 정력을 칭찬한다. 그는 진심으로 경탄한다. 그러한 의지가 육체적인 결함을 뿌리치고 나와서 미래를 상상한다. 새로운 시인들은 야성의 상태로 원시림에서 나온다.

"우리야말로 시인입니다!"

"당신은 건강한가요?"

"걱정하지 마십시오."

몬타본은 그렇게 말하고 장난치다가 문득 깨달음에 도달한 사람처럼 미소를 짓는다. 그리고 나서 잿빛의 우울함이 그의 얼굴 위를 스친다.

"조만간 우리는 마음을 터놓을 수 있겠죠?"

"기꺼이 그렇게 하죠, 무슈 몬타본."

리살은 그들 사이에 무슨 이야기가 오갈지 아직은 분명하지 않더라도 그렇게 말한다. 몬타본과 헤어지고 나서 작은 방으로 올라가 삼산화비소 한 컵을 마시고 다시 잠자리에 든다.

3일 동안 밤낮으로 『빌헬름 텔』은 덩그러니 놓여 있고, 리살도 하루 종일 실컷 잠을 잔다. 그는 걸쭉한 스프를 훌쩍훌쩍 들이켜며, 으깬 과일을 먹는다. 그는 더 이상 밤과 낮을 바로바로 구분할 수 없었는데, 어느 아침에야 맑은 정신으로 일어난다. 그는 기운을 차리자마자 조심스럽게 기예르모의 긴 독백을 옮기는 작업에 들어간다. 이 대목에선 혼란의 느낌을 주지 말아야 한다. 주인공은 내적인 흥분을 조절해야 하며, 활을 쏘아 치명타를 주려는 손은 평온해야 한다. 번역자도 마지막 결정적인 장면에 힘을 충분히 쏟기 위해서 이제 냉정함을 되찾고 작업의 일상을 지켜야 한다.

거의 자연스럽게 나오는 전통적인 각운은 가슴을 부드럽게 한다. 한 모음은 큰 어려움이나 의도 없이 다른 모음에 대답한다. 모든 언어에서 다 그런 것은 아니다. 완전히 건강을 찾는다면, 자연스러운 각운에 대해서 연구하고 비교해야 할 것이다.

매우 친애하는 블루멘트리트 씨, 제가 아마도 한 주제를 가지고 당신이 원하는 것처럼 베를린에서 연설할 수도 있겠죠. 아니면 피르호 씨와 야고어 씨 앞에서 제가 시예술에 대해서 말할 수도 있어요. 당신의 추천은 저에게 매우 도움이 됩니다. 따갈로그어로 된 발라드에 대해서 저는 할 말이 있거든요. 따갈로그어로 된 시구들은 독일 학자들 마음에 들 것임에 틀림없어요.

그것들은 어떤 규칙에도 빚을 지지 않았기 때문에 가벼우며, 절대로 줄일 필요도 없고, 아이들에겐 정말로 자연스럽게 다가간다. 비낭에 살고 계신 숙모가 통증이 심한 등을 두꺼운 나무 널빤지 위에서 쉬게 하려고 집의 2층으로 올라가 사지를 뻗고 누워서 성경을 얼굴 앞에 대고 큰 소리로 낭송한다. 집에 홀로 우두커니 있는 숙모는 아이들을 돌보지 않는다. 그러면 그들은 집과 마당을 떠나 달빛을 받으며 거리를 걸어가다가 싸울 거리를 찾아내어 말로 티격태격하게 된다. 그들은 자연스레 각운에 맞게 말하며, 운율이 맞지 않으면 놀림감이 될 정도다. 선생님 중에 그 누구도 이런 규정들을 바꿀 수 없는데, 그 규정들은 미지의 어딘가로부터 싸움꾼들의 머리 안으로 들어온 것이다. 심오하지만 발설되지 않은 합의처럼, 모음의 박자와 질서, 자음의 소리는 삼백여 년에 걸쳐서 싸움꾼에서 싸움꾼으로 전달되어 지켜져오다가, 발락타스 시인이 그 전통을 그저 바로크 양식으로 세련되게 한 것뿐이다. 그래서 싸움꾼들은 자신들의 싸움놀이를 발락타산*이라고 부른다. 학자들은 호메로스도 노래했다고 말한다.

디토 사 마키푸트 나 란산강 쿨룽,
시야 마그다란, 아트 디토 룰루숭.**

---

* 따갈로그어(balagtasan)로, 뜻은 '시구로 티격태격하는 싸움'이며, 어원은 필리핀의 시인 Francisco Balagtas이다.
** 따갈로그어(Dito sa makiput na lansangang kulung, / Siya magdaraan, at dito lulusung)로, 뜻은 '여기에 좁은 연석(緣石)이 있다네, / 연석은 가버렸는데, 다른 연석이 있다네.'

이 번역 작업이 완성되고 밤에 휴식을 짧게 해도 견딜 만큼 몸이 회복되면, 영웅가요에 대한 역사를 저술할 것이다. 하지만 지금은 일을 할 수 있는 하루의 시간이 제한되어 있고, 영웅가요가 어떤 길을 밟아왔는지에 대한 의문이 끊임없이 떠올랐지만 도서관에 갈 수도 없다. 어떤 영웅들이 인도에서 출발하여 자바와 술루를 거쳐서 저 위 루손 섬의 산맥까지 왔던가? 그들보다 훨씬 먼저 말레이 탐험가의 원시적인 함대를 타고 온 사람은 누구인가? 태평양의 가장자리에 태초에 생긴 것은 무엇인가? 지금 화산 산악지대를 헤매는 십자군 기사는 실제로 누구인가? 인도인들이 자신들의 말을 동서로 흩뿌렸다면, 그들의 영웅가요도 두 방향으로 가서 전 세계를 돌지 않았을까? 선사시대의 스페인 사람인 베르나르도 델 까르뻬오는 무어인인가, 페르시아인인가, 인도인인가? 자바의 영웅들은 인도 시바족의 부활인가, 아니면 라마야나 출신의 인간인가? 이런 수수께끼 같은 질문들은 금지되어야 했다. 왜냐하면 스페인 사람 베르나르도가 칼람바의 농부들 사이에서 자신의 선조이자 분신을 만났다는 상상이 새로운 열병을 유발시키려고 했기 때문이다. 이제부터는 모든 옆길에서 나온 상념을 뒤로 미루고, 쉴러의 시구를 낱말 그대로 번역하면서 그의 진술을 산문으로 고정했다가, 달빛을 받은 어떤 소년처럼 전통적으로 유명한 각운을 갖춘 시로 바꾼다.

골목길은 둘러싸였네 / 암석과 나무에 의해
여기서 그는 화살을 맞고 죽을 것이라네 / 여기서 그의 오만은 끝날 것이라네.
운 좋게도 / 퀴스나흐트에 있는 집으로 가는 길에
오로지 이 길만이 / 그를 여기로 이끄네

잘 숨었지 / 무성한 잡초에 의해
나는 여기서 안전하고 / 어떤 소리도 내지 않아
순수함에 앉아라 / 황제 재판관이여, 이제 시간이 왔구나
너는 곧 헤어질 테니 / 준비해두게나

나의 인생은 고요했지 / 평화롭고 행복했어
야만에게 활을 쏘았지 / 진실한 용기로
나의 가슴은 순수했어 / 살인자의 열정에 의해

너는 나에게서 도둑질했어 / 밤의 휴식을
달콤한 영혼을 / 너는 비뚤어지게 만들고 있어
부드러운 상념이 / 존재해서는 안 돼
용의 독을 / 너는 내게 투여하고 있어

'내가 제일 경애하는 보물이여', '내 친구, 내 활이여'
기예르모는 혼잣말한다. 지금 그는 알라가우*로 불리며 풍성한
잎을 뽐내는 서양말오줌나무 덤불 뒤에 있다. 이 덤불은 그 궁수
를 잘 은폐하고 있다. 기예르모는 무기를 꼭 잡고, 무기에게 충실

* 따갈로그어(alagaw)로, 뜻은 '아이'

한 모습으로 남아서 정확한 순간에 활시위를 팽팽하게 잡아당길 수 있도록 해주기를 간청한다. 그러면 화살은 이 혼잡함을 뚫고 직선 길을 날아가 사람들로 붐비는 골목길에서 의미를 완성할 것이다. 이 지역은 그 사냥꾼의 집이 아니다. 그래서 그는 교역로가 낯설다. 사람들은 암벽 사이에서 서로 밀치고, 노새들은 고집을 부리며 움직이지 않는다. 순례자들은 마치 빙산에서 얼어 죽고 싶어 하는 것처럼 하늘하늘한 예복을 입고서 빠져나간다. 수도사들은 적당한 보폭을 유지하며, 상인들은 가축을 몰고 가다가 한편으로 끌고 가고 또 욕설을 퍼붓는다. 또한 악사들은 한 무리에 섞여 있으며, 도적떼들은 아무런 주목도 받지 않고서 어슬렁어슬렁 지나치고, 교역로에서 기적 이야기를 담은 동화가 흘러나온다.

"우리가 걸어가는 모든 길은 세상의 끝으로 이어지는 거야."

기예르모는 은신처에서 중얼거리면서 석궁을 꼭 잡고 있다. 기예르모가 잃었다고 말하는 고향은 번역될 수 없는데, 그런 낱말은 존재하지 않는다. 주인공이 집도 없고 땅도 없다면, 그래서 그에게 가족이 없다면, 그는 틀림없이 황야, 그러니까 거친 들판에 있는 것이다. 거친 들판에선 야릇한 피리 소리가 혼란스럽게 들려오고, 항상 어딘가에서 피에스타 축제가 열린다. 한 익살꾼이 밤샘을 하는 장례식장에 갑자기 뛰어들어 와서 오만상을 찌푸린다. 음악소리가 점점 더 가까이 다가오면 냉정한 태도를 취하는 것은 어렵다. 문장을 만드는 요소들이 회전하기 시작한다. 고통, 가슴, 기도, 희망, 화살을 묶어 맬 수 있다. 그렇다면 어떻게 할 수 있는 것일까? 너, 나의 무기여, 희망은 너의 것이며, 우리는 가슴을 주목하고자 한다. 가슴은 화살로 관통될 것이다. 가슴은 고통과 기

206

도의 자리가 되고, 격노하는 자는 애원할 것이다.

"내가 사랑하는 아들아."

기예르모는 말한다.

"이제 네 아비가 야수의 땅에 도착했단다."

이곳 교역로에서 그는 사나운 동물을 기다리고 있다. 돌이켜보면, 영양은 그에게 사랑스럽고 부드러우며, 빙산의 새소리는 그에게 위로를 전달해준다. 그 사냥꾼이 정상에서 하산할 때면 자식들에게 희미하지만 알록달록하게 빛나는 달팽이를 선물할 수 있었다. 그러나 이곳 거친 들판과 같은 골목길에서 모든 사람들은 서로를 밀쳐내고 쇼를 한다. 이곳에는 아름다운 것이 없으니, 이곳의 그 야수는 처치될 것이다.

음악소리가 점점 더 다가온다. 저 뒤편의 숲에서 파수꾼 하나가 기예르모 쪽으로 오고 있다. 파수꾼은 골목길에 있는 낯선 사람들을 즐겁게 해주려고 이곳에 있는 사람이 그들 두 명뿐인 것처럼 지껄여댄다.

"결혼식에 같이 갑시다."

파수꾼이 말한다. 불길한 상념이 들 때마다 기예르모는 대꾸한다.

"원래 그런 거지, 시간이 지나면 다 해결되는 거야."

기예르모는 귀족을 공격하고, 말을 쏘아서 죽음에 이르게 하는 말벌에 대해서 아무것도 알고 싶지 않다. '다우'*, 리살은 쓴다. 다

* 따갈로그어(daw)로, 뜻은 '소문에 의하면'

우는 행위와 관련하는 낱말이기 때문에, 독일어의 간접화법은 단순히 표시되고 삽입될 수 있다. 메얼리샤헨* 지역의 수도원 관리인은 결혼한다. 다우, 모두가 초대되었다고 한다. 글래어니쉬 빙산의 일부가 낭떠러지를 만들었다고 사람들은 듣는다. 다우, 글라루스 주의 산사태다. 우리는 산다, 다우 나쁜 시절에. 그리고 다시 한번 다우. 사람은 이 남자의 어떤 것도 믿어서는 안 된다. 하지만 기예르로는 진심으로 말한다.

"지상에 영원한 것은 없어."

기예르모가 어떻게 총독을 겨냥할 수 있을까? 총독을 설득했지만 골목길은 텅 비어 있지 않았고, 거기에 축제 대오가 다가오면서 기사들은 거의 보이지 않는데, 한 여인이 여섯 명의 자식들과 함께 총독에게 달려든다. 천민에 대해 불평을 호소하는 황제 재판관을 보면서 거의 공감할 수 있는 상황이다. 황제 재판관의 후위병이 결혼하객들 틈에 끼여서 꼼짝달싹 못하고 있었다. 황제 재판관이 거의 혼자서 루돌프 데어 하라스와 함께 골목길로 접어들자, 그에게 무자비한 반말을 퍼부으면서 어떤 명령도 듣지 않는 여인이 팔을 들고 탄원한다.

"나는 더 엄해지려 한다."

황제 재판관이 부르짖으며, 이런 무질서를 끝내고 영원히 법을 만들며, 이 완고하고 제멋대로 지껄이는 땅에 질서를 세우려고 한다. 여인이 그를 협박하려고 한다.

"이건 폭력이오!"

---

* 스위스 퀴스나흐트의 한 지역 이름으로, 원명은 Merlischachen이다.

황제 재판관이 외친다. 왜냐하면 그녀는 비켜서려고도 안 하고 검이나 말발굽을 무서워하지도 않기 때문이다. 그녀는 자신의 남편을 감옥에서 석방시켜달라고 황제 재판관에게 애원하며, 간청하듯 요구한다.

기예르모가 파수꾼의 훼방에서 풀려나와 새로운 은신처를 찾았음에도 불구하고, 그는 활을 쏠 수 없다. 어떤 암석이 그에게 옥좌와 같은 전망대를 만든다. 기예르모는 채비를 갖추었지만, 그 어머니가 사납게 행동하면서 언제 똑바로 설지, 언제 몸을 내던질지 예측할 수 없었다. 이제 그녀는 자식들을 앞으로 잡아채더니 말발굽 앞에 누워 있기를 강요한다. 루돌프 데어 하라스가 그녀에게 호통치고, 황제 재판관은 여전히 뒤에 처져 있다.

그때 화살 하나가 공기를 뚫고 휙 날아온다. 게슬러는 가슴을 움켜쥐고 비틀거리더니 안장으로 무너진다.

"그가 맞았어!"

누군가 말한다.

"관통했어!"

더는 쉴러가 묘사하지 않는다.

"누가 맞은 거야?"

이편으로 물밀듯이 밀려온 주민들은 묻는다. 음악소리도 이제 골목길에서 울리다가, 소리 높여 연주된다. 리살은 여기에 행동이 있었는지 아니면 사건이 있었는지를 결정해야만 한다. 그는 중간을 택한다. 행동이 사건처럼 있었다.

쉴러의 작품에서 단순 명료한 표현은 없다. 범인이 화살이고, 화살은 텔이 쏜 것이라고 가리키는 것은 게슬러의 짐작뿐이다.

그 화살이 의도적으로 발사되었는지 아닌지에 대한 질문은 따갈로그어로 던져진다. 기예르모는 황망한 상념 속에서 자신이 무엇을 했는지 잊었다. 혹은 그가 아름가르트*를 맞힐 뻔한 위험을 감수했던가? 주인공은 제정신을 차리고 확실히 자신이 맞힐 사람, 그것도 정확히 심장을 맞혔다고 깨달았는가?

기예르모의 무기는 그를 위험 속에 놔두지만은 않았다. 그 점은 확실한데, 이런 상황을 인과관계로 생각해볼 수 있다. 그 무기는 이미 사람이라고 할 수 있다. 기예르모가 오래 이야기를 나눈 대상은 무기였다. 이제 무기는 행위를 대표할 수 있는데, 기예르모는 그저 발사를 원하고 그 일을 수행하다 보니 결과를 가져왔다. 석궁이 그의 희망을 집행한 것이다. 그 석궁이라는 원인에 침묵한다면, 더 선명하게 적용될 수 있는 인과관계는 무엇인가? 이 사건에 원인으로 개입하고 있는 사람이 누군지 또 누가 알고 있는가?

"어디서 화살이 날아왔지?"

골목길에서 주민이 묻는다.

"하나님에게서."

말에서 미끄러지면서 죽어가고 있는 황제 재판관을 받들라는 부탁을 듣던 여인네들이 대답한다. 그들은 저주받은 자를 돕는 것을 거부한다.

루돌프 데어 하라스만이 홀로 그를 떠받치고 절망에 빠진다. 왜냐하면 결혼식 음악 연주는 그치질 않고, 정신줄을 놓은 어머니 아름가르트가 자식들을 높이 들었기 때문이다.

---

* 쉴러의 『빌헬름 텔』에 나오는 게슬러의 행차를 방해한 아낙네로, 본명은 Armgard.

210

"저 모습을 보거라."

아름가르트는 외친다. 비참한 말로를 당한 남자는 그녀에겐 하나의 기쁜 광경이다. 모든 문제는 해결되고, 이제 신나는 축제다.

"이 바보 같은 놈들!"

루돌프는 소리친다. 그러더니 공포가 그의 숨결을 멈추게 한다. 지상에 확실한 것은 아무것도 없다. 길거리 여자들마저도 칼을 두려워하지 않는다면 성곽은 더 이상 안전하지 않다. 병사들은 혼란스러운 결혼하객 틈에서 풀려나자마자 루돌프 데어 하라스와 함께 퀴스나흐트 방면으로 말을 달린다.

16

→

1884년 겨울학기가 성대히 시작되었을 때만 해도, 봉기를 생각해 본 사람은 아무도 없었다. 모라위타 교수는 고대 이집트에 대해 강연을 하면서, 두 시간 동안 축제 공동체에 대해 이야기했다. 시청에서 파견한 몇몇 공무원, 초대 손님과 대학생들이 고개를 끄덕였다. 그리고 그들은 몇 주 뒤에 아빌라* 주교의 교서를 읽고 믿을 수가 없었다. 한 이교 텍스트가 학생들이 함께한 자리에서 낭독되었다는 것이다.

실제로 발표가 끝나고 교육부 장관이 일어서서 조심스럽게 비판을 가하자, 이를 거부하는 어떤 소동이 있었다. 그 발표를 경청하던 모든 사람들은 말했다. 그곳에 있던 사람들은 동감을 표명했던 교수님들처럼 그가 강의실에서는 최고의 고위직 관료이기에 발설해야만 하는 점을 납득할 수 있었다.

리살은 졸지 않았다. 낭독이 진행되는 동안에 이미 리살은 모라

---

* 스페인의 도시(Avila).

위타가 예수회 전술을 영리하게 적용하고 있음을 눈치챘다. 국가에 대한 교회의 영향을 공개적으로 비판하는 대신에 고대 이집트가 진보와 퇴폐로 비유되었다. 모라위타는 스페인에선 있지 않았던 일이 앞으로 벌어질 것이라고 찬양했다.

"스페인의 교수는 자유로울 것이다. 독일에 있는 교수처럼!"

모라위타는 연단에서 선포했다.

"기뻐하라, 학생들이여. 반복의 세월은 지나고, 과학의 시대가 동이 트고 있다."

모든 사람들은 교수들의 주장과 관점을 저울질하고 판단하기 위해서 자신의 지식을 써먹을 수 있다. 배움에 대해 모두는 감사해야 한다. 그러자 환호성이 터져 나온다.

아빌라의 주교는 흥분을 잠재울 수 없었고, 연설문을 정확히 읽으면서, 모든 가치가 위험에 빠져 있는 것을 보았다. 신앙, 질서, 재산, 가족, 국가. 그러면서 그는 피의 물결, 수녀와 사제에 대한 학살을 예견했다.

"옛날 스페인에 공화국이 있었다."

그는 어두운 기억 속에서 외친다. 교황권 지상주의를 신봉하는 대학생들은 모라위타에 반대하는 시위를 열면서 그의 퇴진을 요구했고, 대신 정부에 경고했던 주교를 지지했다. 정부는 헌법 및 종교협약에 따라 가톨릭 신앙을 방어하고 총장을 파면시킬 의무가 있다는 것이다.

그 뒤 강의실에선 아무런 일도 없었다. 대다수의 대학생들은 모라위타 편을 들면서, 성직자들을 비웃고 무능한 사람들로 만들었으며, 나아가 이들을 작은 소그룹으로 분류하면서 구석으로 몰아

넣었고, 자유의 이론을 찬양했다. 대다수의 대학생들은 일체의 강의를 거부했다. 왜냐하면 총장이 실제로 파면되었기 때문이다. 신임 총장이 교회의 주도적 입장을 인정한다고 약속하자, 대학생들은 그에 대한 복종을 거부했다.

폭동 첫날, 중앙대학교의 계단이 무대로 바뀌고, 동시에 백 여 개의 장면이 연출되면서 한 거대한 연회가 개최되는 듯했고, 등장하는 연사들마다 환호를 받았다. 리살은 나서지는 않았지만, 열광하면서 계단이 풀어놓은 환희를 즐겼다. 참가자들은 이 장에서 다른 장으로 서둘러 이동하면서 모라위타가 직접 나타날 때마다 행복에 겨워했다. 그는 마치 한 척의 배처럼 군중, 그러니까 넓은 범선 사이를 어슬렁어슬렁 지나가는데, 그의 얼굴에 있는 장난기는 모두에게 희망을 던져준다. 그가 선포한 시대가 실제로 시작되었다는 것이다. 과연 모라위타는 강단이나 사람들로 북적이는 마당에서 기념비적인 인물이지만, 그날만큼은 계단에서 기민하게 움직이며 연설은 하지 않고 그저 귀담아 듣기만 했다.

"태초가 무엇인지를 멋대로 조작하는 일은 이제 끝이야."

그 교수는 개강을 하면서 말했다.

"이집트의 스핑크스가 침묵을 깬 거야."

그는 상형문자를 해독하려는 프랑스, 독일, 이탈리아 사람들의 공동 노력을 치하하면서, 폐허를 시대 순으로 규정하는 데 자연과학적 방법을 도입했다. 세상은 추측한 것 이상으로 훨씬 오래되었는데, 이를테면 차라투스트라는 교부敎父들이 아담의 탄생시간이라고 진술한 시점 이전부터 살았으며, 이미 여러 차례 번성하다가 몰락했다. 리살은 일종의 경고음성을 들었다. 사제는 신탁이 되고, 예배가 신비한 방식으로 주민을 속인다면, 몰락은 멀지 않다는 것이다. 퇴폐는 신의 분노를 경외하며 몸을 낮추는 일에서 알아챌 수 있다. 밑도 끝도 없는 이집트 조각의 단조로움은 또 다른 위험, 아니 더 이상 반론조차 제기할 수 없는 경직된 규범을 드러낸다. 그러한 조각에서 자유정신이 도망쳐 나와 스스로를 더 펼치기 위해서 새로운 민족을 찾아 나선다. 모라위타는 그 자유정신이 동쪽의 칼데아* 사람들, 고대 이란족, 페르시아 인들, 유대인들과 함께 팔레스티나로 도망가서, 언젠가 그리스와 로마로, 그러다가 스페인에 도착했다고 말했다. 모라위타는 이보다 더 좋은 상황은 있을 수 없으며, 이 시절은 영원히 지속될 것이라고 덧붙인다. 그러자 주교는 모라위타가 인간의 이성을 우상으로 만들고 과학을 천국의 세계와 혼동하고 있다고 비난했다. 주교는 교수의 숨은 경고를 제대로 이해하지 않고 고집만 피웠다. 대홍수가 전 세계로 번졌는데, 교부들은 그 시점을 정확히 적었다. 아담은 첫 인류였고, 어느 누구도 원죄에서 벗어나지 못하며, 다른 모든 것은 트리엔트 공의회에서 내린 정의와 모순된다. 종교는 변하지 않기에, 가톨릭 신앙은 이미 있었고, 늘 있을 것이다. 1864년 12월 8일에 발표된 교황의 교서 꽌따 꾸라**는 독일 철학, 엘 끄라우시스모***, 범신론, 합리주의, 다윈주의를 저주한다.

* 페르시아 만 연안의 왕국 사람을 말하며, 원명은 Chaldäer.
** 교황 피우스 9세가 당시 종교의 자유, 교회와 국가의 분리를 비난한 문서로, 원명은 Quanta cura.
*** 스페인에서 19세기 말에 지성인들 사이에 유행한 이상주의적인 정치관으로, 원명은 el krausismo.

아르놀트 폰 멜히탈을 위한 봉기는 깊은 밤중에 시작된다. 그는 여러 곳을 정처 없이 헤매며, 젤리스베르크*에서 다시 한번 저 아래의 우리^{Uri}만을 바라보다가, 달빛에 비쳐 어두운 잿빛으로 깜박이는 밤의 두터운 구름 위로 올라간다. 그는 숲 너머의 바위들에서 사라졌다가 작은 계곡으로 향한다. 그는 강을 따라서 아름답지 않은 지대로 간다. 여기서 다시 한 번 그는 계속해서 술을 마시든가 흥분된 상태에 빠져드는데, 이는 무엇보다 고귀한 목적을 위해서이다. 거리를 빙글 돌아서 가는 것이 좋다. 동맹자들 중의 한 전령이 멜히탈을 약속한 장소에서 기다리다가 지시문을 받는다. 그들은 이미 뤼틀리 풀밭에서 계획서를 작성했다. 아직 확정되어야 할 일은 거사의 시점이다. 네 시간 뒤에 사건은 벌어질 것이다. 멜히탈은 혼자서 첫 번째 성곽에 올라갔다. 남들의 눈에 띄지 않고 그 안으로 들어갈 수 있는 사람은 오직 그뿐이었다. 그는 마을을 지나칠 때마다 시녀를 유혹했다. 이 성곽에서도 한 젊은 여인이 멜히탈이 자신을 방문하든가 혹은 데려가기를 기다리고 있던 참이었다. 그녀는 멜히탈과 포옹하면서 서로 약조한 멜로디의 휘파람 소리가 나길 매일 밤 기대한다. 그가 성곽 입구에서 휘파람을 부르자 오래 기다릴 필요도 없이 수풀 속의 동맹자들이 바스락거렸다. 그러자 위에서 창문이 열리더니 하녀가 사다리를 밑으로 내린다. 멜히탈이 사다리를 올라갔는데, 정작 그 여인에게 키스하지 않는다. 이미 동맹자들이 인간 사다리를 만들어

* 스위스 우리 주의 한 정치교구로, 원명은 Selisberg.

서로 어깨를 짚고 올라가고 계속해서 오르다가 멜히탈을 넘어가자, 그 하녀는 할 말을 잊는다. 동맹자 중 한 사람이 그녀를 꼭 붙잡고, 손으로 입을 틀어막는다. 다시 멜히탈이 완력을 갖추고, 동맹자들 뒤에서 입구로 물밀 듯이 쳐들어갈 때까지 말이다. 입구에서 그들은 보초를 찔러 죽이고 대규모의 봉기자 군대를 위해서 대문을 연다.

한편 다른 성곽에 있는 베르타는 화염 속에서 소리친다. 게슬러는 그녀를 그곳에 가두었다. 주민이 성곽으로 돌진한다. 농부들이 쇠검을 땅에서 파내어 목동의 막대기에 꽂았고, 그 밖의 젊은 사내들은 간편하고 딱딱한 막대기를 들고 싸운다. 몇 달 전부터 그들은 검을 대체하는 연습을 매일 해왔다. 이제 그들은 이상한 소리를 내는 회오리 모양의 지팡이로 무장한 병사들을 습격하여 때려죽인다. 보초병들이 제압되자마자 그들은 불을 지른다. 벌써 태양은 산악지대와 만 위에 떠올랐다. 멜히탈은 장정들과 함께 돕기 위해 온다. 루덴츠는 첨탑 지붕 위에서 보병과 맞서 싸우며 한 명씩 차례로 쓰러뜨린다. 성주 휘하의 병사들은 모두 패배를 당했음에 틀림없다. 그랬기에 지하 감옥으로 내려가는 길이 열린 것이다. 그곳에선 오로지 연기만이 보일 뿐이다. 루덴츠가 멜히탈과 함께 그 안으로 뛰어든다. 바로 그때 그들 뒤에서 들보와 널빤지가 우두둑 쪼개지는데, 이 장면을 리살은 의성어로 표시한다. 루물룩성 후무후궁 앙 마그 카호위*. 이 소리는 언어학자의 경고를

---

* 따갈로그어(lumulugsung humuhugung ang mag kahoy)로, 뜻은 '숲이 땅 위에서 자란다'

압도한다. 의성어는 초기 언어발달사에서 아주 낮은 단계를 말한다고 파리의 한 학회에서 여러 차례 인용된 적이 있었다. 언어발달 초기에 아직도 정신은 종합적인 정체성*을 찾지 못하고 있었다. 게다가 정신은 사위에 가득한 수많은 소리, 이를테면 육신과 관련한 소리 혹은 동물의 울음소리 때문에 정체성을 잃어버린다. 의성어의 순수하고 기운 센 어감이 모음과 자음을 제대로 연마한다. 그러면 궁극적으로 모음과 자음은 고함소리, 트림소리, 울음소리, 웃음소리로부터, 혹은 들보가 불타면서 부서지고 쪼개지는 소리로부터 완전히 멀어진다. 인류는 운율이 있는 음절로 죽음을 이겨낸다. 만일 사내들이 한 개의 가스등도 밝히지 않은 어두컴컴한 마을에서도 시를 지으며 전투를 해나간다면, 두려워할 일이 없을 것이다. 그들의 소리는 밤에 울어대는 새들이나 하이델베르크의 밤을 찌륵찌륵 울음으로 수놓는 귀뚜라미들의 소리에 뒤지지 않는다. 멜히탈과 루덴츠에게 들보가 무너지는 소리는 약속의 말이었고, 빽빽한 연기 안으로 돌진하기 위해서 나무꾼들의 이중 음절의 와자지껄 소리와 쾅하고 나무가 넘어지는 소리가 필요했다. 그들은 탄원하는 소리가 나는 쪽으로 갔다. 베르타는 입을 다물지 않았다. 루덴츠가 감옥문을 두드려 부수고 애인을 밖으로 데려온다. 여기서 그녀는 눈을 서서히 빛에 적응시키고, 루덴츠는 친구의 목을 끌어안는다.

"루덴츠가 설령 나의 주인이었다고 하더라도 나는 목숨을 걸지

---

* 원어로 synthetisch. 저자는 정신의 참모습을 자유정신, 즉 정(正)과 반(反)을 다 포용하는 '변증법적인 합(合)'으로 이해한다.

않았을 거요."

멜히탈은 훗날 설명한다.

"그가 우리 주민들과 더불어 맹세했기 때문이오."

그 화염 안에서 새로운 동맹이 더 굳건해진 것이며, 지금부터는 모든 싸움을 함께 헤쳐 나갈 것이다.

"종교 문제에는 반드시 인내심이 필요합니다."

모라위타는 개강하면서 말했다. 사람들은 심오하고 시적인 물활론을 즐길 수 있고, 신이 처음에는 부조리하게 보이다가도 그 이름이 만물에 배분되면, 무신이란 무엇인지를 바라보게 된다. 신은 서서히 달, 황소, 바람, 태양에서 멀어졌고, 어느 때인가 수많은 이름이 붙으면서, 이름 뒤에서 신은 추상적인 존재가 되었다. 그 학자는 유일신으로의 경향이 거부될 수 없을 정도로 관철되고 있음을 알고 있었다. 연대기 작가이기도 한 뻬드로 치라이노도 이교도들을 모두 화형시킬 필요는 없었다고 적고 있다. 태평양 가장자리의 새로이 점령한 제도에 있는 모든 입상들을 모아놓고 파괴하기만 해도 충분한 효과가 있다. 치라이노는 소란스러운 상황에서도 어떤 마을에 이성적인 조치가 시행된 적이 있었다고 쓴다. 그래서 신뢰가 획득될 수 있었다는 것이다. 당시 신부들은 도주하는 마녀들이 어디에 은신하고 있는지를 알고 있을 정도였다. 그래도 부적을 믿는 마녀들에게 전달되는 보급품을 차단하기 위해서 울창한 숲속의 산으로 통하는 밀수통로를 찾아내야 했다. 곧이어 신도들이 마녀들을 밀고하면서 이들의 신통력이 바래진다. 반면 수도승들은 화형을 위한 장작더미가 주민의 화를 돋울 수 있음을 배웠음에 틀림없다. 예수회 수도사인 치라이노는 마녀들을 모두 죽여서는 안 된다고 썼다. 오히려 마녀들을 모든 교회의 눈이 보는 앞에서 주문을 외워 내쫓는다면 훨씬 효과적이라는 것이다. 악령이 떨어져 나가는 상황을 눈으로 지켜보면서, 영적으로 단단해진 수도사들이 이 싸움에서 승리하고 마녀들을 차단해서 감금할 수 있었다. 그 마을은 마녀들이 어느 폐가에 모여 여생을 기도하면서, 아니 하나님께 용서를 구하면서 보냈음을 알게 되었다.

아마도 블루멘트리트가 몇몇 수도사 교단을 옹호한다면 정당할 것이다. 그 교단들은 식민지 초기에 강제노역이 적당히 조절되고, 마녀사냥이 제한되고, 과세도 적절히 산정될 수 있도록 신경을 썼던 것 같다. 게다가 그들은 몇몇 고대 문자를 화재 앞에서 구해냈다. 왜냐하면 그들은 그 지역 사람들의 영혼을 얻으려고 했기 때문이다. 그들은 침략자들에게 최소한의 문명인으로서 자세를 요구했는데, 그래서 그들은 그곳의 언어를 배우려고 했다. 마닐라의 오지에는 어떤 입상이나 어떤 오래된 기도문도 없고, 무덤 하나 남아 있지 않은데 그들을 어떻게 용서해야 하는가. 고대 따갈로그어로 쓴 용사의 서사시를 기억에 담아둔 사람은 더 이상 살고 있지 않다. 그래서 뻬드로 치라이노에 따르면 지난 삼백 년 동안 고대 물활론을 연구하면서 찬찬히 들여다볼 수 있는 기회가 거의 없었다. 아마 즐기는 일에 그쳤을 것이다. 오로지 동사와 운율만이 남아 있으며, 따라서 그 안에서 스페인어의 건배사나 장광설처럼 경쾌하게 움직이는 방법을 다시 배워야만 할 것이다. 동사들은 요새와 사원 없이도 살아남았다. 동사들은 세대에서 세대를 걸쳐온 민중에 의해 창조된 예술작품이다. 덕분에 자유정신이 육체가 없는 곳을 향하여 계속 나아갔고, 그런 자유정신과 대립되는 것이 도시, 석조 기념비, 강대한 민족의 병기고라는 사실을 부정할 수 없는 것처럼 보인다. 자유정신은 소리나 빛, 감정과 같이 비물질적이고 소용돌이 같은 형태로 나타나서 섬세한 심장을 찾을 것이다. 연애생활을 이끄는 조용한 이성, 초대하는 주인과 손님 사이의 신뢰, 강제하지 않고도 자신을 지배하는 방법을 아는 행복한 가슴. 그것이 말리가양 롭*이다.

치라이노가 생각하기에 파리의 문명이야말로 아이들이 생각할 수 있는 세련됨이다. 그들은 공원에서 마음껏 뛰어놀다가, 갖고 놀던 공이 독서하는 사람이나 뜨개질하는 사람이 앉아 있는 벤치로 굴러가면 순간 조용해진다. 그들은 어두침침한 집에서 나와 공원에 온 노인을 위협하지 않는다. 그들은 마치 왕과 같다. 파리에는 민중이 드나드는 궁궐 정원이 있고, 아이들은 그곳에서 얌전하게 행동한다. 12월에 그들은 쇼윈도를 지나치다가 멈추어 서서 인형, 작은 검, 자동인형, 나무로 만든 투석기, 수많은 책을 바라보다가 혹시 손가락으로 장난감을 가리키면서 조용히 미소 짓는다. 리살은 파리에서 한 번도 아이가 떼쓰는 모습을 보지 못했다. 아이들은 착하게 굴어야 크리스마스에 적당하게 선물을 받을 것이라고 철썩같이 믿는다.

* 따갈로그어(maligayang loob)로, 뜻은 '행복하세요'

멜히탈은 란덴베르크* 성주를 아버지 앞으로 끌고 갔다. 그는 란덴베르크의 얼굴 앞에 검을 갖다 대고 눈을 찔러서 꺼낼 준비를 한다. 눈먼 아버지가 살고 있는 헛간은 싸늘해졌다. 판자들 틈 사이로 늦가을 바람이 불어오면서 휘파람 소리를 내니, 이미 눈의 냄새가 나는 듯한데, 아버지의 관절은 완전히 뻣뻣해졌다. 요즈음 구름이 몰려오면 만물이 색깔을 잃게 되는 과정을 아버지는 느낄 수 있는 것처럼 보인다. 그는 자신을 보호하고 있는 건초더미에 마치 안락의자에 있는 것처럼 누워 있다. 그는 아들의 목소리를 듣다가, 발에서 한 낯선 육신의 온기를 느낀다. 그는 그것이 란덴베르크 성주라고 생각한다. 멜히탈 청년이 곧 찌르려 하는 것은 확실하다.

하인들도 란덴베르크 성주를 붙잡고 있는 중이며, 노인은 하인들의 숨소리를 듣는다. 그들은 낮게 속삭이듯 저주한다. 멜히탈은 아버지에게 결정을 내려주길 요구한다. 성주는 살려달라고 간청한다.

"맹세하거라."

노인은 란덴베르크 성주에게 말한다.

"네놈이 복수하지 않겠노라고. 그리고 다시는 이곳으로 되돌아오지 않겠다고."

노인은 살해가 확산되는 것을 원하지 않는다. 그렇게 오래된 일은 아니지만 옛날에 아들이 선술집에서 술에 취해 난동을 부리

* 스위스 운터발덴 주의 귀족 가문으로, 쉴러의 『빌헬름 텔』에서 멜히탈의 아버지 눈을 찔러 꺼냄으로써 봉기의 또 다른 이유를 만든 장본인이다.

고 큰소리를 치면서 파렴치한 자신의 얼굴에 먹칠하는 것 이상의 행동을 이해하려 하지 않았던 사실이 떠올랐다. 노새를 끌던 일 단의 젊은이들에게도 계곡에 형제나 사촌이 있었는데, 그들 중의 한 명이 죽임을 당했다. 그 일이 의도가 없었는지, 우연인지, 사고 로 말할 수 있는지, 아무튼 공포심은 퍼져나갔다. 아들이 상대방 을 때려 죽였다면, 이웃마저도 적이 될 수 있었다. 사전에 정당방 위의 목적으로 처리했으니 망정이지, 갑작스럽게 작은 골짜기 출 신의 젊은이들이 멜히탈의 가문을 공격할 수도 있다. 그러면 점점 더 많은 사촌들이 살해에 연루되고, 이제 그 지역에서 일종의 전 염병처럼 번져서, 더 많은 사람들이 감염될 수도 있었다. 그것은 끝을 모른다. 리살도 알고 있다. 끝없는 공포심은 감염이다. 눈물 의 수액은 박테리아를 포함하고 있다. 예전에 한 번이라도 상처 를 입은 눈은 눈물을 흘리기 전에 보호되어야 한다.

"한눈에 알아볼 수 있는 비율을 만들어내라!"

하이델베르크에 있었을 때 오토 베커 박사는 명령했다. 대부분 의 경우 그것은 '적출'이라고 말한다.

홍채와 수정체에 염증이 생기면 망막은 깜박거리면서 마치 눈 내부에 있는 커튼처럼 벗겨진다. 계속해서 콜라겐 구조가 토막토 막 풀어지고, 새로운 염증이 뇌로 번지면서 환자는 헛소리를 하 기 시작한다. 그러면 더 이상의 조처를 취할 수 없다. 따라서 모든 조처는 사전에, 가능하면 신속하게 행해져야 한다. 그러면 감염 도 없고, 감염이라고 해봤자 자신의 손에 있는 것이 전부다. 이때 원하는 것처럼 자주 손을 씻을 수 있고 공기에 수분을 뿌릴 수 있 다. 그러면 모든 염증은 없어진다. 속이 빈 안와眼窩는 씻고, 씻고,

씻을 수 있다.

하지만 사전에 사람들에게 경고하는 것이 더 낫다. 특히 대장간이나 공장의 노동자들은 눈을 보호해야 한다. 미세한 금속파편은 감염이 시작되기 전에 제거되지 않을 수도 있다. 그러면 더 이상의 조처는 불가능하다. 심지어 치고 박고 싸우는 대학생들도 눈을 보호하는 방법을 배웠기 때문에, 뺨, 이마, 두피를 감싸는 검안경을 착용했다. 그래서 눈은 보호되었다.

멜히탈 노인은 큰 행운을 누렸다. 어떤 박테리아도 그의 상처 안에 들어오지 않았기에, 눈의 내부가 건조될 수 있었다. 의안으로 지지되지 않은 피부는 움푹 파인 덕분에 치료되었고, 시신경은 닫혀 있었기에 염증이 뇌에 전달되지 않았다. 그 맹인은 아들과 란덴베르크 성주에게 아주 분명하게 말했다.

"네놈은 복수해서는 안 된다."

성주는 눈물을 흘리면서 맹세하고 그곳을 떠난다. 그는 제일 가까운 고갯길을 넘어 낯선 땅으로 사라지고, 멜히탈 청년은 더 이상 그를 보지 않을 것으로 믿는다.

예전에 열일곱 살 먹은 한 소녀가 있었다. 후견인이 그녀를 하이델베르크 안과병원으로 데려왔다. 그녀는 빈혈이 있어서 두 눈의 수정체가 부풀고 연해지다가 결국 흐려졌다. 그녀는 리살의 맞은편에 앉아서, 그가 그녀의 얼굴 앞에 철자 한 개씩 차례대로 놓으면 미안한 듯 그저 미소를 지었다. 리살이 그녀의 눈앞에서 초를 이리저리 움직일 때마다 그녀는 고개를 끄덕이면서 반응했다. 그녀는 진찰이 단계적으로 진행될 때마다 정확히 기록해둔 것을 눈여겨보았다.

예쁜 이 소녀가 팔 사이에 책을 끼고 힘찬 발걸음으로 도시를 걸어가는 한 여인으로 성장할 것은 분명했다. 하지만 그녀는 눈이 어두워지면서 완전히 자신감을 잃은 사람처럼 그 보조의사 건너편에 앉아 있었다. 소변 검사 결과는 당뇨병이었다. 베커 박사는 두 가지 치료가 필요하다고 결정했다. 수정체를 떼어내고, 안압을 낮추기 위해 메스로 수정체 위를 절개하는 것이다. 그 소녀는 구빈원에 머물러 있었는데, 불결한 환경 속에서 제대로 치료가 될 수 없었다. 여러 차례 수술을 받으며 소녀의 체중은 눈에 띄게 증가했다. 5주 정도면 두 눈은 완쾌될 듯하며, 그녀는 다음 수술이 확정되기 전에 배불리 식사할 수 있었다. 염증은 서서히 부기가 가라앉으면서 모두 사라져야 한다. 보조의사들은 교대했고, 리살은 오른쪽 수정체를 떼어냈다. 모든 치료는 계획대로 진행됐고, 이 소녀가 건강해지는 것은 기정사실처럼 보였다. 그때 갑작스럽게 그녀가 의식을 잃었고, 수술 54시간 만에 사망했다. 오토 베커의 담당부서는 죽음과 관련하여 어떤 논리도 보여주지 못했다.

그녀의 이름은 로지타 바이스였고, 리살은 그 이름을 자신이 사체에서 떼어낸 안구의 꼬리표에 적었다. 안구는 서랍에 넣어 보관되었다. 베커는 리살의 메스가 각막의 가장자리에 남겨놓은 상처를 살펴보기 위해서 조만간 횡절개를 명령할 것이라고 한다. 그러면 장차 입학할 대학생들은 리살이 수행한 절개가 성공했는지 여부를 평가할 수 있을 것이다. 혹은 상처들이 끔찍하고 불투명한 반점을 남겨서 환자의 시야에 장애를 남겼는지, 그래서 그녀가 생존할 수 있었는지도 확인할 수 있다.

리살은 칼람바에 편지를 보내 현대 의학의 기적을 고대해서는 안 된다고 말한다. 그가 꿈이나 어떤 비밀스러운 미지의 파장이, 아니 뇌가 작동시킨 한 작은 불꽃이 세상을 한 바퀴 돈다는 추정에 대해 농담조로 설명하더라도, 어머니가 편지의 행간에서 고통스러운 속뜻을 들어줄 수 있기를 바란다. 아무튼 중요한 것은 어머니가 아들이 그녀에 대해서 꿈을 꾼다는 것을 아는 것이다.

"보고 싶은 호세에게"

그의 여동생 루시아가 편지를 썼다.

"우리는 이곳에서 놀라운 이야기를 듣고 있어요. 유럽에서는 산통 없는 분만이 가능하다고 하더군요. 그것이 대단하다고 하던데, 경험해보세요. 오빠에게 앞으로 남자조카나 여자조카들이 태어날 거예요. 말로 다 표현할 수 없는 통증이 사라진다면, 우리는 오빠에게 매우 감사할 거예요. 아름답게 출산하는 것 말고 특별히 많은 분유가 있다는 것도 사실인가요?"

얼마 전에 영국 여왕이 무통분만을 하면서 이 일에 대해 목사들이 말을 꺼내지 못하게 했다. 그런 일을 필리핀 우체국의 검열관에게 기대하는 것은 무리다.

"보고 싶은 루시아에게"

그는 편지를 써야 했다.

"실제로 일명 여왕 마취*는 큰 인기를 끌고 있지만, 전혀 싸지 않아. 난 클로로폼에 대해 별로 경험하지 못했어. 우리는 그 방법을 쓸 수 없어. 위험한 방법이거든. 환자가 시도 때도 없이 토할지도 몰라. 그럼 메스가 미끄러져 떨어지고……, 실명될 수도 있어."

리살은 처음으로 코카인을 로지타 바이스에게 시험했다. 그에 관해서 빈의 의사들이 보고서를 낸 적이 있다. 리살이 눈에 국소주사를 놓자, 그 여자환자는 의식이 있지만, 약간의 절개로 수정체를 떼어내더라도 통증을 느끼지 못한다. 그녀는 거의 통증 없이 진행된 수술에 대해 매우 고마워했다. 코카인이 언젠가 분만할 때 사용될 수 있을지의 여부를 말할 수 없었다. 분명히 루시아는 빅토리아 여왕이 이미 몇 년 전에 주치의에게 분만통을 완화시키라는 지시를 내린 사실을 어딘가에서 읽었을 것이다. 또한 스노우 박사가 클로로폼 수술을 성공적으로 수행하면서, 로마 교황청의 항의, 아니 이브에게 내려진 판결인 "너는 고통 속에서 아이들을 분만해야 한다"에 대해 알고 싶지 않아 했다는 것도 읽었을 것이다. 빅토리아 여왕이 영국 국교의 수장으로 엄명을 내린 사실도 루시아에게 알려졌을 수 있다. 목사들은 이 문제에 침묵해야 한다. 그렇다면 왜 칼람바의 여인들은 고상하게 분만해서는 안 되는가. 리살은 그들에게도 왕의 아기침대와 같은 산통 없는

---

* 1853년에 영국의 빅토리아 여왕이 왕자를 분만하면서 클로로폼을 흡입한 것에서 유래.

출산이 가능하길 희망한다. 칼람바 여인들의 섬세한 심장은 마취로 인해 손상되지 않을 것이다. 반대로 자유는 고문되지 않는다. 심장에 빛나는 우아함의 근원이 있음에 틀림없다. 그러면 아마도 하나님은 여자들에게 영원히 복수하지 않을 것이다.

1884년 겨울학기가 시작될 무렵에 아빌라의 주교나 마드리드의 가톨릭 언론계가 모라위타의 육체적 욕구에 대한 언급에 반응하지 않은 것은 놀랄 만한 일이었다. 졸음에 겨워 했던 대학생들조차도 개강연설을 듣고 깜짝 놀랐다. 모라위타는 남근에 대해 말하면서 지나치게 정중했지만 관련한 상념을 길게 소개했다. 즉, 이집트 남자는 숨소리, 불, 황소, 새, 물, 바람, 그 밖에 믿음과 무관한 모든 것 속에서 최고의 신을 숭배했는데, 시를 짓는 이집트 남자는 또한 남근에서도 신적인 것을 보았다. 그에게 남성은 딱딱한 것으로 등장하는데, 발기는 다양하고, 알려지지 않았지만, 하늘과 관련하지 않는 원인의 사건이다. 이렇게 모라위타가 말하는 것처럼 보였다. 초기 인류의 역사에서 욕구는 제식과, 숭배는 성적인 소망과 구분되지 않는다고 한다. 당시 합리적인 인간은 그 점을 잘 알고 있었다고 한다.

봉기 두 번째 날, 경찰기동대는 중앙대학교로 진격해서 대학생들에게 발포했다. 대학생들은 숨으려고 했지만 계단 위에서 피를 보았다. 쿠바 출신의 한 남자가 관절을 삐어 계단 위에 누워 있는데, 탄환이 그의 머리를 맞추었고, 그의 얼굴은 더 이상 알아볼 수 없었다. 대학생들은 숨 쉴 틈도 없이 복도를 따라 뛰어가면서, 남자 네 명이 벤치와 탁자 사이에 누워서 은신하고 있는 것을 확실히 보았다. 그중 한 명이 일어선다. 그는 그들의 이름을 알고 싶어 했으며 리살의 팔을 붙들고 있었다. 리살의 목소리는 갑자기 높아졌고, 붉은 얼굴은 일그러진다. 다른 사람들은 배신자라고 말한다. 대학생들은 리살을 때려눕히고 질주한다. 곳곳에서 들리는 사격의 영향권에서 벗어나야 한다. 장롱이 하나 서 있다. 화장실은 너무 뻔한 곳이다. 대학생들은 오래전부터 화장실을 최고의 은신처로 여기지 않는다. 뒷문은 시내로 이어진다. 여기에도 이미 배신자들이 있다. 대학생들은 다시 질주한다. 집으로 가기는 위험하다. 필리핀 사람들은 영국 레스토랑을 피한다. 예배당에서 몰래 기도한다. 창고나 싸구려 술집에서 잠을 잔다. 계속 질주한다. 컨슈엘로가 자신을 알고 있는 모든 사람들에게 대문을 열어준다. 대학생들은 여러 지하실에 누워 있다가 위험을 무릅쓰고 거리로 나간다. 거의 먹지도 못한다. 무엇 때문에 우리는 이렇게 저항해야 하는가. 대학생들은 계속되는 사망자 소식을 들으면서, 그 이름을 알고 싶어 한다. 그 뒤 가톨릭계 언론은 승리를 선언한다. 추적은 중단되었다. 사람들은 집으로 간다. 그들은 더 이상 제대로 알지 못한다.

만 위로 등대의 빛이 보인다. 만의 양쪽에 산악지대가 거의 수직 상태로 바다 안으로 떨어진다. 숲과 얼음사막 사이의 돌출부에 나무 한 무더기가 설치된다. 그 무더기는 멜히탈의 작은 골짜기에서 온 것이며, 슈타우파허가 사는 둥근 모양의 터에서도 불이 보인다. 하나씩 차례대로 점화되더니, 하나의 불꽃 사슬이 교역로를 따라 계곡 높이 가득하다. 알트도르프의 주민은 공사현장 앞에서 집회를 했으며, 게슬러의 성채는 이미 완성되었다.

"우리가 쌓아 올렸기에, 우리는 파괴할 수 있는 방법을 알고 있소."

그 석공이 말한다. 광장은 인산인해다. 여자들은 저 높은 곳에서 새로운 불이 보일 때마다 환호한다. 그들은 신호의 의미를 안다. 하지만 발터 퓌어스트는 군중 사이에서 길을 잃고 하인들을 찾는다. 그는 명령하지 않으려 하며 무슨 결정을 내려야 할지도 모른다. 이 불은 합의된 것이 아니며, 무엇을 말하는지도 얘기된 바 없다. 이곳에서 마구 고함을 지르는 유랑민들, 시장판 여인들, 하인들, 아이들이 어떻게 확신할 수 있을까. 확정된 것이 무엇인지 그들은 알기를 원하는가. 그들 모두는 절멸될 수도 있으며, 곧바로 침입할 수 있는 용병과 비교될 수 있는 거칠고 더러운 무리다. 발터 퓌어스트는 붉은 화염의 빛을 지나 비틀거리며 걸어가는데, 그 사이에 알트도르프의 마을 광장에 불이 타오른다. 퓌어스트는 깜박거리는 그림자 안으로 넘어지더니, 간신히 스스로에 의지한 채 외친다.

"멈춰! 기다려라!"

그때 말을 하는 황소 한 마리가 온다. 그 황소는 두 다리에 긴 보폭으로 걸어가는데, 뿔 달린 머리는 광장의 모든 사람들보다 부각된다. 발터 퓌어스트는 그를 때린 것이 무엇인지를 알면서 무릎을 꿇는다. 또로*는 퓌어스트 앞에 서서 묻는다.

* 따갈로그어(toro)로, 뜻은 '황소'

230

"앞으로 무슨 일을 해야 합니까?"

그 노인은 황소의 눈을 조용히 바라본다. 곧 악어들이 바다에서 기어나오고, 독수리들이 저 깊은 계곡으로 윤무를 돌며, 마나오*가 창공으로 미끄러져 날아가다 마치 절망한 아이처럼 소리를 지른다. 뱀 한 마리가 똬리를 틀자, 큰 젖가슴을 한 사자와 새의 머리를 한 거인이 다가온다.

"그만해!"

발터 퓌어스트는 동맹자들에게 외친다. 그는 최후의 순간이 왔음을 알면서도 어떻게 한 어부가 황소에게 첫 번째 불을 보았을 때, 높은 지역으로의 등반을 명령하는지를 듣지 않는다. 뿐만 아니라 산지에 있는 온 주민이 이제부터 싸움이 이 계곡에서도 시작되는 것을 알리기 위해 뿔나팔을 길게 부르라는 명령도 듣지 않는다.

발터 퓌어스트는 일어섰지만, 간신히 두 발로 디디고 있을 뿐이다. 그는 창조주에게 자신을 보호해줄 뿐만 아니라 혐오감을 불러일으키는 동물 형상들의 틈에서 깨끗하게 나올 수 있도록 도와주길 간청한다. 퓌어스트는 모든 일을 올바르게 해왔는데, 그 결과가 지옥일 수는 없다. 모든 주민이 지키는 계율에 따르더라도 그 노인이 죄를 범한 것은 없다.

"나는 하인에게 빚을 진 것 이외에 아무것도 더 이상 요구하지 않았어. 나는 게으름의 친구가 아니었던 거야. 나는 농노들이 주인에게 반항하도록 선동한 적이 없어. 나의 저울은 밀고와 상관

* 따갈로그어(manaol)로, 뜻은 '매'

231

없어……."

어부는 앞서 돌진하고, 농부와 하인들은 성탑으로 기어올라 간다. 그는 그들을 저돌적으로 격려한다.

"남성들과 여성들이여! 상대편에겐 돌 하나도 남아 있지 않아요!"

그들은 큰 소리를 지르며 비계를 뜯어낸다. 불꽃이 마을 너머로 훨씬 높게 타오를 수 있도록 목재는 곧장 불 속으로 간다. 돌덩어리는 탑에서 떨어진다.

"그만해!"

발터 퓌어스트는 외쳤지만, 더 이상 아무도 그의 말을 듣지 않는다.

"나는 한 치의 땅도 점령하지 않았어. 아이의 우유도 빼앗은 적이 없어. 성스러운 동물을 사냥하지도 않았어. 보안림에선 나무 한 그루도 베지 않았어. 망을 써서 하나님의 새를 잡지도 않았어. 나는 강물의 시간을 방해하지 않았다고!"

그때 갑작스럽게 앞에 아르놀트 폰 멜히탈이 서 있다. 그의 얼굴은 마치 밤을 가져온 것처럼 새까맣다. 이제 산에서 보이는 것이라곤 불타오르는 고지가 유일하다.

"모든 작전은 시작되었고, 나는 멈출 수가 없네."

발터 퓌어스트가 말한다. 멜히탈은 대답하는 대신에 그 동맹자를 포옹한다. 그를 꼭 껴안더니 조용히 승리에 대해서 말한다.

"기뻐하세요, 아버지. 우리는 이제 자유로워요."

마드리드의 대학생들은 더 이상 공공연하게 모이지 않았다. 그들은 비밀 동아리를 만들어 스페인의 다른 도시에 있었던 선언문들, 혹은 포르투갈이나 벨기에의 선언문들을 읽었다. 다른 가톨릭 대학교에서 놀란 대학생들이 환영지지문을 보냈다. 그들 또한 자율적으로 생각하고 어떤 방해도 없이 연구하고 싶어 했다. 그러나 스페인에서 변한 것은 없었다.

하이델베르크에서 어느 밤에 신임 총장이 축하인사를 받았을 때 아마도 모든 것은 무기의 문제였을 것이라고 리살은 생각했다. 대학생들은 행군 대형으로 신임총장을 따르다가, 서서히 연주되는 음악의 박자에 맞추어 걸었다. 그들은 횃불과 휘어진 칼을 들고 있었다. 그들이 중앙 광장에 다다랐을 때는 직사각형을 이루고 있었다. 리살은 모든 횃불이 갑작스럽게 대기로 던져져서, 칠백여 개의 횃불이 대기에서 돌게 되는 상황이 어떻게 벌어졌는지 알지 못했다. 그는 음악소리는 물론이요 휘어진 칼이 부딪히는 소리, 휘어진 칼이 바닥을 때리는 소리를 들었다. 아무튼 리살은 단번에 독일어 낱말인 '휘어진 칼의 딸가닥 소리'가 의미하는 것을 보았다. 그것은 몇 년에 걸쳐 축제에서나 들을 법한 위협적이고 요란한 소리로서, 거의 음악과 같았으며, 대학생들이 없으면 총장님은 무용지물이라는 사실을 친절하게 기억시켜주는 것이었다. 대학생들은 진지한 태도로 무기를 들고 샹피니 살육전에 참전했다. 뿐만 아니라 독일에서 민주주의 헌법이 처음으로 등장했던 1848년 시가전에도 참여했다. 그러나 그들은 진압되었다. 그래도 대학생들이 요구하는 자유는 한 단계 한 단계 확대되었다.

드디어 마지막 전령이 도착했다. 알트도르프의 축제는 정점이다. 베르너 슈타우파허는 자신의 땅에 설치한 성곽에 대한 연설을 하면서도, 게슬러는 죽었고 로스베르크 요새는 함락되었다는 소식이 더 신속하게 알려졌다고 생각한다. 그 석공은 새로운 공포에 대해서 보고한다. 교역로는 폐쇄될 예정이며, 두려움은 확산되고 있다. 게슬러가 화살을 맞고 죽었을 뿐만 아니라 황제도 죽었다는 것이다.

그런 일은 저기 먼 평야에서 발생했다. 최고의 권력자가 기거하던 성곽 앞 들판에서, 아니 저 깊은 땅 밑의 황무지가 되어버린 고대 도시가 묻혀 있는 곳에서 말이다. 그래서 그곳에는 고대 도시의 집, 조선소, 주물제작소, 잘게 깨진 화병, 썩어가는 거룻배의 목재, 사제들의 시체가 있다. 약한 바람이 불면서 여전히 옛 노랫소리가 들려오는 듯한 바로 그곳에서 유산 상속을 박탈당한 요하네스 왕자가 백부를 때려죽였다. 그는 주교의 지팡이를 가진 것만으로 만족하지 않았다. 그래서 자신이 소유한 모든 섬과 전 제국에 명령을 내려, 세금을 자신에게 내라고 했다. 요하네스는 세금은 자기 것이라고 생각했고, 친구들도 그에게 권리를 주었다. 그들은 그와 공모해서 마치 그들이 보호자인 것처럼 황제에게 달려들었다. 당시 황제는 말을 타고 성곽으로 가고 있던 중이었는데, 그들이 황제를 말에서 끌어내려 창으로 찔러 죽였던 것이다.

쉴러는 '황제가 피 속에 침몰한다'고 썼지만, 그 표현은 리살이 볼 때 그리 강렬하지 않았다. 그래서 그는 '황제가 피 속에서 헤엄쳤다'라고 썼으며, 이 표현이 기독교계 언론이나 자유주의자들의 전단지에 선택되었다. 피의 강물이 중앙대학교의 계단 위로 흘렀고, 피는 강의실과 도서관에 고여 있었다. 아빌라의 주교는 예

234

견했다. 우리는 대학생들이 더 이상 아버지의 말을 따르지 않고 합리주의자, 연방주의자, 지방분권주의자, 공화주의자, 다원주의자, 자율주의자들이 주장한다면 피 속에서 헤엄칠 것이라고 말이다. 아버지는 할 말이 없고, 대학생은 자유롭다. 젊은 사내들은 스스로를 열정과 혼란스러운 상념에 맡기면서, 대학을 뒤죽박죽 만들어 놓고, 모든 가치를 전도시키며, 대학 밖으로 나간다. 시골로 가고, 바리케이드를 설치하며, 농부들 사이에서 폭동을 일으키고, 노예가 된 민중에 대해서 말하며, 조국의 정부에 의문을 제기하고, 교회를 비웃는다. 그들은 재산 가치를 떨어트리고, 존경받을 만한 남자의 안전을 위협한다. 연단에 선 젊은 대학생들에게 현대 사상의 독이 다가오면, 피의 강물은 도시를 관통하여 흐를 것이다.

미구엘 모라위타는 비밀스럽게 예전 스페인에 공화국이 있었다고 설명하면서 리살을 소용돌이 같은 시대로 옮겨놓았다. 리살은 파리 시의 바리케이드를 카비테*에서 봉기를 일으키는 노동자들이나 마닐라의 카를로스 단원의 무자비한 조처와 연관시킨다. 반면 스페인에서는 모든 봉기가 상부명령에서 시작된다. 모라위타는, 혁명은 항상 새로운 흐름을 타다가 불시에 시작된다고 설명했다. 혁명은 절망의 이유가 아니며, 공화국은 서서히 성숙하고, 민중의 문제에 인내를 가져야 한다는 것이다. 공화주의 당이라는 거대한 집은 새로 설계되어야 하며, 모든 자유주의

* 필리핀 루손 섬의 항구도시(Cavite).

235

자와 사회주의자의 연합은 막을 수 없는데, 오로지 한 지점에서 만큼은 주교의 말에 정당성을 부여한다. 무정부주의는 막을 수 있어야 한다. 상부의 명령을 인정하지 않은 채 헤매는 개인주의적 행동가들 말이다. 무정부주의는 일곱 개의 산 뒤에 있던 어느 시장이 혁명 첫날에 자치 공화국을 선포하고, 교구사무소의 작은 발코니 위에서 손수 수놓은 깃발을 흔들면서 군중의 환호를 즐기는 일과 관계되는 것일는지 모른다. 모라위타는 그런 일을 듣는 사람들은 방긋 웃을 수도 있다고 말한다. 그 시장은 이성적이 되면서 연방주의가 실제로 무엇인지를 알게 된다. 시장이나 사제, 재산을 두려워하지 않는 안달루시아의 농부나 카탈루니아의 노동자들은 위험스러울 수 있다. 이들은 신생 정부가 백여 곳의 몰락하는 교구나 도시 문제와 씨름한다면, 혁명은 승리할 수 없다는 점을 통찰하지 못하는 사람들이다. 모라위타는 교황권 지상주의자들과 카를로스 단원들이 무기를 잡게 만들고 순식간에 공화국을 몰락하게 만든 죄를 무정부주의자들에게 돌린다. 그럼에도 불구하고 모라위타는 희망을 포기하지 않았다. 그는 비밀스럽게 다시 어떤 스페인 공화국이 있을 것이라고 말한다. 그 공화국은 지역들의 연합으로, 이를테면 카탈루니아, 카스티야, 아라곤, 바스크지방, 필리핀, 쿠바, 푸에르토리코, 갈리시아, 안달루시아, 아니 지금까지 스페인 왕국으로 불리던 모든 다른 지역의 자유로운 연합을 말한다.

베르너 슈타우파허는 음울한 상상을 해본다. 정크선과 범선이 정박에 앞서 보호된 만으로 들어오고, 항구에 도달한 사람은 그곳을 더 이상 떠나지 않는다. 교역로는 백여 개의 목재 차단기로 단절되고, 상인들은 창고나 여관에 숨어 있다. 노새 한 마리도 고갯길을 오르지 않으며, 협곡의 암벽에 놓인 다리는 우두커니 걸려 있고, 더 이상 아무도 여행하려 하지 않는다. 모든 항구는 폐쇄되고, 내려진 성문은 하루종일 더 이상 올라가지 않으며, 시민들에게 비축물을 나누어주는 부유한 도시들은 운이 좋은 편이다. 더 이상 집에 돌아가지 않은 사람은 몰래 숲으로 도망친다.

모든 사람들은 주위를 배회하는 살인자들을 두려워한다. 아무도 그들이 어디에 있는지 모른다. 복수자에 대한 공포는 훨씬 더 크다. 황제의 누나인 헝가리의 아그네스 여왕이 접근하고 있는데, 그녀는 일말의 동정심도 없다. 다우*, 그녀는 살인자의 가문을 멸족시키려고 하며, 어떤 아이도, 어떤 손자도, 그들 집을 떠받드는 돌까지도 그녀의 출정에서 살아남지 못할 것이라고 한다. 피는 오월의 비처럼 흐를 것이다.

그러나 베르너 슈타우파허는 '무질서에는 끝이 있다'고 말한다. 제국의 제후들은 이미 새로운 주인을 선출했으며, 이것은 질서와 법에 대한 희망이다. 신임 수장은 용감한 친구들을 필요로 하며, 올바른 순간에 올바른 사람과 결탁해야만 한다.

석공들은 협의할 것이며, 발트슈테테의 주민은 계속해서 축제를 즐긴다. 승리의 기분을 망칠 수 없다.

사람들이 기쁨을 불로 표현하는 일은 리살에겐 보편적인 것처

---

* 따갈로그어(daw)로, 뜻은 '소문에 의하면'

럼 보인다. 파리 사람들은 바스티유 감옥의 함락을 기억하기 위해서 폭죽을 터트린다. 스페인 수도사들도 중국식 화공술과 벵골식 빛을 사랑하는데, 이런 것들이 스페인 수도사들을 말레이의 신하들과 연결시킨다. 관리인 빠차노는 폭죽을 구입해서 보관해두어야 한다. 그는 큰 헛간을 가지고 있는데, 세찬 비가 쏟아지면 무엇보다도 성냥을 건조하게 유지시켜야 하는 과제가 떨어진다. 설탕 수확량이 반으로 뒷걸음쳐도 그는 용서를 받지만, 폭죽이 없는 피에스타 축제는 변명의 여지가 없다. 피에스타 축제 기간 전인 여름에 갑작스럽게 헛간이 요란한 소리를 내며 부서지고 모든 물건이 없어지면서 불에 타버리면, 빠차노는 인내심을 가지고 헛간을 다시 세워야 한다. 그리고 다시 중국인에게 폭죽을 구입한다. 그래야 민중은 조용히 피에스타 축제에 환호할 수 있다.

민중의 땅은 혁명에서 멀리 떨어져 있지만, 민중은 개혁을 필요로 하고, 개혁은 가능하다. 리살도 개혁을 단념하지 않았다. 하지만 아버지는 원하는 한 오래 침묵할 수 있다. 개혁은 작은 일에서 시작할 수 있다. 심지어 피에스타 축제에서도 가능하다. 불에 대한 사랑은 보다 세련되어질 수 있다. 하이델베르크에서 사람들은 축제를 위해 조용히 모였다. 심지어 대학생들도 횃불이나 북 없이 와서 성을 잘 바라볼 수 있는 장소를 찾았다. 아직은 아무것도 보이지 않았다. 어두워지자 축제는 정점에 달했다. 사람들은 가스등을 한 번도 점화하지 않았다. 시민은 깜깜한 어둠 속에 서서 긴장하고 있었다. 시장이 아주 새로운 방식으로 폭죽을 알렸고, 그 일은 소문으로 퍼졌다. 안과병원의 한 환자는 건방진 기술자가 성을 불낼 것이라고 두려워했다. 그러나 그의 두려움은 근거 없는 것이었다. 만물이 어두움 속에 있을 때, 성이 갑자기 환하게 등장하면서 번쩍 빛났다. 소리는 전혀 없이. 한 줄기의 햇살이 밤으로 떨어진 것처럼, 성을 어두움에서 밝게 부각시켰다. 관중은 숨을 참더니, 관악기가 찬가를 연주하자, 감히 그들은 환호하기 시작한다.

"그것은 전기빛입니다."

시장은 말했고, 주위 사람들이 그의 말을 전달했다. 곧바로 모인 군중은 빛이 초마다 계속되다가 다시 꺼질 때까지 이 지점으로부터 한 발자국도 움직이지 않으면서, 전기빛의 존재를 알게 되었다. 사람들은 눈이 부셔서 한동안 아무것도 보지 못했다. 성뿐만 아니라 도시와 사람들은 그 밤에 사라진 것이다.

전파. 1886년 11월에 하인리히 헤르츠*가 칼스루에에서 실험을 수행했다. 막스 플랑크**는 거의 십여 년이 지난 뒤에, 당시 정확한 계획이 있었는지 혹은 예견되지 않은 외부의 유리한 만남이 있었는지 추후에도 확인된 바 없다고 적고 있다. 다만 헤르츠가 그해 11월에 어떤 도구를 만든 것은 사실이었다. 그는 이 도구로 훗날 진동을 만들어냈는데, 덕분에 대기 중에 있는 진동의 파동이

---

* 독일의 물리학자이자 전자파의 발견자로, 본명은 Heinrich Hertz(1857~1894).
** 독일의 물리학자로, 특히 양자물리학을 기초한 업적 덕분에 노벨물리학상을 수상했으며, 본명은 Max Planck(1858~1894).

손쉽게 측정될 수 있었다. 또한 헤르츠는 앞의 과정을 분석하기 위한 또 다른 도구를 설계했다. 막스 플랑크는 대양 이편과 저편에 있는 세계가 그의 시도에 관심을 쏟았다고 적었다. 사람들이 어두움 속에서 현미경을 갖고 부분적으로나마 관찰해야 하는 미세한 작은 불꽃은 전자파가 대기에서도 그대로 전달되고 있음을 증명했다. 전자파는 도구에서 발산되어 온 세계를 돈다고 한다. 사람들은 이 전자파가 빛과 같다고 생각했다.

리살은 하이델베르크 안과병원에서 일할 때, 시신경과 뇌의 어떤 부위가 들어온 빛을 형상으로 바꾸는 데 활동하는지에 대한 의문과 씨름한 적이 있다. 그것은 그의 수술과는 별로 관련이 없는 하나의 추상적인 질문이었다. 하지만 그의 의문은 헬름홀츠*와 관련한 일화와 연결되었다. 헬름홀츠는 몇 년 전에 하이델베르크 대학의 교수로서 금속판을 자신의 머리에 갖다 댄 적이 있다. 그는 시신경이 한 번의 전기 쇼크에 어떻게 반응하는지 알아내서, 르 로이**의 실험결과를 반복하려고 했다. 즉, 맹인의 머리에 전기 쇼크를 주었는데, 그는 여러 환각, 몇몇 사람, 군중을 보았다는 것이다. 헬름홀츠 스스로도 강한 전기 쇼크를 주면 사납고도 혼란한 색깔의 파도가 생긴다는 것을 알아냈다. 하지만 그는 혼란한 색깔의 파도에서 규칙을 발견할 수 없었다. 그는 시각에 대한 마취약의 효과를 연구하기도 했다. 비록 건강한 사람일지라도 어두운 시계가 만드는 빛의 카오스와 빛의 먼지로부터 한순간도

---

* 독일의 물리학자로, 광학, 청각학, 전자역학에 공헌했으며, 본명은 Hermann von Helmholtz(1821~1894).
** 프랑스의 의사이자 백과전서파의 일원으로, 본명은 Charles Le Roy(1726~1779).

완전히 자유롭지 못하다. 헬름홀츠는 망막 자체에서 나오는 빛과
아직도 여전히 오리무중인데 형상이 눈에 보이는 과정에 대해
열광했다.

17

→

여주인은 손님을 위해 기름진 음식을 요리하고 온종일 방을 데운다. 10월이 되었다. 리살은 자신이 부담할 수 있는 것보다 더 많은 돈을 지불한다.

"보고 싶은 몬타본, 나는 떠나야 합니다."

리살은 선생님에게 쪽지를 쓴다. 이별을 위한 방문은 피할 수 없지만, 리살은 어떻게 대화를 시작해야 할지 두렵다. 어디부터 이야기할까. 앞으로 그가 무슨 일을 할지 정해진 것은 없다. 다만 그가 몬타본을 다른 지인들처럼 칼람바로 초대할 것은 확실하다. 그 프랑스인은 흰색 밀짚모자와 흰색 양복에 어울리는 차림으로 올 것이다. 그 복장으로 그는 마킬링 산뿐만 아니라 북쪽의 코르딜레러 산맥도 등반할 것이다. 그는 야만인들을 좋아하고 사람의 목을 따는 사냥꾼에게도 관심이 있다. 더 이상의 상상력은 가능하지 않다. 리살은 무의식중에 떠오른 하나의 생각을 지운다. 몬타본이 옷을 벗고 나체로 질주를 시작하다가, 창을 하나 집어 든다. 잡초가 그의 창백하고 여린 관절을 사정없이 때리지만, 그는

242

죽어라고 숲속을 달려 나간다.

혹시 리살은 파리 근처에서 새롭게 일을 할 수도 있고, 아니면 어느 날 서커스 경기장에서 혹은 파리 식물원*에서 만날 수도 있다. 리살은 몬타본이 우아한 무용수라고 생각해본다. 몬타본은 어느 오후, 오락회에서 느린 왈츠를 춘다. 그러면 그의 관절이 리듬을 타고, 모든 신체 부위가 진동하고 아름답게 조화를 이루면서, 온 여인들의 마음을 사로잡는다. 몬타본이 발음을 부탁하면서 마음에 품었던 것이 무엇인지 아직도 리살은 정확하게 알지 못한다. 리살은 무엇을 준비해야 할지 모른다. 그는 이별선물로 선생님에게 일본의 검객을 그려준다.

페르디난트 블루멘트리트에게 낭보가 있다. 그의 추천은 긍정적인 답변을 얻어냈다. 리살이 베를린의 페르디난트 야고어 집에서 낭독하고 또 인류학/인종학/선사학회에서 강연을 하기 위해 기꺼이 초대된다는 것이다. 강연 주제도 자유롭게 고를 수 있다.

리살이 그 학회의 회장을 직접 방문하지 않은 것은 옳았다. 하이델베르크에서 '위대한 피르호 교수'에 대한 연설이 있을 때면, 항상 '학과들의 지배자이자 점령자'라는 말이 들렸다. 피르호 교수는 지난 이십 년 동안 현대 백내장 수술의 창시자인 알브레히트 폰 그래패가 안과학 학과장 자리에 임명되는 것을 방해했다. 대학생들에게 수당을 분배하고 시험 규정에서 몇몇 과목의 우선순위를 매기는 일과 관련한 토론이 마드리드를 기억나게 할 때

---

* 원명은 Jardin des Plantes.

면, 리살은 대부분 그 자리를 박차고 일어났다. 왜냐하면 마드리드에서 대학생들이 대화할 때면 정부의 부정 개입이 있었기 때문이다. 세포병리학의 창시자이자 운하와 인권의 개척자인 그 위대한 의사의 형상은 흐릿해졌다. 게다가 피르호는 연구소의 권력투쟁에도 앞장섰다. 그의 주장에 따르면 모든 문제는 병리학과 관련하며, 다른 의학 분야는 시체의 연구에서부터 나와야 한다는 것이다. 그는 두개골과 뼈에 대한 체계적인 연구 위에서 인류학 이론을 세웠다.

리살은 베를린에서 의사가 아닌 언어 연구자로서 강연하려고 마음을 먹는다. 그는 『빌헬름 텔』을 번역하면서 이용한 시구를 자세하게 설명하려고 한다. 섬세한 노래가 표현되어야 한다.

희곡은 아직 끝나지 않았다. 쉴러는 봉기의 성공만을 쓴 것이 아니다. 황제의 살인자가 자유롭게 배회하는 한, 도처에는 공포가 도사린다.

기예르모도 아직 안정을 찾지 못했다. 그가 혼자서 산악지대를 떠돌아다니고, 태양은 첫 햇살을 미리 보낸다. 산등성이 위의 하늘이 밝게 비추자, 산 정상은 검은 그림자를 하고서 기예르모 앞에 또렷이 나타난다. 기예르모가 저 높이 오르자 양편으로 바다가 보인다. 길고 좁은 만이 바위 안으로 들어온다. 한 척의 돛단배도 물 위에 나타나지 않는다. 배들은 돛을 내리고 항구에 있는 것이다. 반쯤 높이의 구릉에 있는 계단식 땅에서도 모닥불의 잔재가 연기를 내고 있다.

풀 한 포기 자라지 않는 이 높은 곳의 목동들이 죽은 자들을

244

두 번째로 묻는다. 몇 년이 흐른 뒤에 거룻배나 항아리에서 뼈들을 꺼내서 씻긴 다음에 이곳으로 가져올 것이다. 두개골들은 산 정상의 동굴에서 마지막 안식을 찾으며, 두개골의 어두운 안와眼窩들은 산맥과 남녘의 호수 너머를 영원히 바라본다. 두개골들은 산을 조용히 통치하기 위해 비를 맞지 않고 한 개씩 한 줄로 늘어선다.

그 밖에 사람들은 해골이 하나씩 늘 때만 이곳에 온다. 기예르모에겐 매장할 것이 따로 있다. 그는 조심스럽게 두개골 옆을 지나 동굴의 뒤편에 있는 어두운 공간으로 기어 올라와 석궁과 활을 내려둔다. 헤드비히가 더 이상 두려워해선 안 된다. 그는 일평생 더 이상 활을 쏘지 않으며 그녀의 근심을 기억하고 미래를 구상한다. 메마른 땅에서 억척스럽게 일만 할 것이다. 그는 과거와 미래를 생각한다. 만, 계곡, 야생의 동물을 비롯한 만물이 그의 주위를, 산 정상 주위를 돈다.

마침내 그는 무기로부터 벗어나서 동굴을 떠난다. 그는 산을 내려오면서 뒤를 보지 않으며, 그가 꼭 붙들고 있는 낭떠러지만을 본다. 천천히 그는 다리를 옮기면서 저 아래로 가다가 지지대를 발견한다. 그는 첫 번째 만난 방목장 위를 성큼성큼 걷다가, 계속해서 아래쪽의 숲을 통과하고, 그의 머리보다 훨씬 자라서 물을 똑똑 떨어트리는 양치식물을 지난다. 그러다가 만개한 꽃들의 지독한 향기를 통과하고, 기근이 그의 팔에 가볍게 스치고 난 뒤에, 숨 돌릴 틈도 없이 저습지대에 있는 집에 다다른다.

헤드비히와 자식들이 있는 곳에 수도사 하나가 앉아 있다. 그는 피로한 듯 거의 움직이지 않는데, 헤드비히는 좋은 인상을 받지 못한다. 수도사는 그녀에게 공포감을 준다. 무조건 그는 그녀의 자식들을 품에 안고 싶어한다.

"내버려둬."

헤드비히는 그를 호통친다.

"네놈은 수도사가 아니야."

그녀는 낯선 자에게 말한다. 빠차노는 왕의 이름들을 일관성 있게 스페인어로 번역할지에 대해서 깊이 생각해야만 할 것이다. 이 변장한 왕자의 이름은 어떻게 옮기고, 여왕 아그네스는 이네스가 될지, 아니면 그녀에게 따갈로그어의 이름이 주어져야 할지 고민해야 하고, 아니면 모든 줄거리를 저 먼 자바섬 시대의 쿠타*로 되돌려야 할지 정해야 한다. 리살이 번역문 전체를 손볼 시간은 없다. 그가 라이프치히를 떠나기 전에 원고는 우체국으로 가야 한다. 희곡 초반에 나오는 독일식 이름 루오디, 쿠오니, 베르니는 바뀔 수 있다. 드디어 리살이 고국에 돌아가도 된다면, 그는 형에게 곧 결성될 프리메이슨 지부에 대해서 설명할 수 있다. 미구엘 모라위타는 프리메이슨 지부를 제안하면서, 필리핀 형제들을 그란 오리엔테 데 에스파냐**라는 단체의 지붕 밑에 수용할 것을 약속한다. 모든 사람이 따갈로그어로 만든 새로운 이름을 그 비밀스러운 단체에 추가할 것이다. 따갈로그어로 새롭게 이름을 짓는 일은 희곡에서도 가능하다. 하겜***, 즉 재판관에게 라옹-란****, 즉 '이

---

* 따갈로그어(kuta)로, 뜻은 '요새'
** 스페인어(Gran Oriente de España)로, 뜻은 '위대한 동방의 스페인'
*** 따갈로그어(hukum)로, 뜻은 '재판관'
**** 따갈로그어(Laong-Laan)로, 뜻은 '선조'

미 오래전부터 서 있는 사람'이 어울릴 것이다. 그러나 리살은 마음이 급해 베를린으로 가려고 한다. 빠차노가 요하네스라는 이름 대신에 근본적으로 새로운 이름을 발견해야 한다면, 그런 일은 이제 스페인어에서나 가능하다. 그 일은 아주 간단하다. 마닐라나 마드리드에서 알현을 요구했다가 거절당한 남자의 이름은 후안일 수 있다. 후안은 황제, 왕 혹은 총독의 총애를 받아야 한다. 아니면 마드리드에서 박사 학위를 받기 전에 멋진 연회에 참석하여 건배사를 외치며 대중의 눈에 띄다가 중앙대학교에서 내각이나 정당들의 꼭두각시 의회로 자리를 옮기기 위해서 법학을 공부하는 수백 명의 대학생들 이름이 후안이다.

빠차노는 리살에게 경고하고 즉시 파리로 가든가 분명 마드리드는 아니더라도 최소한 바르셀로나로 가서 공부를 하라고 추천했다. 그러나 리살은 완고했다. 그는 왕국의 속마음을 알고 싶으며 스페인이 내부적으로 어떻게 작동하는지를 알고 싶다는 것이다.

"이제 나는 더 똑똑해졌어."

분명히 그는 2년 전에 형에게 편지를 쓴 적이 있다. 그는 많은 일들을 이해하고 있었지만, 대학생들에게 총을 발사한 경찰기동대에 대해서는 여전히 알지 못했다. 그리고 아빌라 주교의 참을 수 없는 어조도 알지 못했다.

"친애하는 대학생 여러분"

주교는 적었다.

"당신들은 민주주의자가 되려고 합니다. 민주주의자가 되어도 돼요. 그러면 민중에게 그들이 누구를 믿는지 물어봅시다. 당신들일까요 아니면 어머니 교회일까요."

그러더니 발포했다.

"나는 박사학위 증명서를 받아 오지 않았어."

리살은 모든 시험을 성공적으로 마친 뒤에 칼람바로 편지를 썼다. 그는 4년간의 힘들었던 학업이 신임총장의 서명을 통해서 모독되는 것을 허용할 수 없었다는 것이다. 중앙대학교와 그는 더 이상 아무런 관련이 없다고 그는 썼다. 수술은 일종의 손기술이기에 학위 증명서는 필요 없다는 것이다.

"친애하는 블루멘트리트 교수님, 행복한 민족의 아들들은 자연과학에 매진할 수 있습니다."

시신경 도구에도, 빛을 감지할 수 있는 다양한 영역에도, 아직은 시작에 불과한 과학의 초기 분야에도 전념할 수 있다. 하이델베르크와 베를린은 눈의 내부를 깊이 들여다보고, 새로운 세균학 분야에 몰두하며, 콜레라를 연구해서 퇴치시키고, 물리학과 생리학으로 완전히 특화할 수 있을 뿐만 아니라 세상을 도는 전파를 이해하고 두 가지 빛의 성질을 부가해서 어둠을 만들어낼 수 있는 올바른 장소이다. 무슨 일이 실제로 눈에서 벌어지고, 무엇이 시신경을 자극하며, 어떻게 내면의 눈앞에 이미지가 생기는가? 두개골 내부에서만 신경수용체의 인공적 생산물이 반짝반짝 빛난다면, 두개골 밖은 무엇이란 말인가?

"엔시미스마스 엔 로스 에스투디오스."*

---

* 스페인어(ensimismars en los estudios)로, 뜻은 '공부에 몰두하다'

모라위타는 구스토에게 말하곤 했다. 베를린이나 빈, 파리, 런던에서는 요구가 있으면 결과를 낼 수 있을 거다. 사람들은 연구하면서 자아를 발견하거나 잃기도 한다. 그러나 리살은 형에게 귀국하게 해달라고 조르기를 멈추지 않는다. 행복한 민족의 아들들이 늘 새로운 파동이나 복사의 형태에만 전념해야 한단 말인가.

"친애하는 블루멘트리트 교수님, 식민지 출신의 사람이 자신의 삶을 정치에 헌신하는 것은 저주스러운 운명입니다."

복수하려는 사람들로부터 탈출하기 위해 수도사로 변장한 부모 살해자의 이름은 후안 푸마타위 마굴랑이다. 그는 음식을 구걸하기 위해 헤드비히 집에 들어올 수 있었고, 이제 그녀에게 자신을 완전히 집 안에 받아들일 것을 간청한다.

"아빠가 온다!"

아이들이 밖에서 외친다. 살인자 후안이 헤드비히가 문가에 가서 멈칫하는 것을 본다.

"네 어미는 어디 있냐?"

기예르모는 자식들에게 묻는다.

"엄마는 문가에 서서 꼼짝도 않고 있어요."

발터가 대답한다.

"엄마는 놀라고 기뻐서 몸을 떨고 있어요."

기예르모는 누군가가 부엌에 숨어 있는 것을 알아채자마자, 문을 닫고 그와 단둘이 있다. 아무도, 그의 가족조차도 누가 이 수도복 안에 숨어 있는지 알아선 안 된다. 어두운 부엌에서 기예

249

르모는 그에게, 그리고 여전히 깜짝 놀라고 있는 헤드비히에게 같은 말을 한다.

"내 손은 깨끗하오. 나는 아버지로서 정당방어를 했고 생명의 위엄을 지켰던 것이오."

후안은 기예르모의 정당성을 이해하려고 했다. 그는 자신을 그 주민의 영웅이 형제로서 만나주길 원한다. 하지만 기예르모는 손을 빼고 몸을 돌리더니 그 손님을 배신자라고 욕한다. 이느 집도 그에게 문을 열어서는 안 된다는 것이다. 그의 얼굴은 모든 사람들 사이에 숨어 있어야 한다는 것이다. 그가 감히 어떻게 복수에 대한 욕망을 영웅의 행동과 똑같은 것으로 할 수 있단 말인가?

그러나 기예르모는 관대하다. 그는 계속되는 죽음이나 공개적인 처형을 요구하지 않는다. 아비, 어미, 백부 살해자는 전통적인 이집트의 관습에 따르면 고통 속에서 죽지 않는다고 한다. 가장 이성적인 시대가 시작되었고, 복수는 논외로 남는다. 아무도 아버지 살해자를 산 채로 매장해서는 안 되며, 손을 떨면서 사과를 쏘았던 아들 살해자는 3일 밤낮을 자식의 열린 무덤에서 시체를 부둥켜안고 보내도록 강요하지 못한다.

무슈 몬타본은 교실 문을 안에서 잠근다. 학교의 여교장 세르비에 양은 어떤 선생님도 그녀가 소유하고 있는 지붕 밑에서 손잡이와 뚜껑이 달린 맥주 한 컵과 손잡이 달린 잔을 탁자에 두고 손님을 접대하는 것을 경험해서는 안 된다.

"당신이 좋아하는 유럽을 다시 떠나겠다고요?"

"아직은 아닙니다."

그렇게 말하면서 순간 리살은 언젠가 귀국이 허락되면 무거운 마음으로 떠나리라는 것을 알게 되었다. 그가 태평양 귀퉁이의 어디에서 벽에 프랑스 서적으로 가득한 서가가 있는 방을 찾겠는가. 이곳에서 그는 여생을 책을 읽으며 보낼 수도 있었다. 그래서 언젠가는 위대한 소설들을 모조리 읽어낼 것이며 몬타본의 조언에 따라 보들레르*까지 읽을 것이다.

"저는 봄을 베를린이나 라이트메리츠에서 맞이할 겁니다."

그렇게 말하고 나서 꽃으로 만개한 사월의 뵈멘 지역을 상상한다. 겨울의 끝자락은 하이델베르크의 3월 하순처럼 갑자기 들이닥친다. 리살은 마치 늙은 주인처럼 맥주를 따라주는 몬타본에게도 그런 갑작스러움이 닥치기를 소망해본다. 어느 날 아침에 눈은 녹아 없어지고, 술집의 닫힌 창문을 통해서 새소리가 들리다가, 창문을 열어젖히니 세상이 갑작스럽게 향기를 뿜어낸다. 그곳에 있던 아이들이 환성을 지르는 것은 놀라운 일이 아니다. 그러면 독일 여인들은 날이면 날마다 다른 색깔의 원피스를 입는다.

몬타본은 리살을 보고 환하게 웃는다. 그는 리살이 교양을 갖춘 여자를 좋아하고 있다는 것을 진작에 알고 있어서 그로부터 그런 여성상을 쫓아내려 한다. 리살은 부끄러움이 많고 응석도 부리며 신경질적이고 망상을 즐기는 소녀들의 교실에 보들레르의 시를 전달하는 일이 얼마나 지루한 것인지 상상할 수 없다는 것이다. 그런 그들이 시인이 사랑하는 것이 무엇인지 이해할 수 있겠는가.

* 프랑스 모더니즘을 대표하는 시인으로, 스캔들을 일으킨 시집 『악의 꽃』 등이 있으며, 본명은 Charles Baudelaire(1821~1867).

"당신과 나, 우리는 시인이고 서로를 이해하고 있어요."

몬타본은 끊어서 말하는 것처럼 보인다. 간청하듯이 말이다. 하지만 리살은 대답하지 않고 맥주를 조금 마실 뿐이다.

몬타본이 유럽은 전적으로 잘못된 길, 더 이상 나오지 못할 미로로 가고 있다고 설명하면, 그의 얼굴은 긴장으로 가득 찬 완벽한 남자의 모습을 한 채, 인쇄와 소상인의 도시보다 훨씬 발전한 파리에 대해서 슬프게 설명한다. 그도 곧 떠나야만 한다고 한다. 독일인의 조국애는 프랑스의 조국애와 똑같이 구역질이 난다는 것이다.

리살의 시야는 한 권의 책 제목에도 고정되지 않은 채 서가들을 스친다. 그는 매우 빠르게 변하는 몬타본의 얼굴에서 벗어나기 위해 분주히 눈을 움직인다. 하지만 리살은 몬타본의 목소리로부터 벗어나지 못한다. 몬타본이 거대한 숲과 원시림, 그가 스페인과 러시아에서 추정하는 강력한 의지에 대해서 말할 때면, 그의 목소리는 떨린다.

"도스토예프스키를 읽어보세요, 뒤마는 말고!"

그는 지나칠 정도로 모험적인 용기에 대해서 열중한다.

"하지만 소망이 있어요."

리살은 침착하게 반격한다. 그는 하이델베르크에서 안과병원에 근무했고, 초등학교나 수로 건설을 보았으며, 이곳 라이프치히에서는 전염병이 돌아도 시체 한 구도 잔디 없는 구덩이에 매장되지 않고, 배고픈 개들도 시체를 먹지 않는다는 것이다. 그리고 황제는 진짜 의회를 허용했다는데 이는 법에 대한 신뢰가 있다는 것이다. 이곳의 교수들은 자유롭다는 것이다.

몬타본은 거칠게 숨쉰다. 그리고 머리를 젓다가, 항상 여학생들에게 말할 때 그러는 것처럼 제국의회의 논쟁문을 써내려간다. 그때마다 질문을 하는 여학생은 보들레르를 마치 요리법 읽듯이 인용하는 소녀처럼 경멸스럽다.

리살은 말할 뻔했다. 이제 프랑스어 선생님을 초대하니 언젠가 세계 일주 여행을 하다가 칼람바를 방문해달라고, 그곳에서 몬타본은 친절하게 환대받을 것이라고 말이다. 하지만 분위기는 여전히 너무 긴장되었다. 아마도 독일식 중간극을 거부하는 분위기다.

조심스럽게 리살은 오로지 한 편의 독일 연극을 보았다고 설명한다. 『현자 나탄』*은 뛰어난 작품으로, 리살이 더 언급해도 된다면, 유혈 없이 진행되며 낭독을 기계적으로 할 수 있을 정도다. 그리고 자신은 실제로 마드리드로 돌아가길 그리워했다고 한다. 이미 몬타본은 스페인 명배우의 말을 경청할 기회를 가지고 있는 것처럼 보인다.

기예르모는 살인자 옆에서 골똘히 생각한다. 갑작스럽게 그에게 연민이 덮친다. 후안은 멋진 신사이며, 늙고 선량한 황제의 손자다. 기예르모는 그를 개처럼 내쫓을 수 없다. 어떤 신적인 영감이 기예르모로 하여금 친절하게 말하도록 한다. 기예르모는 왕자에게 구원받을 방법을 설명한다.

헤드비히는 손님에게 먹을 것과 마실 것을 대접한다. 부부는 충

---

* 레싱(G. E. Lessing)의 희곡으로 1783년에 초연되었다. 메시지는 유대교, 기독교, 이슬람교의 화해와 관용이며, 원제는 Nathan der Weise이다.

분히 선물을 한 뒤에 왕자를 떠나보겠고, 후안은 숲속에서 사라진다. 그러고 난 뒤 그는 황야를 떠돌다가 기예르모가 은밀히 알려준 표시를 따른다. 그의 말에 따라 교역로에서 떨어진 길을 건다가 아무 눈에 띄지 않고 고갯길 정상으로 올라간다. 왕자가 걸어간 길은 십자가 모양이다. 왜냐하면 홀로 떠난 많은 여행자들이 이곳에서 죽음에 이르렀기 때문이다. 이미 눈이 내리고, 후안은 발밑에 무엇이 있는지 더 이상 보지 못한다. 그래도 그는 기예르모의 충고를 따른다. 천천히 그는 십자가에서 십자가로 오르다가, 각각의 십자가에서 무릎을 꿇고 기도를 하면서, 그의 옆에 강으로 떨어지는 폭포처럼 얼어버리는 쓰디쓴 눈물을 쏟아낸다. 곧 겨울은 산 정상에서 더 냉혹해지고 더 차가워져서 내려온다. 후안은 바람에 떨어지지 않기 위해서 절벽을 꼭 붙든다. 기예르모가 그에게 알려준 협곡 위의 낡은 다리는 먼지와 오물, 얼음으로 덮여 있다. 그 낡은 다리가 왕자의 무게를 견디지 못하고 꺾인다. 이제 그는 어두운 암벽문 앞에 서 있다. 그는 암벽문을 지나면 어디로 가는지 알지 못하지만, 그 안으로 들어간다. 그는 아무것도 보지 못하고 뒤뚱뒤뚱 산을 지나가다가, 마침내 새로운 빛, 부드럽고 사랑스러운 골짜기, 저 밑으로 만을 본다. 그곳에 배들이 정박해 있다. 그는 범선의 불룩한 부분에 앉아 로마로 가서 교황에게 용서를 구할 것이다.

산악지대 뒤편의 저습지대에 모든 사람들이 다시 한번 모인다. 베르너 슈타우파허, 발터 퓌어스트, 멜히탈, 미장이와 어부들, 하인들, 여자들과 아이들, 가장 마지막으로 베르타와 루덴츠가 언덕을 올라간다. 모두가 기예르모를 칭송한다. 베르타와 루덴츠는 결혼한다. 막이 내리기 전에 루덴츠는 시종들에게 자유를 선물한다.

리살은 석방이라는 말, 아니 가끔은 구원의 의미로 번역될 수 있는 오래된 낱말에서 벗어난다. 칼리그타산*은 더 이상 등장하지 않으며, 이 대목에서 리살은 자신의 글을 번역한 마르셀로 힐라리오 델 삘라르의 어법을 완전히 받아들였다. 번역된 모든 것이 마지막에 중세식 사랑으로 반전되더라도, 자유를 대신해서 새롭고 더 위대하며 정치적인 개념이 두 줄에 한 번씩 나올 것이다. 자유의 땅, 루파 응 칼라얀**에 사는 여자와 남자는 말라야***다. 델 삘라르가 이 주어를 독립이라는 말 대신에 사용했다는 점도 배제할 수 없다.

⚜

최후. 1886년 10월에 리살은 베를린으로 갔다. 인류학/인종학/선사학회장에서 그는 따갈로그어 시예술에 대한 강연을 했다. 페르디난트 야고어가 그를 안내했고, 루돌프 피르호가 회장을 맡고 있었다. 피르호는 강연이 끝난 뒤, 지금이야말로 시 이외에도 야만족들의 선율을 연구할 최적의 시대라고 말했다. 리살은 악보를 모아서 베를린에 보내주기로 약속했다. 그는 선창하고

* 따갈로그어(kaligtasan)로, 뜻은 '안전'
** 따갈로그어(lupa ng kalayaan)로, 뜻은 '자유의 땅'
*** 따갈로그어(malaya)로, 뜻은 '자유의'

싶지 않았다. 계속되는 큰 환영연회의 식사자리에서 피르호는 그 손님에게 인종적으로 연구해도 되는지를 물어보았다.

"그가 나에게 장난으로 물어본 거죠."

리살은 페르디난트 블루멘트리트에게 편지를 썼다. 피르호가 진지하게 말하면서 이미 탁자 옆에 있는 그를 측정할 준비를 하고 있었는지에 대해선 확실하지 않았다. 리살은 과학에 대한 사랑에 근거해서 친구와 함께 나중에 한번 들르겠노라고 약속했다.

막시모 바이올라가 방금 베를린에 도착했다. 그들은 같이 도시를 관광했다.

"우리는 새벽 열두 시 반까지 맥주를 마셨어요. 그날은 내가 독일 학자들 사이에서 체험한 아름답고 기억할 만한 밤이었죠."

리살이 마침내 블루멘트리트를 직접 만나기 위해 뵈멘으로 떠나기 직전 라이트메리츠에 보낸 편지에 썼다.

리살이 여러 해가 지난 뒤 필리핀 제도의 남쪽 섬에 유배되었을 때, 그는 그 학자들을 기억했다. 다피탄의 최전선 병원에서 그는 농사를 짓고 작은 학교를 운영하면서도, 어머니와 멀리서 이곳으로 여행 온 다른 눈병 환자들을 수술했다. 그는 홍콩에서 온 한 환자의 아일랜드 조카 딸과 사랑에 빠졌다. 하지만 그에겐 읽을 책이 없었다. 그래서 그는 독일에 편지를 쓰고 수집가들에게 압착한 식물과 나비들을 보냈으며, 대가로 신간서적을 받았다.

쉴러 번역본은 그가 아직 라이프치히에 있을 때 우편으로 보냈는데, 도착하는 데 6주가 걸렸다. 빠차노는 동생의 작업물에 대해 감탄하지 않았다.

"전반적으로 이해할 수 있더라."

그는 답신을 썼다.

"네가 4년 이상 사투리를 거의 쓰지 않았다는 점을 생각해본다면 말이야. 하지만 몇몇 구절은 이해할 수 없었어. 따갈로그어의 필체에서 매우 멀리 떨어져 있었거든."

형은 쉴러의 희곡 『마리아 슈투아르트』를 직접 다시 번역하기 시작했다. 그는 귀국을 허용해달라는 리살의 요청에 결국 손을 들고 말았다.

칼람바의 피에스타 축제 공연이 얼마 남지 않았다. 임차인들과 소작인들이 봉기를 일으키면서 관리인들과 공동으로 새로운 세금에 반대했고, 도미니크수도회 소유의 땅에 의문을 달았으며, 그들이 지고 말았던 법적인 투쟁에 연루하게 되었다. 그들은 땅에서 쫓겨났다. 리살의 가족도 모두 홍콩으로 도망갔다.

그곳에서 마리아노 뽄세*가 『기예르모 텔』 원고를 다듬어서 1907년에 처음으로 출간했다.

마리아노 뽄세는 리살의 첫 소설 『나를 만지지 마라』를 독자들에게 보급하는 일도 했다. 1887년 2월에 그 책은 베를린에서 인쇄되었다. 리살은 2000부를 소포와 상자에 싸서 보냈는데, 그중에 한 상자가 몇 달 동안 스페인 세관에 걸려 있었다. 뽄세는 그 소설을 바르셀로나에서 읽으면서 감탄했고, 베를린에서 부쳐진

* 필리핀의 의사이자 작가로 리살과 더불어 반스페인 운동을 벌였으며, 본명은 Mariano Ponce(1863~1918).

그 상자들이 여러 집에 보관되어 있다는 것을 알게 되었다. 그는 분산된 책을 모아서 여러 서점에 보냈고, 홍콩 운송과 마닐라 밀반입을 맡았다. 빠차노도 한 부를 받았는데, 이번에는 매우 만족해했다.

리살이 1887년 8월에 마닐라에 도착했을 때, 그 책은 거의 유통되지 않았다. 이미 교회 앞에서 따갈로그어로 쓰여진 소책자들이 1000부나 팔리고 있었다. 로드리게스 신부는 신자들에게 금서를 읽지 말라고 경고했다. 그는 리살의 소설을 직접 거론하면서, 그 소설에는 행간마다 이단의 생각, 외설, 가벼움과 폭력에 대한 호소가 있다고 했다. 그 작가는 배신자 마르틴 루터의 꼬임에 넘어가 하나님과 신성한 교회의 신부에 대한 어떤 경외도 없으며, 책을 손이 아닌 발로 썼다는 것이다. 그런 진술에 근거해서 그 소설을 생각하는 일은 독자들에게 남아 있다.

1896년 8월에 마닐라에서 폭동이 벌어졌다. 몇 달 전부터 수공업자와 직장인들이 공동체에서 모임을 가져왔는데, 그러다가 배신이 있었고, 신속히 무장해서 교전에 교전을 벌였다. 폭동은 확대되었고, 농부들과 유복한 시민들이 까띠뿌난*이라고 불린 비밀형제단원에 합세했다. 이 낱말을 리살이 『빌헬름 텔』에서 '동맹'이라고 번역할 때도 리살은 이를 제대로 이해하지 못했었다. 당시 그는 그 낱말이 스페인식의 연맹이라는 말로 대체되어야 할지 계속해서 고민해보아야 하겠다고 빠차노에게 편지한 적이 있다.

* 스페인 통치에 맞서 1892년에 창립된 필리핀 독립운동단체로, 원명은 katipunan.

258

리살은 까티뿌난과 아무런 관계를 하지 않았다. 그의 소망은 과학, 민중 교육, 청결 개선에 있었다. 하지만 누군가 리살이 그들과 함께했다고 주장했다. 그의 이름은 제멋대로 인용되었고, 그는 기적을 부르는 의사로 통했다. 누구는 그를 독일 제국주의의 첩자라고 했다. 아니면 전통의 빛을 전달하는 예언자, 아니면 새로운 빛의 예언자, 살롱의 혁명가, 여성들의 우상, 최초의 소설가, 땅의 아버지로 불렸다.

1897년 12월 30일, 리살의 처형에 대해 독일, 스위스, 홍콩, 뉴욕의 신문들은 기사를 냈다. 말레이인 리살 박사가 군법회의에서 필리핀 폭동의 소위 주모자로 판결되어 총살되었다는 것이다.

리살은 스페인의 부름을 받고 의사로 봉사하기 위해 아바나로 가는 배에 막 승선하려고 했을 때, 바르셀로나에 있던 배 위에서 체포되었다. 그러자 쿠바인들이 스페인에 반대해 폭동을 일으켰다. 그가 군대에 한 약속이 다피탄에서의 유배를 취소시켰다. 리살은 아일랜드인 애인 조세핀 브레이큰과 함께 최전선 병원을 떠났다.

리살은 법정에서 그 폭동을 '광기'라고 말했다고 스페인의 어느 신문이 썼다. 그는 '법률에 저촉되는 일을 해서 스페인의 통치를 흔들려는 행위'를 하지 말라고 했다는 것이다.

리살은 스페인 장군의 허락으로 무기를 내려놓으라고 요구하는 글인 「원주민에게 외침」을 작성했다고 한다. 그러나 이 문서의 보급을 군재판관이 반대했다는 것이다. 왜냐하면 리살은 봉기 자체보다는 이 순간에 왜 봉기가 벌어져야 하는지를 비판했다는 것이다. 한 개신교계의 통신원은 예수회 수도회가 리살에 반대한 점을 특히 강조했다. 그들은 몇 시간 동안의 개종 과정을 거쳐서 리살이 '자신의 오류를 철회하고 교회와 화해했다'는 것이다.

그들은 참회가 끝난 뒤에 리살에게 조세핀 브레이큰의 결혼을 허락했다. 그러고 나서 그는 형장으로 끌려갔다. 그는 안대를 하거나 묶이는 것을 거부했다고 한다.

"사과가 떨어졌다."

우리^{Uri} 주의 주민이 외쳤다. 그 모든 일은 그저 황제 재판관의 악의에 찬 장난이자 나쁜 익살이다. 나쁜 익살은 끝났고, '소년은 살아남았다.'

봉기는 성공한다. 그들이 거의 죽도록 고문했던 빠차노도 석방되어 들것에 실려 집으로 왔지만, 기력을 회복하여 곧 시골 라구나의 군대를 통솔한다. 조세핀 브레이큰은 집요할 정도로 봉기자들의 편에 서거나, 야전병원이나 교전에 봉사한다. 그래서 독립 공화국이 건국된다.

1899년 2월에 스페인인들이 패배하고 첫 헌법이 가결되었을 때, 미국의 군대가 섬을 공격하면서 스페인 왕이 자신들에게 이 섬들을 팔았다고 주장했다. 미국 군대는 필리핀 공화국에 대한 전쟁을 일으키고도 공화국의 충복들을 나중에 민주주의자로 교육시키겠다고 말했다. 그들은 빠차노를 체포했다가 곧 다시 놔준다. 그는 호수와 마킬링 산 사이에 새로 집을 짓더니, 그곳에 바로 젠틀맨 파머라고 이름을 붙인다. 그가 번역한 『마리아 슈투아르트』원고는 훗날 벌어진 전쟁의 화염 속에서 소실되었다고 한다.

감사의 말

이 소설을 쓰는 일은 오로지 호세 리살의 글, 편지, 일기가 1961년 필리핀 국가역사위원회에서 편찬되었기 때문에 가능했다. 페르디난트 블루멘트리트와의 서신 교환은 1992년에 발간되었다.

나는 특별히 레이몬 기예르모의 박사학위 논문 「번역과 혁명. 호세 리살의 프리드리히 쉴러의 빌헬름 텔 번역에 대한 연구」에 감사한다. 뿐만 아니라 기예르모의 친절한 협력과 조언을 담은 교류에도 감사함을 드린다.

호세 리살에 대한 전기는 오십여 편이 나와 있는데, 그중에서 나는 레온 마 구에로의 고전적 작품인 『첫 번째 필리피노』(1960)와 암베트 알 오캄포의 논문을 선택했다.

그 밖에 두 편의 작품이 1880년대 스페인, 필리핀, 독일의 학문 세계에 대한 나의 관점에 지대한 영향을 미쳤다. 한 권은 메간 토마스가 저술한 『동양학자, 선동가, 계몽주의자. 필리핀의 학문과 스페인 식민주의의 종말』(2012), 다른 한 권은 콘스탄틴 고쉴러의 『루돌프 피르호: 의사, 인류학자, 정치가』(2002)이다.

소설에서 언급된 많은 저작물은 에스파냐 국립도서관과 프랑스 국립도서관의 디지털 작업 덕분에 접근할 수 있었다. 현지조사에 도움을 준 필리핀 국립도서관, 필리핀 딜리만 대학 도서관, 하이델베르크 대학 도서관 직원들에게도 감사를 드린다.

한스루에디 이슬러는 내가 의학적 주제를 말하고 설명할 때 큰 도움을 주었다. 니나 부스만은 비판적으로 읽어주면서도 격려를 아끼지 않았다.

나의 오래된 벗들과 새로 사귄 벗들인 플로르 카구산, 카티 드 예수스 클라린, 세실리아 호프만 테일러, 율리 팔라가나스, 레베카 페 베니토 퀴야노가 내가 수년 전부터 익혀온 따갈로그어 실력을 향상시키는 데 큰 인내심을 보여준 것에 감사드린다.

내가 슈테판 켈러에게서 경험한 전폭적인 지지를 모두 쓸 수 없지만 늘 그 응원에 감사의 마음을 표한다.

여기서 소개된 이야기는 또 다른 새로운 이야기를 만들 것이며, 조사도 계속해서 진행될 것이다. 내가 이 작품을 쓰는 데 도움을 준 책과 사람들을 일일이 열거하지는 못하지만 그들에게 메르시, 살라마, 무차스 그라시아스*라고 전하며 끝을 맺는다.

* 프랑스어(Merci), 따갈로그어(Salamat), 스페인어(Muchas Gracias)로, 뜻은 '감사'

빌헬름 텔 인 마닐라

초판 1쇄 발행 2018년 9월 21일

지은이 아네테 훅
옮긴이 서요성
펴낸이 강수걸
편집장 권경옥
편집 정선재 윤은미 이은주
디자인 권문경 조은비
펴낸곳 산지니
등록 2005년 2월 7일 제333-3370000251002005000001호
주소 부산시 해운대구 수영강변대로 140 BCC 613호
전화 051-504-7070 | 팩스 051-507-7543
홈페이지 www.sanzinibook.com
전자우편 sanzini@sanzinibook.com
블로그 http://sanzinibook.tistory.com

ISBN 978-89-6545-545-5 03850